Marina Müller McKenna

Zwischen den Welten

Ein kleiner Reiseführer durch
mein bisheriges Leben

Bibliografische Information der Deutschen Nationalbibliothek:
Die Deutsche Nationalbibliothek verzeichnet diese Publikation
in der Deutschen Nationalbibliografie; detaillierte bibliografische
Daten sind im Internet über http://dnb.dnb.de abrufbar.

2., geringfügig überarbeitete und korrigierte Auflage 2015
© 2014 Marina Müller McKenna
Umschlagbild: M. Müller McKenna „Vor dem Abflug"
Weitere Informationen unter: www.crowhouse.synthasite.com

Hinweis: Dieses Buch wurde nicht explizit nach den Regeln der zurzeit gültigen Deutschen Rechtschreibreform geschrieben, sondern mit einigen Ausnahmen so, wie die Verfasserin es in der Schule gelernt und in jahrelanger Praxis vertieft hat.

Herstellung und Verlag:
BoD – Books on Demand, Norderstedt

ISBN: 978-3-7347-4829-5

Für John

*ohne den vieles des hier Beschriebenen
nicht möglich gewesen wäre*

... und für Sioux

Vorwort	9
Am Anfang ...	11
Meine Anfänge – Deutschland	**14**
Urahnen I	14
Der Kirschkern	18
Urahnen II	21
Foto eines fremden Mannes	23
Urahnen III	24
Dialekt-isches	26
Mosaiksteinchen	29
Die Luftpumpe	34
Schwalben, Söckchen, Stangeneis	37
Beim „Funk"	42
V.I.P.	50
Rrreschpeckt!	54
Hoch-Zeiten Teil 1	56
Stasi	59
Kassandra am Ostkreuz	64
Auf Touren	70
Schilderzwang	73
Hexentanz im Parlament	75
Im Schleudergang	82
J.w.d. und doch mittenmang	83
Herbst	85
Ein langes Intermezzo – Irland	**86**
Über Irland	86
Paddy	90
Acker Bilk und Hackepeter	93
Seifensieder	97
Falling slowly	101
Das Beste von allem	107
Fourty Shades of Green	112
Sehnsucht	115
Gedanken	116
Abschied von einem irischen Sommer	118

Angekommen? – Griechenland	**119**
Zwischen den Welten	119
Über Griechenland	123
Mikis	126
Hoch-Zeiten Teil 2	128
Tief-Zeiten	130
Erstes Jahr in Hellas	132
Leben auf Kefaloniá	133
Auf Rädern	139
Leben im Livathós	141
Ein Schiff wird kommen	145
Alles Quark	147
Saganáki & Sirtáki ...	151
Jahres-Tage	155
„Bufo"	175
Die süßesten Früchte	177
Übrigens ...	181
Hospitales	185
Aus-gewogen	189
Träume und Alltag	191
Erdbeben	195
Am liebsten hier	199
Geo-Metrie	201
Von Pilzen und Laternen	202
Dinglisch, Mode, AbküFi	205
Alles global	207
Lebens-Gefährten	212
Nicht gesucht – und doch gefunden	220
Sioux	225
Punkt. Doppelpunkt:	229
Doch noch ein Schlusswort ...	232
Danke!	234

Vorwort

Es nützt nichts, was der Intellekt weiß; die Seele muss es erfahren.

Paradiese sind schwierige Lebensräume. Ich weiß das, denn ich habe bereits in mehreren von ihnen gelebt. Sie hießen beruflich Studiotechnikerin, Reiseleiterin und Stadtbilderklärerin, auch Lokalpolitikerin, Dichterin oder, allgemein, Künstlerin. Räumlich waren es Berlin-Köpenick, Friedrichshagen und das dortige Erpetal, die irische Ostküste und jetzt Griechenland.

Daher habe ich interne Erfahrungen mit Vorstellungen, Bildern und Erwartungen, die man in der Regel nur von außen hat. Ich kenne leuchtende und zum Teil auch etwas neidische Blicke Außenstehender. Und ich weiß um Realitäten, innere und faktische, denen die Traumbilder in keiner Weise standhalten.

Und auch wenn diese Dinge mir mittlerweile vertraut geworden sind, falle ich nach Eroberung eines neuen Paradieses immer wieder in eine Art Verwunderung darüber, dass die Seele doch immer erst auf schwerem Wege erfahren will, was das Gehirn analytisch und faktisch schon lange zu wissen scheint. Dabei ist es genau andersherum: Die Seele weiß eigentlich schon längst, was wir im praktischen Leben nur mühsam erinnern.

Es tut dem Paradiesischen am Paradies – wenn es denn ein echtes solches ist – am Ende keinen Abbruch. Eher hilft es einem beim Einordnen von Lebensumständen und von sich selbst. Das ist auch bei meinem „neuen Paradies", unserem jetzigen Lebensumfeld, so.

Es ist dies, wie ich es nenne, ein Teil des geographischen Dreiecks, in dem ich mich bewege; nicht vergessend, sondern vielmehr erst jetzt in vollem Umfang gewahr werdend, dass ich in meinem Leben bisher zwar schon in drei verschiedenen Ländern, jedoch dabei insgesamt in vier gänzlich voneinander unterschiedlichen Staaten gelebt habe.

Ich nenne das meine „Quadratur des Dreiecks".

Das Folgende ist eine Sammlung von Berichten, Gedichten, Episoden und Betrachtungen – manchmal über kleine Details und alltägliche Beobachtungen, und ab und zu auch über große, lebenswichtige Fragen. Diese einzelnen Teile sind – bis auf den groben, zeitlich etwas ordnenden Rahmen – nicht unbedingt immer chronologisch sortiert. Auch erheben sie in keinem Fall den Anspruch auf „Allgemeingültigkeit" oder „Vollständigkeit". Es handelt sich lediglich um Dinge, die mir wichtig erscheinen und nicht zwangsläufig wiederkäuen, was zum Beispiel hinsichtlich ländertypischer Erscheinungen schon tausendmal und zum Teil viel treffender in anderen Büchern beschrieben wurde. Schreibend will ich versuchen, mich auf meine eigene Art den vielen, mein Leben prägenden, Orten und Begebenheiten zu nähern, Entsprechungen und Resonanzen im Innern der Seele zu ergründen und so vielleicht mir selbst oder zumindest einem Teil von mir zu begegnen. Niemand kann das so schreiben wie ich, denn nur ich habe es so erlebt.

Als Titel dieses Buches habe ich „Zwischen den Welten" gewählt. Es hätte, bestimmte Zeiten meines Lebens beschreibend, auch „Zwischen den Stühlen" heißen können. Aber niemals war es – wie das Wort „zwischen" suggerieren mag – Blockade oder Stillstand; immer war es Bewegung. Und der will ich nachspüren.

Sollte jemand es für lohnenswert halten, mich auf meiner Reise und bei meinen Entdeckungen zu begleiten, würde es mich sehr freuen.

Spartiá, Kefaloniá, 9. November 2014

Am Anfang ...

Was wirklich geschah

Am Anfang schuf Gott Himmel und Erde, das Licht, den Tag und die Nacht.

Am ersten Tag schuf Gott den Raum und das Himmelsgewölbe sowie Sonne, Planeten, Mond und Sterne. Den zweiten Tag verbrachte Gott mit der Standortauswahl für das Meer und die Kontinente, die er am dritten Tag mit Landschaft und Gebirgen versah. Der vierte Tag war ausgefüllt mit der Erschaffung aller Vegetation.

Am fünften Tag wurden die Tiere des Wassers und der Lüfte hervorgebracht und am sechsten die Tiere des Landes. Und Gott sah, dass es gut war.

Darum ging der Herr[1] am siebten Tag in den Pub, um sich auszuruhen und bei einem Glas Bier zu entspannen. Beide, Pub und Bier, hatte er vorsichtshalber am dritten Tag gleich miterschaffen.

So vorausschauend war die Weisheit Gottes.

Wie er da nun so saß, war es recht einsam. Der Allmächtige musste das Bier zapfen, sich selbst zuprosten und es auch allein trinken. Danach ging's auch noch an's Gläser spülen.

Nach einer Weile hatte Gott die Faxen dicke, nahm sich einen vor dem Pub herumliegenden Lehmklumpen, formte diesen – vermeintlich nach dem eigenen Abbild, aber nach dem dritten

---

[1] Sicher ist Gott weder männlichen noch weiblichen Geschlechts – denn ansonsten wäre es nicht Gott. Der Leser wird tolerieren, dass ich aus Gründen der einfacheren Lesbarkeit des Textes hier auf die tradierte männliche Form zurückgreife (und der oder die Leser/in wird auch das Augenzwinkern mitlesen, mit dem ich diesen Text ursprünglich einmal für eine an der Männlichkeit verzweifelnde Freundin verfasst habe).

Bier klappte das nicht mehr ganz so präzise – und hauchte ihm Atem ein. Adam war geschaffen.

Nun zechten die beiden fröhlich um die Wette. Mal schenkte Adam aus, mal Gott. Nach anderthalb Stunden meinte man, auch mal Wein erfinden und ausprobieren zu müssen. Es wurde ein lustiger Abend. Man torkelte Arm in Arm heim nach Eden und verabschiedete sich mit dem Versprechen, das Ganze am nächsten Tag zu wiederholen.

Adam schlief schlecht in dieser Nacht und erwachte am nächsten Morgen mit einem Kater. Er wollte sich merken, Gott zu erinnern, das Aspirin zu erschaffen, aber leider waren auch noch keine Bleistifte oder Notizzettel vorhanden, und so vergaß Adam es schnell wieder.

Der nächste Abend begann so fröhlich, wie der vorige geendet hatte. Aber jetzt war es anders. Schon nach zwei Stunden zünftigen Durcheinandertrinkens – der Schöpfer hatte mittlerweile auch den Whisky, den Gin und den Eierlikör gemacht – ging der Gesprächsstoff aus, und es wurde ein wenig langweilig. Nicht mal Skat spielen konnte man, nur so zu zweit.

So kamen beide auf eine geniale Idee: Gott wollte Adam eine Rippe entnehmen und daraus ein weiteres, ähnliches, aber doch verschiedenes Wesen erschaffen. Eines – nun fiel es Adam wieder ein – das sich Dinge merken und Aspirin verabreichen, aber auch Gläser spülen und zur Not auch beim Skat der beziehungsweise die Dritte sein konnte.

Gesagt, getan. Gott ging ans Werk. Die Operation fand gleich vor Ort, auf dem Bartresen, statt.

Leider passierte es dann: Der Alkohol, in so verschiedenen Formen durcheinandergetrunken, vernebelte die göttliche Allmacht, und statt den Brustkorb zur Entnahme einer Rippe zu öffnen, nahm der ansonsten Unfehlbare versehentlich einen Teil von Adams Hirn und formte daraus ein weibliches Wesen, das Eva geheißen ward.

Als diese Leben eingehaucht bekommen hatte, fackelte sie nicht lange: Sie scheuchte Adam sofort nach Eden, um ein Haus zu bauen, hielt Gott eine ernüchternde Standpauke und stellte dann einen Plan auf, wer an welchen Tagen wechselnd für die Reinigung des Pubs, das Spülen des Geschirrs und die Gartenarbeit in Eden zuständig war. Dann gab sie Gott eine lange Liste von Dingen, die sie brauchte, führte Kneipenöffnungszeiten ein und ging nach Hause, um gemeinsam mit Adam für Barpersonal zu sorgen.

Seitdem fürchtete sich Adam vor Eva und ihren Nachfahrinnen. Aber immer, wenn ihm alles zuviel wurde, stahl er sich in den Pub, aufs Schlachtfeld oder in den Fußballclub – und fühlte sich dann ganz frei, ganz groß und vor allem sehr stark.

Wenn er dann nach Hause kam und Eva sah, in welchem Zustand er vor sie trat, rief sie aus: Lieber Gott, lass´ Hirn regnen!

Was lernen wir daraus?

Drei Dinge:

Sprichwörter sind oft viel älter als wir denken,

Fehler können jedem passieren und ...

Gott ist auch nur ein Mensch!

Meine Anfänge – Deutschland

Urahnen I

Mein Urgroßvater Franz

Mit ferner zurückliegenden Vorfahren ist es ja immer so eine Sache. Auf der Suche nach den eigenen Wurzeln kann man schon mal etwas in sie hineinprojizieren, was gar nicht da war. Und sie können sich auch nicht mehr wehren.

Ich habe meinen Uropa Franz, der eigentlich gemäß Geburtsurkunde Karl hieß, nie getroffen. Aber er stammt aus einem Zweig der Familie, der sich von Generation zu Generation gern und viel mit dem Weiterreichen von Familiensagas und Anekdoten beschäftigt hat, und so habe ich ein leidliches Bild von ihm – kein Foto, aber ein inneres Bild.

Er ist mir überliefert als einer, der auf dem Kohlenkasten gesessen und Bücher gelesen haben soll. Das machte ihn mir nicht nur sehr sympathisch, sondern es ließ ihn als einen einleuchtenden Vorgänger von mir erscheinen. Allerdings hatte er auch einen Wesenszug, der ihn mir eher unsympathisch machte und in meinen Augen eine genetische Verbindung zu mir geradezu in Frage stellen musste: sein absolut negatives Verhältnis zu Tieren.

Anders als sogar einige meiner Zeitgenossen erscheint mein Uropa in der Internet-Suchmaschine, wenn man seinen Namen eingibt. Schuld daran ist ein ins *World Wide Web* aufgenommenes Merseburger Adressbuch aus dem Jahre 1910. Da war meine Oma zwei Jahre alt, und mein Uropa wird unter seiner Adresse als Arbeiter geführt. Eigentlich war er Eisengießer. Vor allem aber war er da noch etwas entfernt von einem mehrfach einschneidenden Erlebnis, das Erster Weltkrieg hieß. Denn abgesehen von dem sozusagen „normalen" Trauma eines Krieges kam mein Tiere hassender Vorfahre ausgerechnet zu den „Berittenen", also zur Kavallerie. Und als ob das noch nicht genug des Bösen war, war sein vierbeiniger Untersatz ein Schimmel – ich verkneife mir nur mühsam den Doppelmoppel *weißer Schimmel*, aber eben darauf kam es sehr an. Denn das gute Tier, einmal frisch geputzt und gestriegelt und für den Appell bereit, wusste jedesmal die dreckigste, schlammigste Pfütze zu finden, um sich darin zu wälzen und alle Arbeit wieder zunichte zu machen. Die Anschnauzer seines vorgesetzten Offiziers gab Franz natürlich an das arme Tier weiter, welches sich nach drei Wochen rächte: Es trat ihn schmerzhaft an den Ellenbogen. Das war das endgültige Aus der Beziehung.

Zur finalen Rache aber brachte es ein weitaus kleineres Tierchen: eine Mücke. Diese brachte dem armen Franz die Malaria und damit das Ende der Kavalleristenlaufbahn. Vielleicht hatte sie ihn ja auf diesem Wege sogar vor Schlimmerem gerettet, vor weiteren Tieren allerdings rettete sie ihn nicht.

Denn der Uropa, nun in seinem Beruf nicht mehr erwerbsfähig, wurde Gärtner im Stadtpark. Und mit dem Job kam ein Tafelwagen für die schwereren Transporte: Kübel, Pflanzen und Abfall – und vornedran ein Esel. Dieser war an seinen bisherigen menschlichen Arbeitskollegen bestens gewöhnt, aber nun kam Franz, und eines Tages war der gewohnte Mann nicht da, und dann ...

Meine Uroma Berta stand gerade in der Küche, als aus dem nicht weit entfernten Park Kinder herbeiliefen und riefen, sie solle schnell kommen, ihr Mann schreie den Esel an und sei in der Gefahr, ihn am Ende gar totzuschlagen, weil der sich nicht bewegen wollte. In Schürze und Filzlatschen lief sie mit den Kindern zum Ort des Geschehens, wo sich schon eine riesige

Menschentraube gebildet hatte – Fernsehen gab es ja damals noch nicht. Sie schob sich durch die Masse Schaulustiger hindurch, drängte ihren Mann von dem nach hinten nervös auskeilenden Tier weg und begann, es zu beruhigen und zu kraulen. Nach einiger Zeit war der Graue lammfromm; da flüsterte sie ihm etwas ins Ohr, und friedlich trabte der Esel mit seinem Wagen los. Franz konnte es nicht fassen!

Uroma hat dann an diesem Tag noch weitere Fuhren mit dem Esel gemacht, und ihr Mann war baff! Was nur hatte sie dem Tier ins Ohr geflüstert? Sie lächelte nur und meinte: „Das wirst du nie erfahren!" Und so kam es auch – egal, welche Tricks er anwendete, es aus seiner Frau herauszubekommen …

Aber das war noch nicht das Ende der tierischen Begebenheiten.

Merseburg hatte einen schönen großen Teich, darin ein Schwanenhaus mit etlichen Schwänen, Bänke, Beetanlagen und ein Gehege mit einem Affenpärchen namens Max und Ulla. Neben dem Gehege war ein geschlossener Raum für schlechtes Wetter, in den die Tiere durch eine Pendelklappe gelangen konnten. Im Herbst mussten die Affen ins Winterquartier gebracht werden. Ulla war zutraulich und schnell eingefangen, aber ihr Partner Max war gerissen und schlau. Immer wenn die Männer dachten, sie hätten ihn, schlüpfte er schnell durch die Klappe auf die andere Seite.

So positionierte sich je ein Parkarbeiter auf je einer Seite der Klappe. Sie erwischten Max genau in der Mitte: Jeder dachte, er hätte ihn, und der Affe würde sich an der anderen Seite nur festkrallen, bis sie bemerkten, dass von jeder Seite an dem Tier gezogen wurde: Einer zerrte an den Vorder-, der andere an den Hinterbeinen. Der arme Kerl ließ sich nun auch willig einfangen, die nächsten Wochen aber humpelte er, und er war natürlich auf keinen Zweibeiner mehr gut zu sprechen.

Nun, das war ich nach dem Hören dieser Überlieferung auch nicht, ich meine: gut zu sprechen auf meinen Uropa, der so gar kein Gefühl für Vierbeiner hatte ... die Zeiten waren generell schlimm in Sachen Tierschutz. Wer kümmerte sich schon um Tiere, wenn es in und nach dem Krieg so vielen Menschen so schlecht ging?

Übrigens, um auch etwas Positives über den urgroßelterlichen „Genpool" zu sagen: Franz hatte ja noch Geschwister; darunter einen Bruder, der Zigarrenmacher und sehr schwerhörig war. Er hatte eine zahme Krähe oder Dohle in seinem Laden, und immer wenn Kundschaft kam, flog sie auf seine Schulter und meldete es ihm laut krächzend.

An diese überlieferte Episode musste ich denken, als uns viel später, in Irland, eine junge Krähe zum Aufpäppeln gebracht wurde, die mein „Crowhouse"-Logo begründet hat. Manches zieht sich eben doch wie ein Leitfaden durch die Familiengeschichte!

Der Kirschkern

Erklärungsfehler, die vermeidbar sind

Wer das Buch „Der weiße Neger Wumbaba" und seine beiden Nachfolger von Axel Hacke gelesen hat, der weiß um die Vielfältigkeit von Verhörfehlern bei Liedern und Texten, die oft schon aus der Kindheit stammen und uns zuweilen ein Leben lang begleiten. So lernt man auch von bestimmten Angst einflößenden Phantasiewesen, vor denen Kinder sich fürchten: dem „Kinder-Lehmann" zum Beispiel, der angeblich kam, wenn man in oder an schmutzigen Gewässern spielte – gemeint war aber die *Kinderlähmung*! Nun, man lese die kleinen Büchlein selber – Nichts zu danken, Herr Hacke! – , aber hiermit konnte ich hoffentlich klarmachen, dass es in der Kinderphantasie unvermeidbare Schreckgespenste gibt.

Ein Mirakel *meiner* Kindheit waren *die drei Muskeltiere*. Immer wenn der Film nach einem Roman von Alexandre Dumas im Fernsehen angekündigt worden war – und das war damals, weil's nicht viel anderes gab, des Öfteren – , wartete ich auf das Erscheinen dreier kräftiger, gehörnter Stiere, aber es kamen immer nur elegante Helden auf ebenso eleganten Rössern, die wohl kaum gemeint gewesen sein konnten. Am Ende des jeweiligen Films verwunderte mich deren Ausbleiben so sehr wie das Ausbleiben jeglichen Kommentars meiner Eltern, die ja wohl auch gemerkt haben mussten, dass der Film nicht brachte, was er versprach.

Mein zweiter General-Verhörer war die *Atomsphäre*, und da machte es schon noch einen Tick mehr Sinn zu glauben, die Atmosphäre sei eigentlich so benannt – immerhin stimmte es physikalisch irgendwie. Das waren Fehlinterpretationen, von denen niemand außer mir wusste.

Vermeidbar hingegen – und davon will ich berichten – war, was meine Familienältesten mir im zarten Kindesalter vorgesetzt haben und was zu einer recht lange andauernden Angst geführt hat, die Gott sei Dank heute überwunden ist.

Ich muss drei oder vier Jahre alt gewesen sein – jedenfalls sehr jung –, als ich der Eselbeschwörerin, meiner Urgroßmutter Berta, das erste und zugleich das letzte Mal im Leben begegnete. Sie war über achtzig Jahre alt und sehr krank.

Hospitäler gewährten zu jener Zeit Kindern eigentlich gar keinen Zutritt, jedenfalls nicht als Besucher, und auf Erwachsenenstationen schon gar nicht. Vielleicht aber war es ein Herzenswunsch der alten Dame, ihre Urenkelin noch einmal zu sehen, jedenfalls durfte ich kurz mit auf ihr Zimmer. Ich habe nur verschwommene Erinnerung; soweit ich mich aber entsinne, war sie eine recht groß gewesene, jetzt ziemlich abgemagerte Frau mit einem dünnen Dutt am Hinterkopf und sehnigen Händen. Woran sie litt, war ein Darmverschluss.

Das wusste ich aber nicht, und weil man meinte, mir diese Maladie auch nicht hinreichend erklären zu können, erfand man die Geschichte vom verschluckten Kirschkern, der die alte Frau in solch ein schreckliches Leiden gestürzt habe. Dies wiederum stürzte nun mich in eine arge Notlage. Die trat aber erst lange nach dem Krankenhausbesuch bei meiner Ahne zutage, als ich – wie ich es oft und gerne im Frühsommer tat und auch heute noch gerne tu´– Kirschen aß. Natürlich verschluckte ich dabei einen Kern, und der brachte eine Welle der Panik in mir ins Rollen: Nun war ich dran!

Ich glaube, ich habe seinerzeit nichts vom mir unmittelbar bevorstehenden Elend und – in meiner Vorstellung – unausweichlichen Sterben durchsickern lassen. Ich litt still und wollte Mutter und Großmutter schonen, während ich heldenhaft mein vermeintliches Schicksal erwartete.

Die Tatsache, dass ich letztlich den Kern überlebte, beruhigte mich keineswegs, denn nun sah ich mich einzig als die Ausnahme von der Regel, wonach ein verschluckter Kirschkern zu Krankheit und eventuell sogar Tod führen würde.

Nun ja, der Rest ist leicht erzählt: Natürlich wurde ich einige Jahre später darüber aufgeklärt, dass die Uroma nicht daran gestorben war. Trotzdem hielt sich die Panik nach jedem versehentlich in Gänze verschlungenen Steinobst noch bis in meine frühen Erwachsenenjahre, denn trotz des offenbar tief sitzenden Traumas wollte ich von den geliebten Früchten auch nicht lassen.

Als ich dies einmal vor Jahren meiner Mutter erzählte, war sie sehr verwundert und bedauerte es sehr, mir als Kind solch einen Angstreflex eingegeben zu haben.

Man sollte die Fähigkeit von Kindern, Sachverhalte zu verstehen, nicht unterschätzen. Manchmal erzielt der Wille zur Schonung einen ganz umgekehrten Effekt ... und, wie ich mit meinem Fall darstellen wollte, gänzlich unnötiges Seelenleid.

Urahnen II

Mein Urgroßvater Jakob

Im Gegensatz zu meinem Urgroßvater Franz habe ich von meinem anderen Uropa mütterlicherseits aus der schwäbisch-ungarischen Linie sogar ein Foto. Es ist ein alter sepiafarbener Abzug auf gewölbtem Karton, und er hängt über meinem Schreibtisch. Oft halte ich inne und schaue dem Mann, der mein Ahne war, in die warmen Augen und auf das sorgsam ins Jackett gesteckte Brusttuch. Wenn er jetzt wüsste, dass sich im Jahr 2014 unsere Augen treffen und vor allem wo sein Bild hängt, was würde er sagen?

Viel weiß ich nicht über ihn. Geboren wurde er im Juli 1868 im damals ungarisch regierten Kulpin. Auch einer in einer langen Reihe: er selber, sein Stiefsohn, sein Sohn (mein Opa), seine Schwiegertochter (meine Oma), seine Urenkelin (ich) ... – alles „Juli-Krebse"!

Von Beruf war er Landmann. Gestorben ist er 1918 oder 1919 an einer infektiösen Seuche, als Gastarbeiter in einem Barackenlager zum Aufbau der damaligen Ammoniak-Werke Merseburg – der späteren Leuna-Werke. Trotz seines Todes wanderte seine Witwe, wie es eigentlich gemeinsam geplant gewesen war, mit den beiden Kindern vom österreichisch-ungarisch regierten Bosnien-Herzegowina nach Merseburg aus, kehrte aber mit den Söhnen – der ältere bereits verheiratet – im März 1926 wieder nach dort zurück. Dann, am 22. Juli 1926 – exakt zweiunddreißig Jahre vor meiner Geburt – flohen sie erneut. Der Grund: Ein Onkel wollte meinen späteren Opa Ludwig mit einer vermögenden Frau verheiraten, zu welchem Zwecke er hinter dem Rücken der Familie eine Annonce aufgegeben hatte. Mein Opa – so wurde berichtet – hätte die Frau erst bei der Hochzeit wirklich zu Gesicht bekommen. Außerdem hätte er vorher noch – als lediger Ungar – zum Militär gemusst.

In jedem Falle wäre ich rund drei Jahrzehnte später eventuell gar nicht oder nicht als „ich" geboren worden. Die Flucht, der ich meine Existenz verdanke, dauerte fünf Monate, bis alle wieder in Merseburg ankamen, wo mein Opa meine Oma kennenlernte.

Der Rest ist, wie man so schön sagt, Geschichte.

Ich mag mir gerne zweierlei vorstellen: Das eine ist, dass meine Urgroßeltern ein augenzwinkernd-historisches Bewusstsein hatten, denn mein Opa Ludwig ist am 14. Juli geboren, also dem Tag, der in Frankreich an den Sturm auf die Bastille und das Schicksal des französischen Königs Ludwig XVI. erinnert. Und wirklich, als kleines Kind hörte ich Leute meinen Opa oft „Louis" rufen ...

Die zweite Vorstellung bezieht sich auf die Tatsache, dass es mich schon immer nach Ungarn und auf den Balkan, in jedem Fall aber in südlichere Gegenden gezogen hat. War da etwas in den Genen? Denn so verworren, wie die Familienverhältnisse waren, gestaltete sich dann ja später auch mein Leben. Im Falle meiner Urgroßeltern sah es so aus: Geboren auf eigentlich serbischem beziehungsweise bosnischem Gebiet, waren die Nachfahren eingewanderter Schwabendeutscher plötzlich ungarische Staatsbürger unter den Habsburgern. Alle offiziellen Papiere aus dieser Zeit liegen in ungarischer Sprache vor. Mein Opa Ludwig war immer sehr stolz, dass er – noch bis ins hohe Alter – auf serbisch bis zehn zählen konnte ...

Seine Mutter heiratete noch einmal. Von diesem Paar existieren Fotos, wie sie glücklich in ihrem Schrebergarten in der Sonne sitzen. Am 12. Mai 1944 verirrte sich eine gar nicht für dieses Gebiet gedachte Fliegerbombe. Es gab nur zwei Opfer: Die Bombe fiel genau auf die kleine Laube, in der die beiden sich gerade aufhielten ...

Foto eines fremden Mannes

Ich hab´ seit einigen Tagen
das Bild vom Urgroßvater an der Wand.
Es scheint, als könnt´ ich ihn fragen –
und hab´ ihn doch nie gekannt.
Und mir ist, als höre ich sprechen
eine gestrige Stimme in mir:
Ich hätte dich gerne getroffen
und bin doch schon lang´ nicht mehr hier ...

Was ist für ein Mensch er gewesen,
der so früh hinunter ist?
Was hat er vom Leben gesehen,
was hat er vor allem vermisst ...?
Der Mann kann es mir nicht mehr sagen;
die Zeit ist mit uns gnadenlos!

Doch scheint es mir wichtig: Erinnern.
Und sei es ein Foto bloß!

Urahnen III

Der Rest, soweit ich es weiß

Ferner traten in meiner Familie auf: mehrere mehrmals Verheiratete (man bedenke die Zeit), diverse uneheliche Kinder (dito), ein Taubstummer; ein Vorfahre, der mit den Kindern als Staatenloser nach Russland ging; ein Nazi, der sich und seine Familie im Wald erschoss; ein weiterer Selbstmörder, mehrere Opfer der Pest, mehrere Opfer diverser Kriege sowie einige sehr interessante schauspielerische Talente am Halleschen Theater. Ganz in den Nebelschwaden der Erinnerung dümpelt ein entfernt verwandter Schiffbrüchiger, der – so will es die Überlieferung – tagelang an eine Planke geklammert auf dem Meer getrieben sein soll. Ob er von einem Kriegsschiff oder einem Fischkutter zu Wasser ging, wissen wir nicht; wohl aber, dass er nach seiner Rettung alle Zähne verloren haben soll. Sie alle, über die die Jahre ihre Schatten geworfen haben, gehören zum illustren Kreis meiner Vorfahren.

Außerdem kommen die Gene aus –zig Nationalitäten, unterschiedlichsten Kulturen und wer weiß wievielen Ländern und Kontinenten zusammen. Eine ganz normale Ahnentafel also, der ich hier meine Referenz erweise ...

Aber wenn wir – nach der berühmten mathematischen Gleichung der jeweiligen Verdopplung – uns mal die Sache genau überlegen und davon ausgehen, dass jeder von uns immer zwei Eltern hat und diese wiederum zwei Eltern; wir uns also in die Vergangenheit zurück immer wieder verdoppeln ... und wenn wir so weit zurückgehen, dass unsere Anzahl von Vorfahren der ungefähren Anzahl der damaligen Weltbevölkerung entspricht, dann spätestens wissen wir, dass wir nicht nur alle Kinder Adams und Evas, sondern auch ohne diese beiden miteinander verwandt, verschwägert und verschwippt sind. Eigentlich wäre das ein triftiger Grund, das uns so alltäglich gewordene Einordnen in „WIR" und „DIE ANDEREN" noch einmal gründlich zu überdenken. Und das wäre doch nicht das Schlechteste, was wir von unseren Vorfahren lernen könnten.

Dialekt-isches

Wie Sprache prägt

Ein Bekannter von mir hatte es drauf – und das, obwohl er Priester war – , auf Berlinisch den frechen Spruch im Munde zu führen: „Praktisch denken – Särje[1] schenken! Een Sarch braucht jeder ...".

Und obwohl man den Spruch als ein wenig pietätlos empfinden konnte, so stimmte er doch ganz auffallend. – Kennt Wahrheit überhaupt Pietät?

Aber das wollte ich ja eigentlich gar nicht erzählen, sondern von meiner Oma, die aus dem Sächsisch-Anhaltinischen stammte.

Sie sprach einen eigenartigen Dialekt, und in dem fanden sich viele Wörter, die hier und heute kaum einer mehr kennt beziehungsweise nicht in der ihnen in meiner Kindheit innegewohnt habenden Bedeutung – drücke ich mich klar aus?

Bei uns wurde zum Beispiel oft *gedrascht*[2]. Ging ich meiner Mutter oder Oma auf die Nerven, dann war ich für sie wie ein *Blutschwerm*[3]. Hörte ich mit der Nörgelei nicht auf, bekam ich schon mal eine *gedachtelt*[4].

War man lieb oder hungrig oder beides, dann bekam man eine *Bemme*[5].

---

[1] berlinerisch für: Särge
[2] gerast, geeilt
[3] ...???... Der Blutschwerm, dieses unbekannte Wesen, hat sich mir nie erschlossen; er ist einfach svw. unerträglich, aufdringlich, massenhaft, belästigend
[4] runtergehauen
[5] Schnitte, berl.: Stulle, fälschlich manchmal auch: ein Brot („Ich mach´mir ein (Butter-)Brot.")

Täglich *lauerte*[1] ich auf meinen Opa, der nachmittags mit dem Moped von der Arbeit kam. Um besser sehen zu können, schob ich die *Hitsche*[2] ans Fenster. Manchmal sah man dort ein *Mutschekiepchen*[3]. Immer wieder zu fragen, wann Opa denn endlich kommt, machte meine Oma *nersch*[4]. Sie *schierte*[5] lieber erst mal die Glut zusammen und setzte die *Bulljong* auf, während sie mich schickte, die Abfälle auf den *Jump*[6] zu werfen. Wenn Opa dann endlich kam, *ditschten*[7] wir *Semmeln*[8] und abends gab es *Püffchen*[9].

Die berlinerisch verballhornte Bulljong hat übrigens keine Fußnote, weil sie ja aus dem Französischen kommt und jedem bekannt sein dürfte – steht aber hier bezeichnend für die Art und Weise, in der meine Oma mit Fremdwörtern unterschiedlichster Ursprungssprachen umzugehen wusste.

In unserem Hause wurde von Tufflekott und Kornettbeff, von Manschester, Higiene und Dessert gesprochen (Betonung durch Unterstreichung markiert).

Mit Manchester war der Stoff gemeint, der in der gleichnamigen Stadt hergestellt wurde – heute sagt man *Cord*. Interessant ist in diesem Zusammenhang, dass der Aussprachefehler, der das *Dessért* (also die frz. Nachspeise) zum *dessert* (also die engl. Wüste) macht, Johns irischer Mutter, die des Englischen mächtig und mit Wörtern wie *Dufflecoat* und *Corned Beef* vertraut war, ganz genauso unterlaufen ist.

---

[1] wartete
[2] Fußbank
[3] Marienkäfer
[4] närrisch, svw. „Mach mich nicht *verrückt*!"
[5] schob, kehrte
[6] Abfall, Kompost
[7] auch: titschen, svw. tunken
[8] Brötchen, „Leipziger" Doppelbrötchen, berl.: Schrippe
[9] nicht etwa ein kleiner Puff, sondern belegte *Bemme* (siehe diese*)*, in kleine Würfel geschnitten

Zur Ehrenrettung meiner Oma muss man sagen, dass sich an Wörtern wie *Higiene* eine Behinderung der Zunge zeigte, die physischer Natur war und ihr bis ins vorgerückte Alter verborgen geblieben war: ein zu lang angewachsenes Zungenbändchen, welches von ihr an die nächsten Generationen weitervererbt und allerdings bei mir und meinen Nachfahren korrigiert worden ist.

Um die Liste einigermaßen komplett zu machen, muss ich noch den *Schmesert*[1] erwähnen, den meine Mutter nicht nur stets im Mund führte, sondern auch gnadenlos verfolgte; ebenfalls den *Kanker*[2]. Wenn ich heute beim Anblick eines Marienkäfers – englisch sehr poetisch *Ladybird* genannt – das Wort *Mutschekiepchen* fallen lasse, habe ich für Kenner deutscher Dialekte meine Herkunft schon verraten.

„Schreib´ nicht solchen *Kiki*!", würden Oma und vielleicht auch Mutter jetzt ausrufen. Für *Kiki* kann ich wider besseren Wissens wirklich nur vermuten, dass es eine Wortschöpfung ihrerseits war, die mit „Unfug, Unsinn" umschrieben werden könnte. Es würde sie allerdings nicht stören, dass ein Nachbar hier im Dorf seine kleine, zu viel Unfug aufgelegte Ziege „Kiki" genannt hat, und freuen würde es sie, dass ich jetzt immer an meine Oma denke, wenn ich Kiki auf der Weide begegne.

---

[1] dicke, brummende Stubenfliege
[2] Spinne

Mosaiksteinchen

Erinnern und Heimweh

Es ist nicht zu leugnen: Trotz des Wohnens an „paradiesischen" Orten und einer generellen Lebenszufriedenheit stellt sich gelegentlich Heimweh ein. Nicht nur diverse Medienberichte verhelfen mir zu einem wehen Ziehen, manchmal – sehr oft sogar – tun es Gerüche, die mich augenblicklich woandershin- und zurückversetzen.

Ich könnte nicht wichten, welches Heimweh das stärkste ist. In jedem Falle ist es ein Sehnen nicht nur nach einem Ort, sondern vor allem auch nach einer Zeit. Und man wird es nie wieder los, denn egal, wofür man sich entscheidet, immer ist es auch eine Entscheidung gegen jedes Andere. Also muss man mit dem Weh leben und es akzeptieren als etwas doch auch sehr Wertvolles.

Wie weit eigentlich reicht die Erinnerung wirklich zurück? Mir kommen oft – bruchstückhaft – verschiedene Dinge vor´s geistige Auge. Aber: Erinnere ich mich wirklich selber an die Begebenheit, oder wurde sie mir nur oft genug erzählt?

Beim ersten Beispiel bin ich mir nicht sicher.

Schon früh in meinem Leben hatte ich keine Angst vor Tieren. Ich soll als Kleinkind einmal eine Deutsche Dogge kämpferisch abgewehrt haben, die mich im Sportwagen neugierig beschnupperte, während meine Mutter im Laden nach etwas anstand und durch den Ruf „Hilfe! Der Hund frisst das Kind!" aufgeschreckt wurde. Da hatte sich das Kind schon erfolgreich zur Wehr gesetzt, und die verblüffte Dogge hatte in mir Knirps seinen Meister gefunden und das Weite gesucht. Ich glaube, diesen Vorfall als eigene Erfahrung vorliegen zu haben. Genau weiß ich es nicht.

Wenn ich an Bad Dürrenberg denke, so sind das wirklich erste frühkindlichste Eindrücke. Den salzigen Geruch der Saline im Kurpark habe ich erlebt. Aus dieser Zeit stammt auch ein Erinnerungsfilm, in dem ich mich sehe, wie ich an einem kalten dunklen Morgen eingemummelt – im Handwagen oder Schlitten – über eine Industriebrücke mit vielen Lampen gezerrt wurde.

Und es kommt noch ein Bild von mir im Handwagen, den meine Oma eines grauen Wintertages zum Kohlenhof zog, um dort Heizmaterial zu besorgen. Während sie den dort vor die Fuhrwerke gespannten Pferden auswich, machte das Wägelchen, unbemerkt von ihr, diesen Bogen nicht mit, und ein riesiger Pferdekopf neigte sich mir neugierig und furchterregend entgegen. Doggen-erfahren wie ich war, hielt ich dieser scheinbaren Bedrohung stand!

In Spergau zu wohnen war wirklich nicht das Paradies; die Blätter wurden schon gegen Ende des Frühlings grau, und aus dem Fenster unseres Hauses konnten wir die Leuna-Werke mit ihrem unendlichen Röhrenlabyrinth und den Gasflammen sehen. Aber es war ein wohliges Kindheitsgefühl, das mich noch heute mit diesem längst verschwundenen Ort verbindet. Und die Tatsache, dass eine Untermieterin meiner Oma schon vor meiner Geburt damit anfing, das später vielbegehrte DDR-Comic-Magazin „Mosaik" zu sammeln, sorgte für einen Schatz, den ich bis heute wie meinen Augapfel hüte ...

Irgendwann gab es dann eine Urlaubszeit in Mecklenburg, in einem Haus auf dem See. Ein Riesenschnauzer spielt in dem Kopfkino mit, der auf den schönen Namen „Guri von der Mechteburg" hörte; ferner ein Fischer namens „Onkel Jusch", der täglich frischen Fisch brachte. Das Wort „Fisch" konnte ich noch nicht aussprechen, was zu der Namensgebung „Jusch" führte.

In diesem Zusammenhang werde ich nie das klirrende Geräusch vergessen, welches die glasig-spitzen Zähne eines bereits seit Längerem toten Hechts machten, als mein Vater zur abschreckenden Demonstration meine blecherne Buddelschippe in dessen offenes Maul steckte – er biss schraubstockartig zu, und ich konnte nur ahnen, was mit meinen Fingern passiert wäre. Dieses Erlebnis hat mir im späteren Leben glaubhaft die Geschichte vom Klaus Störtebeker illustriert, der nach seiner Enthauptung noch an einigen seiner Kameraden vorbeigelaufen sein soll, um sie so vor der Hinrichtung zu retten.

In diesen Zeitrahmen fällt auch meine erste bewusste Begegnung mit dem sich allseits und stetig entwickelnden Flugwesen. Der Flughafen Schönefeld war ja für mich so etwas wie ein zweites Zuhause. Da mein Vater Pilot war, hielten wir uns öfter dort auf. Anfang der sechziger Jahre war das Fliegen noch etwas „Exklusives", aber auch etwas Gemütliches. Ich erinnere mich, dass ich einige Male mit auf die Rollbahn durfte und zusah, wie die schweren Propeller der Iljuschin-14- und Iljuschin-18-Maschinen beim Anlassen per Hand angeschoben wurden. Oft waren wir auch in einem Klinkerbau, der noch heute in Schönefeld am Rande des Rollfeldes steht. Wenn ich mich recht erinnere, führte eine große, weit geschwungene Treppe in den ersten Stock, wo sich ein Kasino befand.

Eines Morgens wurde ich, etwa vier Jahre alt, selber zum Passagier. Noch im Dunkeln wurde ich unsanft aus tiefem Schlaf geweckt. Der Vollmond stand hell am Himmel. Durch das Fenster der Küche, in der ich zu so ungewöhnlicher Zeit zu frühstücken genötigt wurde, leuchtete er in dieses Erlebnis hinein und ist mir noch heute so gegenwärtig, dass ich ihn jederzeit wiedererkennen würde ...

Mein Teddy Brummi musste natürlich mit. Der Flug aber war eine einzige Qual. Das Propellergeräusch der alten IL-14 verdarb jeden wirklichen Spaß an der Sache. Das einzig Positive war, dass es nur nach Leipzig ging. Dort angekommen, wurde ich oben auf der Gangway von der Stewardess wie ein Star begrüßt – immerhin waren die Kollegen meines Vaters und wir alle wie eine große Familie. Man kannte sich. Befragt, ob es mir gefallen habe, gab ich zu Protokoll: „Es war schrecklich laut. Ich werde nie wieder fliegen. Und meinem Brummi hat es auch nicht gefallen ...!" Den Umstehenden blieben die Münder offen stehen, ich aber schritt mit Brummi im Arm selbstbewusst die Stufen hinab ...

Nun, geflogen bin ich schon noch einige Male. Brummi übrigens auch, und zwar nach Irland. Aber nach Griechenland haben er und ich den Landweg genommen. Und als ich hier den alten Teddy-Bär auspackte und auf seinen neuen Platz setzte, da schien es mir, als ob er mir nach all den Jahren zustimmend zublinzelte ...

Der Ort Rangsdorf bei Berlin kommt mir an jedem feuchtgrauen Herbsttag in den Sinn, wenn es nach verrottetem Laub riecht und die Straßenlaternen schon recht früh angehen. So habe ich es das erste Mal wahrgenommen, als meine Großeltern dort etwa 1962 oder 1963 in Verhandlungen über den Kauf eines Häuschens mit Garten standen. Ich erinnere mich an die im Nachbarhaus lebende Eigentümerin und eine Luke im dortigen Boden, unter der Dokumente aufbewahrt wurden, sowie an die mehrmalige Nennung des für mich komisch klingenden Namens derer *von Knesebeck*, die wohl irgendwann einmal Eigentümer der fraglichen Ländereien gewesen waren. Die Straßenlaternen hingen an summenden Strommasten, an denen ich in den folgenden Jahren oft vorbeiging und manchmal das Ohr an sie legte und lauschte.

Das Häuschen wurde gekauft. Unvergessen die vielen unbeschwerten Ferien dort; die Versuche vor dem Flurspiegel, mir selbst eine Hochsteckfrisur á la Brigitte Bardot zu verpassen. Unvergessen die Freude, im nahen Nymphensee baden zu gehen oder zur Bäckerei nach Eiskrem geschickt zu werden. In diese Zeit fiel auch das Glücksgefühl, die erste Zehnerpackung

Filzstifte aus dem Westen zu Weihnachten geschenkt zu bekommen.

Ich liebte es, mich dort mit älteren Leuten und ihren Geschichten zu umgeben. Eine Freundin meiner Oma wurde nicht müde, von ihrem Erlebnis mit Heinz Rühmann zu erzählen, der auf dem Weg zu seinem Privatflugzeug eines Tages von der Fahrbahn abkam und im Straßengraben landete. Er soll aus dem Fenster des seitlinks liegenden Wagens zu den erschrocken gaffenden Frauen herübergerufen haben: „Nun guckt nicht so, helft mir lieber!"

Auch lernte ich dort das Pilzesammeln von einer alten Dame, die im Aussehen frappierend an den wohl berühmtesten deutschen Fernsehkommissar erinnerte. Mit dessen Darsteller hatte die Frau nicht nur Statur und Physiognomie, sondern auch den Nachnamen gemeinsam.

Und in Rangsdorf fand ich auch zwei meiner tiefgehendsten Freundschaften: meinen Kinder- und Jugendfreund Udo sowie eine alte Dame mit Hund, mit der ich die Liebe zu klassischer Musik, Büchern, Malerei (hier besonders Leonardo da Vinci und Francisco de Goya) und moderner Technik teilte. Die erste Mondlandung – bei ihr atemlos vor´m Fernseher erlebt – wird für mich immer den Beigeschmack ihrer köstlichen Holundersuppe haben, die ich nebenbei löffelte.

Und immer werde ich mich an die Wasserratte im Nymphensee erinnern, die einen Meter von mir entfernt auf der Mitte des Sees meine Schwimmroute kreuzte.

Alles dies sind kleine Splitterchen im großen Mosaik der Lebenserinnerungen; eins so unbedeutend oder wichtig wie das andere. Aber diese kleinen Splitter sind wie aus Gold gemacht und bringen das Bild zum Leuchten!

Die Luftpumpe

Eine Begebenheit

Jahrzehnte, nachdem ich sie erlebt hatte, erinnerte ich mich an eine Begebenheit aus meinem frühen Leben, und das kam so:

Nachdem er das Fahrrad schon lange in den Garten geschoben hatte, wuselte mein Mann im Schuppen herum und kam dann mürrisch mit der Nachricht ans Tageslicht, er könne die Luftpumpe nicht finden. Ich stand eher ungerührt daneben – etwa so wie ein berühmter Zeichentrick-Hase, unbeteiligt eine Möhre kauend – und hörte mich plötzlich leichthin sagen: „Mach Dir nichts draus, das geht mir schon seit über vierzig Jahren so!" Dann wandte ich mich – seinen fragenden Blick ignorierend – wieder scheinbar Wichtigerem zu.

Doch halt: Da war sie wieder, die Geschichte!

Es war in der zweiten Klasse, und da durch Stich- und Geburtstag ein Späteinschüler, war ich bereits acht Jahre alt und im Innern meiner sich entwickelnden Persönlichkeit eine vermeintlich angehende Astronomin. Ohne dies zu wissen oder gar zu ahnen, gab unsere Lehrerin eines Tages die Hausaufgabe auf, drei Sternbilder zu Papier zu bringen. Sternbilder, man erinnere sich, sind jene Gebilde, die aus scheinbar nahe beieinander liegenden Sternen unter Zuhilfenahme von gedachten Verbindungslinien einen Sinn zu machen vorgaben, obwohl sich dieser Sinn selbst durch darübergelegte kunstvolle Zeichnungen von Bärin und Schlange und Hund dem kritischen Betrachter oft nur eher widerstrebend erschloss. Aber was soll man machen, so haben es unsere vom Fernsehen noch unverbildeten Vorfahren nun mal gesehen, und Traditionen muss man akzeptieren.

Ich also setzte mich hin, und nicht, weil ich vielleicht eine Streberin gewesen wäre, sondern weil es mir Spaß machte und es mich meinem Traumberuf näherzubringen versprach, nahm ich den Sternenatlas zur Hand und legte gleich zehn Sterngebilde auf's Papier: *Orion* und *Waage*, den *Wagen* samt Deichsel, den Kleinen und den Großen *Bären*, und wie sie alle heißen.

Und, weil mich deren verblüffende Einfachheit faszinierte, die *Luftpumpe*. Das war mein Verhängnis.

Am nächsten Tag war das Geschrei in der Schule groß. Ungeachtet der Tatsache, dass ich meinen Hausaufgabenplan nicht nur erfüllt, sondern – um es in DDR-typischem Vokabular zu sagen – mit dreihundert Prozent sogar eindeutig übererfüllt hatte, regte sich die Lehrerin *nur* über die Luftpumpe auf. Und da sie mir offenbar schon im zarten Alter von acht Jahren eine enorme Bösartigkeit zutraute oder sich zumindest veralbert vorkam, kriegte ich – selbst im Angesicht der neun „richtigen" Sternbilder – nicht etwa eine Eins, sondern wegen der astronomischen Aufblasvorrichtung in der Auswahl nur eine Zwei minus. Wie diese Bewertung im Denken meiner Lehrerin zustande kam, wird mir immer ein Rätsel bleiben.

Natürlich war ich entsetzt und gedemütigt und rannte nach Schulschluss heulend nach Hause und in die Arme meiner Mutter. Nun reagierte diese wie eine Bärin, die ihr Junges verteidigte, und eine Beweisführung in Form der Sternenkarte wurde für den nächsten Schultag vorbereitet. Der Nachweis für die Existenz des strittigen Sternbildes wurde erbracht und eine Entschuldigung der gegnerischen Seite kleinlaut gemurmelt. Meine Zensur verwandelte sich, wenn ich mich recht erinnere, in eine Eins mit zwei Pluszeichen, und man sprach nie mehr über den Vorfall.

Ich habe übrigens *nicht* Astronomie studiert, aber das ist wieder eine andere Geschichte.

Jedoch: neulich am Schuppen wurde mir bewusst, wie noch nach so vielen Jahren eine solche erduldete Ungerechtigkeit tief in der Seele nistet und nur darauf wartet, wieder aus dem in uns wohnenden verletzten Kinderseelchen ins Leben zu springen.

Ach so, das Sternbild *Luftpumpe*, welches ich am realen Sternenhimmel nie finden konnte, sieht übrigens ganz einfach aus. Es bestand laut meinem damaligem Himmelsatlas aus nur zwei Sternen, die von einer Geraden verbunden wurden. Also wirklich eine Konstellation, mit der sich mancher Lehrer von seinem Schüler veralbert vorkommen kann. Und es gibt sie wirklich. Heute weiß ich, dass die auch (aus dem Griechischen!) „*Antlia*" genannte Formation in Wirklichkeit aus mindestens drei lichtschwachen Sternen besteht, die aber wegen ihrer Lage am Himmel nur sehr niedrig über unserem Horizont aufgehen. Und bei den vielen Sternen am Nachthimmel wäre es auch sehr müßig herausfinden zu wollen, welche zwei oder drei Lichtpunkte das dann wären.

Man sieht also, die Luftpumpe *ist* schwer zu finden. Und wenn mein Mann auch in Zukunft weiterhin herumgrummelt, er könne die Luftpumpe nicht finden, dann sage ich nur sehr weise und ein wenig verträumt: „Ich weiß, ich weiß ..."

Schwalben, Söckchen, Stangeneis

Kindheit in Köpenick

Vor vielen Jahren, schon erwachsen, schrieb ich das folgende, ein wenig resignierte, Gedicht:

> In meinen Träumen
> gibt es noch
> das Windgedicht im Feld
> und den Käfermai
> der Kindheit.
> Wenn auch die jungen Schwalben ziehen,
> bleibt nur das Heute nah bei mir ...
>
> Nur manchmal noch
> – in Juninächten –
> lockt grünes Phosphorglimmen
> im Gras.

Da hatten wir das Waldsterben fast schon hinter und Ozonloch und Klimakatastrophe noch vor uns. Da nostalgierte Reinhard Mey: „Es gibt keine Maikäfer mehr!"
Da gab es wirklich kaum mehr Glühwürmchen.
Da war auch die Zeit der Kindheit vorbei: die Nach-Nachkriegszeit, wo es wenig gab, man zum Teil noch auf Lebensmittelmarken einkaufte und doch alle irgendwie schon zufrieden waren. In Berlin standen noch Ruinen, die man von der S-Bahn aus sah. An der Jannowitzbrücke zum Beispiel konnte

man direkt in die ausgebombten Zimmer mit Tapeten- und Fliesenresten an den Wänden hineinblicken und am Betriebsbahnhof Rummelsburg türmte sich ein Trümmerberg – riesig und scheinbar für die Ewigkeit. Da roch es schon ganz lange nicht mehr nach Brand. Da war noch viel Zeit für Träume und Enttäuschungen. Heute wachsen in Rummelsburg statt des Schuttberges schon seit Jahrzehnten große Bäume.

Ich hatte das Glück, zumindest in den ersten sieben Jahren mit Begeisterung in die Schule zu gehen und tolle Lehrer zu haben. Das fing schon mit der Vorschule im damaligen „Institut für Lehrerbildung" an, zu der ich stets mit Freude im Herzen sowie Knete, Buntstiften und Legestäbchen im Folklorebeutel ging. Unsere erste Klassenlehrerin war noch ganz jung, und jeder aus der Klasse konfrontierte seine verblüfften Eltern mindestens einmal in den ersten drei Schuljahren mit dem Wunsch, von ihr adoptiert werden zu dürfen.

Der Musiklehrer hingegen war eine Respektsperson. Er wartete nicht nur mit einer Haarmähne und einem Habitus á la Beethoven auf, sondern hielt seine Musikstunden auch stets am großen Flügel sitzend ab und eröffnete immer mit einem Wunschmusikstück aus dem klassischen Repertoire. Oft war das bei uns „Fröhlicher Landmann, von der Arbeit heimkehrend", und unser Lehrer befriedigte stets diese Nachfrage, kopfschüttelnd über die Tatsache, dass wir uns an dem Stück nicht satthören konnten und zugleich immer wieder aus unerfindlichen Gründen an einer bestimmten Stelle der Musik plötzlich alle laut lachen mussten. Vortragen mussten wir natürlich auch zum Flügel, und da lachte dann keiner mehr!

In diese Zeit fällt die deutliche Erinnerung an ein großes Bild, das eines Tages im Treppenhaus des Instituts stand. Es zeigte den Kosmonauten Juri Gagarin und hatte einen Trauerflor.

Unser Lehrer im Werken hatte im Krieg ein Bein verloren und ging daher an Krücken, was ihn nicht hinderte, uns so toll und anschaulich in allen handwerklichen Techniken zu unterrichten, dass ich noch heute oft an seine Anweisungen denke, wenn ich mit Werkzeug hantiere. Jeder, der in diesem Fach auf dem Jahreszeugnis eine Eins bekam, durfte mit ihm in seinem Angelkahn auf die Köpenicker Gewässer fahren – eine Sache, die heute schon aus versicherungstechnischen Erwägungen undenkbar wäre –, und wenn wir dann vom Boot aus gemeinsam schwammen, konnten wir den nackten Stumpf seines Beines und die Narbe sehen. Es war im ersten Moment etwas gruselig, wurde dann aber so natürlich, dass ich nie mehr wirklich Probleme hatte, bei Verstümmelungen hinzusehen.

Die letzte Lehrerin, die mir wirklich viel bedeutete, war meine Sekundar-Deutschlehrerin, die mich als Einzige in meinen literarischen Bemühungen ernst nahm und sicher das Samenkörnchen in mich pflanzte, welches letztendlich und nach einem langen Weg zu diesem Buch geführt hat.

Doch genug der Schule, was konnte schöner sein als Ferien? Dabei war es mir als Kind, im Gegensatz zu heute, völlig egal, ob es Sommer oder Winter war.

Was hatten wir Schnee! Meterhoch war er, jedes Jahr. Ich erinnere mich eines Kindheitswinters, wo die geschippten Schneemassen zwischen Bürgersteig und Fahrbahn zu Schneewänden aufgetürmt und jeweils an den Hauseingängen Durchgänge gelassen wurden, damit man die Straße überqueren konnte. Aus dem Haus in Rangsdorf bei Berlin kamen meine Großeltern nur noch durch's Fenster.

In den Frühlingen leuchtete dann der Rotdorn, und die jungen Lindenblätter strahlten sogar nachts im schwachen Gaslaternenlicht. Oft kam morgens ein Mann mit einer langen Stange, der noch brennende Laternen manuell löschte.

Überhaupt, der Rotdorn: Er begleitete mich durch meine Kindheit. In einem Jahr bescherte er uns eine regelrechte Raupenplage. Ich erinnere mich, dass sich die Tierchen massenhaft auf Hüte, Jacken und Mäntel der unter den Bäumen entlanggehenden Leute herunterließen.

Und dann die Sommer: sonnig, warm; mit Duft verströmenden Balkonpetunien und Abendhimmeln voll von spitz schreienden Schwalben.

Im Übergang vom Frühjahr zum Sommer konnte man es kaum erwarten, von der überbesorgten Mutter die Erlaubnis zu erhalten, wieder in Kniestrümpfen oder gar in Söckchen zu gehen und Sandalen anzuziehen. Dieses Gefühl der Befreiung war außerordentlich; warum fühle ich es heute nicht mehr? Wohin ist uns das verlorengegangen?

Unsere Straßenspiele waren immer die selben, also aus heutiger Sicht langweilig. Uns aber konnte es nicht zuviel werden mit Spielen wie „Herr Fischer, Herr Fischer, wie tief ist das Wasser", Seilspringen und, ein wenig später, Gummihopse. Die Sackgasse war dazu bestens geeignet. Auch wurden wir regelmäßig unterhaltsam unterbrochen: Mal war es der Leierkastenmann, mit dem wir Kinder dann von Hof zu Hof mitzogen und für den wir die aus den Fenstern geworfenen, oft in Zeitungspapier eingewickelten, Münzen aufhoben. Oder es kam der Scherenschleifer mit seinem Fahrrad, das er flugs umdrehte und in eine Schleifapparatur verwandelte.

Der Höhepunkt aber war der Eismann. Ich meine den Stangeneismann. Er brachte riesige gefrorene Wasserbalken; zurechtgesägt so, dass sie bei denen, sie sich glücklich schätzen konnten, einen zu besitzen, in den Eisschrank passten. War der Besteller des Eises nicht zu Hause, wurden die Blöcke vor'm Haus am Rand des Bürgersteigs abgelegt.

Auch wenn die Mutter es strengstens verboten hatte, weil das Eis ja nur zum Kühlen und deshalb aus „schlechtem" Wasser hergestellt war: Es war eine Versuchung, daran zu lecken. Müßig zu sagen, wir leckten natürlich dran ... Und keiner bekam

Bauchweh oder lebensgefährliche Bakterien und andere Erreger ... und wir leben alle noch.

Die Sommer meiner Kindheit aber, mit Schwalben, Söckchen und Stangeneis; mit Rotdorn, Leierkasten, Gaslaternenauslöscher und Scherenschleifer – die hat die neue Zeit gefressen.

Beim „Funk"

Über einige prägende Jahre

Eigentlich wollte ich ja Astronomin werden. Das allerdings redete mir mein ehemaliger Schuldirektor aus. Das Weltall lag außerhalb der DDR. Es auch nur gedanklich betreten zu wollen, war schon etwas problematisch und nicht jedem möglich.

Also dann Regisseurin. Aber auch das ging nicht. Da hätte man ja studieren müssen, und ein dazu erforderliches Abitur ging schon gar nicht. Denn ich war zwar beim Notendurchschnitt die Zweitbeste in meiner Klasse und daher berechtigt für einen der zwei Abi-Plätze, jedoch hatte ich mich mit kritischen Fragen, Kommentaren und Verweigerungen hervorgetan und galt also als „nicht auf Linie".

Also blieb erstmal als Einstieg die Studiotechnik. Der Rundfunk bot die reine Lehre, das Fernsehen bot sogar Berufsausbildung mit Abitur. Es zog mich entgegen jeder Logik zum Rundfunk. Ich hätte mich zwar auch in der Bild- und Tonregie sehen können – geschnuppert hatten wir dort ja – aber der Hörfunk schien mir ein besonderes Medium zu sein.

Wir hatten „Praxis" im sogenannten „Sender Grünau" und „Theorie" auf dem berühmten Königs-Wusterhausener Funkerberg. Es war nicht leicht – lange Anfahrt, langer Fußmarsch; aber uns wurden Dinge geboten, die es heute nur noch im Museum gibt. An der Schwelle zur Moderne mussten wir noch Morsezeichen und Röhrentechnik lernen. Röhren, man erinnere sich, waren jene Ungetüme in Radio- und Fernsehempfängern, die immer erst minutenlang warmlaufen mussten, ehe man Bild oder Ton bekam. Unvergessen unser alter Lehrer Herr Gade, auch „Röhren-Gade" genannt. Heute würde man ihn einen „Dinosaurier" nennen. Denn er hatte die Aufgabe, uns auch die neue Transistorentechnik zu lehren – widerwillig, wie er vor jedem Unterricht betonte, denn: „Merkt Euch eins: Der Transistor wird sich *nie* durchsetzen, der Röhre gehört die Zukunft!" Der arme Mann glaubte wirklich und sehr fest daran. Die alles verändernden Mikrochips waren damals noch in den Kinderschuhen ...

Ab dem zweitem Lehrjahr ging´s ins Funkhaus Berlin. Wir wurden sofort im laufenden Schichtbetrieb eingesetzt. Meine „Heimat" war der Block A mit den Studios von *Radio Berlin International* (RBI) – einer DDR-Version von BBC Worldwide Services. Seltener verschlug es mich zum *Berliner Rundfunk*, zur *Stimme der DDR*, in´s *DT-64*-Studio oder auch mal zum Hörspiel und in den phantastischen Sendesaal im Block B.

Bei RBI wehte irgendwie der Flair der großen weiten Welt. Es wurde in neun Sprachen vorproduziert – mit dabei Hindi, Suaheli und Arabisch. Als bester Vergleich aus der heutigen Zeit könnten die „Euro-News" im Fernsehen herangezogen werden, bei denen ja auch alle Beiträge gleich, nur in verschiedenen Sprachen, produziert werden. Als Techniker musste man die Manuskripte mitlesen, denn man musste ja wissen, an welcher Stelle die Einspieler kamen. Selbst bei den für uns nicht lesbaren Sprachen kamen wir recht schnell dahinter. Die Inhalte waren ja in allen Sprachen gleich. Fix lernte man den Rhythmus und die Sprachmelodie zu deuten und einzelne Worte zu verstehen. Zudem hatte ich in der unvergessenen Antje Garden, die viele aus der Nach-Wende-Zeit nur als Ansagerin und Moderatorin von Samstagabend-Shows kennen, eine phantastische Arabisch-Redakteurin und warmherzige Freundin, und außerdem gaben sich in der Spanisch-Redaktion viele Exil-Chilenen – ausgestattet mit massig Verständnis und Geduld für uns Lehrlinge – die Klinke in die Hand. Mit vielen der Kollegen entstanden persönliche Freundschaften.

Ansonsten erinnere ich mich – sooooo lange ist das her! –, dass in meinem Studio ein Plakat mit der Losung „Freiheit für Nelson Mandela" hing. Unter einer der vier Bandmaschinen lag ein längeres Tonband mit Musik zum Zeitvertreiben während der Wartezeiten. Gleich das erste Lied auf diesem Band war „If you leave me now" von *Chicago*, an welchem ich mich nicht satthören konnte, und so kopierte ich es einige Male und bastelte mir so etwas wie eine Endlos-Version ...

Die hörenswerten Titel der Zeit aus DDR-eigener Produktion waren Rockballaden wie „Märchenzeit" und „König der Welt" von *Karat*, „Am Fenster" von *City,* die wunderbaren Lieder von *Veronika Fischer* oder, etwas später dann, das traurig-melancholische „Am Abend mancher Tage" der Gruppe *Lift*.

Die Technik – zwei Bandmaschinen jeweils rechts und links, und dazwischen das Reglerpult – waren natürlich noch wie aus grauer Vorzeit. Als einmal eine Delegation aus dem sogenannten NSW (nicht-sozialistischer Wirtschaftsraum) die Studios besichtigte, verabschiedete sich der Delegationsleiter von mir mit den Worten, jetzt habe man das Museum gesehen, nun wolle man aber auch mal die eigentlichen Produktionsstudios besuchen – Betretenheit auf allen Gesichtern ...

Zumindest hatte der Sender ein sogenanntes „Automatisiertes Sendezentrum", das ohne Techniker beziehungsweise nur mit Minimalbesetzung arbeitete. Wenn eine Spule am Rotband, also dem Ende, angekommen war, schaltete sich automatisch die nächste Maschine, in der eine volle Spule mit Grünband am Anfang lag, ein ... und so weiter.

Das gab Gelegenheit für lustige Pannen. Da wir die Bänder – man muss das heute im Computerzeitalter wirklich erklären – noch mit Schere und Klebeband schnitten und wieder aneinanderfügten, kam der eine oder andere Lehrling schon mal auf die Idee, Rot- oder Grünband an Stelle von unbespieltem Magnetband dorthin zu kleben, wo aus irgendwelchen Gründen eine Pause gebraucht wurde. Nun, die vollautomatische Maschine erkannte das natürlich nicht, sagte sich „Oh, Rotband bzw. Grünband!" – und schaltete ab. Mitten im Satz. Und der überwachende Techniker war vielleicht gerade auf dem Klo.

Die Magnetbänder waren zu tausend Metern lediglich fest um einen Kern – den sogenannten *Bobby* – gewickelt. Normalerweise hielt das. Wenn aber die Maschinen alt waren und nicht mehr so fest wickelten, konnte es passieren, dass das Band einfach vom Kern fiel. Das ist mir einmal passiert, mit etwa achthundert Metern Band einer gerade fertiggestellten Produktion – kurz vor Dienstschluss und zwanzig Minuten vor Sendetermin. Es ist eines dieser Erlebnisse, die ich niemals vergessen werde. Seitdem bin ich Spezialistin im Entknoten größerer Verwicklungen.

Wie gesagt, wir *schnitten* die Bänder mit der Schere, aber auch mit dem Bleistift. Letzteres nannte man „schnittloses Cuttern". Versprach sich jemand in der Vorproduktion, dann fuhren wir das Band zurück, drückten auf „Aufnahme", spielten die letzte Sequenz ab – wobei wir das bereits bespielte Band mittels eines Bleistiftes vom Löschkopf fernhielten – und an der Stelle, wo der Sprecher wieder einsetzen sollte, zogen wir den Stift blitzschnell heraus und zogen gleichzeitig den Mikrofonregler auf – Voilá! In neun von zehn Fällen klappte es, und es war gängige Praxis.

Mit einer guten, entmagnetisierten Schere lernten wir, aus Wortbeiträgen einzelne Buchstaben und aus verhedderten Musiken einzelne Noten herauszuschnippeln oder eben auch ganze Sequenzen, die dann bei Bedarf auch wieder eingefügt werden konnten, was das in sich so widersprüchliche wie wunderbare Insider-Wort „hineinschneiden" hervorbrachte. Zu Letzterem gab es eine Übung, die jeder Lehrling durchcuttern musste, mit einem Instrumentalstück, das „Die Steilkurve" hieß. Ich könnte es jetzt noch fehlerfrei singen und traue mir auch heute noch zu, es ebenso fehlerfrei „zusammenzuschneiden". Das wäre einer meiner bescheidenen Lebenswünsche, wenn wirklich mal jemand mir einen Gefallen tun möchte: Dieses Ding nochmal zu hören! Leider habe ich es im Internet nicht finden können.

Das Schneiden von Buchstaben und Wörtern wurde zumeist für Propagandazwecke missbraucht. Immerhin lebte auch der Rundfunk der DDR in seinem politischen Teil von Sendungen nach dem Muster des „Schwarzen Kanals", indem es Inhalte aus westdeutschen Fernseh- und Rundfunksendungen einfach ummodelte und dadurch zu seinen Zwecken sinnentstellte. Ich habe solche Fälscherei nur einmal machen müssen und mich danach erfolgreich gegen Einsätze dieser Art zur Wehr setzen können, ohne meinen Job auf's Spiel zu setzen.

Der „Funk" war eine Welt für sich, mit Fachbegriffen wie eben „Bobby", „Bombe" (für den Schlüssel, mit dem man in die besonders gesicherten Bereiche gelangen konnte) oder „'reinschneiden", wo es eigentlich ja „herausschneiden und hineinkleben" hätte heißen müssen. Und selbstverständlich wurde und wird eine Sendung – ähnlich einem Auto, Schiff oder Ballon – „gefahren". Fragen Sie mich nicht, warum ...

Natürlich gab es viele Künstler um uns herum und dementsprechend auch viele Freigeister und einige kleine „Widerstandszellen". So haben wir mehr als einmal heimlich, und ohne Spuren zu hinterlassen, Musiken in die abends und nachts im automatisierten Sender laufenden Bänder geschmuggelt, die auf dem Index waren. Ich erinnere mich an ein Biermann-Lied und den Song „Hiroshima", bei dem mir noch heute unklar ist, warum er damals in der DDR, bevor er von den *Puhdys* gecovert wurde, verboten war. Man hat uns nicht erwischt und es war spannend, abends am Radio die eigene verbotene Tat mit anzuhören – der Krach beim Abteilungsleiter am nächsten Morgen war weniger gut zu ertragen.

Wo ich schon aus dem Nähkästchen plaudere: Über sogenannte „Zufälle" wird hier noch zu reden sein. Mit dem folgenden Erlebnis aus besagter Kategorie möchte ich jetzt schon mal diese Geschichte hier garnieren.

Ich hatte mal wieder Studiodienst, und die Abteilung Kultur hatte sich bei RBI Produktionszeit verschafft. Es erschienen zwei bekannte Schauspieler, die beide in sehr missmutiger Laune zu sein schienen. Während die Dame noch zu mir in die Technik kam und „Guten Abend" sagte, verschwand der Herr gleich in´s Aufnahmestudio.

Ich will die Namen hier nicht sagen. Nur soviel: Ein früherer DEFA-Film hatte den zukünftigen Tatort-Kommissar bereits zur Legende gemacht, und die Dame war eine Wünscheerfüllerin.

Der Grund für den Missmut war schnell klar: Die beiden mussten, abwechselnd, Gedichte junger Nachwuchslyriker lesen. Damals war die sogenannte „Poeten-Bewegung" in vollem Gange, um neue junge Autoren heranzubilden. Auch ich hatte schon erfolgreich einige Gedichte verfasst und veröffentlicht.

Offenbar gefiel das Sujet unseren beiden Berühmtheiten nicht – sie hätten wohl lieber Rilke oder Goethe vorgetragen als Max Meier und Lieschen Müller. Dementsprechend leierten sie die Texte auch monoton herunter in einer Weise, die meine Deutschlehrerin mit „Setzen, fünf!" quittiert hätte.

Und ich, die ich den Mikrofonregler und die dB-Aussteuerung bei dem Geplänkel nur mäßig im Auge behielt, schlief fast ein und ärgerte mich über soviel Arroganz. Aber was konnte ich kleiner Lehrling tun ...

Bis zu dem Moment, wo ich aufhorchte, denn ich hatte *meinen Namen* gehört, und nun leierten sie eines *meiner Gedichte* herunter. Ohne mein Wissen hatte irgendein Redakteur mein damals preisgekröntes Poem „Barlach" für diese Lesung auserkoren. Das war meine Chance! Der Regler ging ´runter, das rote Licht erlosch, und die Beiden hinter der Studioscheibe guckten mich fassungslos-blöde an. Was jetzt sei, wollte der Mann wissen, er habe sich doch gar nicht versprochen.

„Nein," sagte ich, „aber Sie haben hier so rezitiert, wie es mir in der Schule nicht erlaubt gewesen wäre. Dagegen konnte ich nichts tun. Dies ist nun aber ein Werk von *mir*, und da kann ich etwas tun. Entweder Sie lesen es so, wie es sich gehört, oder Sie lesen es gar nicht!" Natürlich war das starker Tobak! Natürlich spricht man so nicht mit *dem* Schauspieler. Natürlich sah ich mich in Gedanken schon entlassen oder zumindest gemaßregelt ...

Unser ehemals jugendlicher Held rannte in den Vorraum und zündete sich eine Zigarette an. Die Frau stürzte hinterher und redete auf ihn ein – und dann geschah das Wunder.

Beide kehrten in's Aufnahmestudio zurück, der Schauspieler guckte mich zum ersten Mal wirklich an und entschuldigte sich in aller Form bei mir. Dann fragte er, ob es mir etwas ausmache, wenn wir nochmal ganz von vorne anfangen würden.

Das taten wir. Max und Lieschen klangen nun wie Johann Wolfgang oder Rainer-Maria, und zur Verabschiedung kamen beide Mimen in den Technikraum und reichten mir entschuldigend die Hand. Da hatte ich gelernt, dass man auch mal widersprechen können muss und Mut sich manchmal auszahlt.

Natürlich kommt man beim Thema Rundfunk nicht an den Pannen vorbei, die durch Versprecher geschehen. Ein jeder kennt die hinlänglich bekannten Beispiele, und die meisten Mitarbeiter bei Bühne, Funk und Fernsehen wollen sie wohl alle selber erlebt haben. Richtig ist sicher, dass Viele ein dem Versprecher zugrundeliegendes Prinzip erlebt haben: die Angst, Fehler zu machen, und die Freude, wenn diese vermeintlich ausgeblieben sind. Denn Achtung ist geboten: Wenn man beispielsweise erfolgreich die Klippe *Nussk(n)ackersuite* umschifft hat, dann kann einem leicht noch ein *Scheisskowski* unterlaufen. Und wer je die H-Moll-Messe richtig ausgesprochen und sich nicht etwa in die *H-Mess-Molle*, *H-Moss-Melle* oder gar die *H-Mell-Mosse* verheddert hat, dem geschieht schon mal aus Versehen ein *Johann Sebaldrian Bach*. Dementsprechend werden Sprecher vor dem Verlesen ähnlich klippenreicher Texte gerne von Kollegen und Technikern so lange aufgezogen, bis es eben an irgendeiner Aufmerksamkeits-Schwachstelle passiert.

Kriegt man jemanden damit überhaupt nicht aus dem Konzept, hilft bei besonders unbeliebten Sprechern nur noch folgendes, von meinem Kollegen Helmut entwickeltes, Rezept: Bei der Live-Sendung einfach aufpassen, in welchem Rhythmus das arme Opfer vom Blatt aufschaut, um dann im geeigneten Moment ein sehr nasses Scheuertuch vom Technikraum her an die Trennscheibe zu werfen.

Ist gemein ... wirkt aber immer!

V.I.P.

Mein Verhältnis zu Zelebritäten

Ich habe mir noch niemals wegen Stars und Sternchen in die Hose gemacht. Mir war – auch dank meiner Oma – schon sehr früh bewusst, dass dies auch nur Menschen sind wie wir und genau wie Erbauerinnen von Brücken, Putzmänner oder Herzchirurgen ihrer Arbeit nachgehen. Dementsprechend brachte ich ihnen schon im Kindesalter nicht per se Bewunderung entgegen.

Das drückte sich Anfang der sechziger Jahre, als ein Fernseh"star" noch etwas ungewöhnlich Aufregendes war, in einer Begebenheit aus. Ich ging, etwa vierjährig, an der Hand meiner Mutter von der Treskow-Brücke in Richtung Bahnhof Berlin-Schöneweide, als uns Willy Schwabe entgegenkam. Dabei handelte es sich um einen schon etwas älteren Herrn, Schauspieler seines Fachs, der eine beliebte Sendung moderierte, nämlich die in alten Filmen kramende „Rumpelkammer".

Ich sehe ihn noch heute vor mir: Er hatte eine damals gebräuchliche Milchkanne in der einen und ein Netz mit Schrippen in der anderen Hand. Eine unverwechselbare Erscheinung. Ich fixierte ihn mit meinem zunächst bewundernden Blick, doch als wir an ihm vorbei waren, beklagte ich bei meiner Mutter laut die Unfreundlichkeit dieses Mannes. Immerhin schaute er regelmäßig in unser Wohnzimmer und musste uns also kennen. Und wen man kennt – so hatte ich gelernt – den grüßt man! Meine Kinderseele war von Willy Schwabe tief enttäuscht. Man sieht, ich hatte das Medium Fernsehen damals technisch noch nicht verstanden.

Bedingt durch meinen langjährigen Wohnort Berlin-Köpenick und die Tatsache, dass ich als Studiotechnikerin beim Rundfunk und danach lange im Kulturbereich arbeitete, liefen mir viele der heute so genannten „celebrities" über den Weg. Ich habe sehr bescheidene, einfache Menschen kennengelernt und auch einige richtige Angeber.

In Köpenick, speziell im Ortsteil Friedrichshagen, lebte man ja beinahe Tür an Tür mit DDR-Stars. Frank Schöbel und die Puhdy's wohnten um die Ecke, Margot Ebert traf man beim Tierarzt, und noch heute glaubt mir mein Mann nicht, dass einige Schauspieler, die es in Hollywood zu internationalem Ruhm gebracht haben, ebenfalls aus Köpenick kommen.

Beruflich bekam ich es im Studio mit so netten und bescheidenen Menschen wie dem Kammersänger Rainer Süss oder dem „Außenseiter – Spitzenreiter" – Reporterteam Wolfram/Wolle zu tun, und mit Heinz Quermann bin ich mal auf der Wendeltreppe des Senders Grünau steckengeblieben.

Mit der mittlerweile auch im Westen bekannten Helga Hahnemann durfte ich meine erste selbständige Radiosendung produzieren; ich glaube, es war „Helgas Topp-Musike". Helga war wirklich so, wie sie von vielen erlebt und beschrieben wurde: quirlig, professionell und herzlich.

Mich verblüffte sie mitten in der laufenden Produktion mit einer Unterbrechung: „Komm Kleene, halt ma' det Band an. Sach' mir mal 'n paar Namen, so wie Lieschen Müller, aba mehr so aus'm Leben ...!" Ich wusste nicht, worauf sie hinauswollte, dachte aber kurz nach und sagte ihr durchs Kommandomikrofon zögerlich eine Reihe von schnell erfundenen Phantasienamen durch, die sie notierte.

„Is' jut! Mach' weiter!"

Ich zog das Mikro wieder auf und „Henne" moderierte fröhlich: „Und nu' zu unser'm Preisausschreiben von vorjer Woche. Jewonnen ham' diesmal: ..." – und dann kamen meine Namensvorschläge.

Als wir mit der Aufzeichnung fertig waren, meinte sie nur „Tut ma´ ja leid, aber´s hat keena jeschriehm auf unser Rätsel, da musst´n wa´ erfinden! – Danke, Kleene, und Tschüss!" Sprach´s – und rannte aus dem Studio.

Es gibt diesen berühmten Sketch, in dem die Hahnemann die Herren Süss, Quermann und Oertel interviewt, diese allerdings nicht den Hauch einer Chance zur Antwort bekommen. Hinter ihr steht als Toningenieur, das Mikro haltend, Rolf Herricht. Mit Ausnahme des Letzteren durfte ich mit allen beteiligten Personen arbeiten. Als ich schon weg war vom Rundfunk, organisierte ich für die Mitarbeiter der Berliner Verkehrsbetriebe monatliche Talkshows mit prominenten Gästen und Heinz-Florian Oertel als Gastgeber. Auch das war – trotz kleinerer Eitelkeiten – ein angenehmes Arbeiten. Und oft waren die „größten" Künstler und Schauspieler, die mir dort begegneten, auch die bescheidensten und angenehmsten.

Besonders erinnernswert gestaltete sich die Zusammenarbeit auf der Berliner Klima-Messe 1995 mit Barbara Rütting. Aus Kostengründen teilten wir uns einen Stand mit ihr. Sie repräsentierte den „Ökologischen Marshallplan".

Während ich meine Präsentationen und Flugblätter zur „Agenda 21" auspackte und aufbaute, überraschte sie durch das massenweise Heranschaffen von Kochplatten, Bratpfannen und Kochzutaten sowie der Bemerkung: „Wenn du hier argumentieren willst, kannst du das gerne tun. Aber vorher müssen die Leute ´was zu essen kriegen, dann bleiben sie auch stehen und hören dir zu. Also los, erst mal Grünkernbratlingmasse anmischen!"

Als ich gerade die Hände so schön voll mit dieser vegetarischen Variante des Gehackten hatte, kam Franz Alt vorbei, um uns bedruckte T-Shirts zu bringen. Ich hob entschuldigend meine verschmierten Finger und knurrte, nun käme schon mal einer meiner Lieblingsjournalisten, und dann könne ich ihm nicht mal die Hand geben, worauf er kurz „Hände hoch!" rief und mich dann herzlich drückte.

Und wo wir gerade bei „West"-Bekanntschaften sind: Einmal durfte ich Arm in Arm mit einer ebenso unprätentiösen wie interessierten Brigitte Grothum des Nachts die Friedrichshagener Bölschestraße entlangschlendern und ihr dabei die lokalen Bestrebungen zum Schutz des Berliner Müggelsees erläutern.

Um die Geschichte rund zu machen, kehren wir zurück nach Berlin-Schöneweide. Dort lag für eine kurze Weile nach der Wende der Sitz der Firma, bei der ich damals beschäftigt war. Gegenüber lag eine Kaufhalle, in der wir uns meist unser Mittagessen besorgten. Als ich da am Fleischstand in der Schlange wartete, stand vor mir ein kleines, altes Männchen in Filzlatschen.

Diese freundliche Begegnung werde ich – wie auch die mit weiland Willy Schwabe – nie vergessen: Der Mann ließ sich nach längerem Nachdenken ein Viertelpfund Gehacktes abwiegen. Als er es bekommen hatte, drehte er sich ganz langsam zu mir um und entschuldigte sich ausgesucht höflich dafür, dass er mich seiner Meinung nach so lange aufgehalten hatte.

Es war, kurz vor seinem Tod, der von mir sehr verehrte Schauspieler und Chansonsänger Gerry Wolff.

Rrreschpeckt!

Weisheiten

An meiner Oma komme ich – wie man ja schon las – in diesem Buch auf keinen Fall vorbei. Und das will ich auch gar nicht. Hauptsächlich durch sie kam ich zu verschiedenen Wahr- und Weisheiten, besonders wenn es um sogenannte *„Respektspersonen"* ging. Meine Oma hat in ihrem Leben nicht nur in ihrem Beruf als Schneidermeisterin viel erlebt, aber als solche erlebte sie manchmal nicht Alltägliches.

Als Herrenmaßschneiderin hatte sie schon Menschen unterschiedlichsten Standes an deren verschiedensten Teilen vermessen, und ihre vornehmste Aufgabe am Kunden war die einleitende Frage, ob der Herr *Links-* oder *Rechtsträger* sei. Denn es war unerlässlich, dass das Beinkleid – egal was unter ihm physiologisch vor sich ging – optisch nichts davon preisgab. Mithin hätten Blue Jeans bei ihr, die ansonsten selbst im höheren Alter allem Modernen aufgeschlossen war, nicht den Hauch einer Chance gehabt.

Daher hatte meine Oma eine Ahnung sowohl von punktuell stark auftretenden Abweichungen wie auch von der allgemeinen Gleichbeschaffenheit der Menschen. Wäre sie eine Berlinerin gewesen, hätte sie es sicher so ausgedrückt: „Die ham ooch alle nur zwee Arme, zwee Beene un'n Kopp!" Da sie aber aus Merseburg kam und sich auch sonst etwas gewählter ausdrückte, gab sie mir mit auf den Lebensweg: Käme mir mal ein Mann dumm oder aufgebläht, sollte ich mir diesen einfach in der Unterhose vorstellen oder auf dem Klo. Denn: „Da muss sogar die Königin von England hin, wenn sie muss!"

Ein gutes Mittel gegen allzuviel Eitelkeit ist manchmal totale Unkenntnis. Die stellt sich zum Beispiel ein, wenn man in einem fremden Land lebt und die dortigen „Größen" einfach (noch) nicht kennt – oder wenn man älter wird und die Namen der gerade „angesagten" Stars und Sternchen nicht mehr ...

Es passierte in Irland, als ich in einer Hotelbar arbeitete: Eine ganze Tischgesellschaft, die gut und teuer gespeist und getrunken hatte, stand plötzlich auf und machte sich von dannen. Ich hielt gerade noch den letzten der Zecher an, um zu fragen, wer denn nun bezahlen würde. Da wurde mir barsch entgegnet, ob ich denn nicht wisse, wer der Gastgeber gewesen sei. Nein, wusste ich nicht. Wer war er denn? Darauf der Mann entrüstet: „Na eine V.I.P., eine *very important person*, nämlich der Boss von `Irish Zement`". Ich konnte natürlich nicht wissen, dass Letzterer ein Hauskonto hatte – man hatte es mir nicht gesagt. Aber ich entließ den eitlen Assistenten vom Boss mit der Information, für mich seien alle Gäste „V.I.P.s".

Mir ist es einmal passiert, dass ich „meinen" Generaldirektor, Chef eines großen Berliner Nahverkehrsbetriebes, so vor die Augen bekam, wie Gott beziehungsweise die Natur ihn geschaffen hatte. Arbeitskräfte waren in der DDR oft knapp, und ich musste in der Betriebssauna aushelfen. Der Mann war auch noch an diesem Ort der Entspannung von sich und seiner Verantwortung für rund zehntausend Mitarbeiter so angefüllt, dass man es ihm von Kopf bis Fuß ansehen konnte.

Da stand er also plötzlich vor mir – und er war doch auch nur ein Mensch. Da dachte ich an drei Dinge gleichzeitig: meine Oma, Loriot sowie die Herren Müller-Lüdenscheidt und Dr. Klöbner im Bad. Ich sagte fröhlich grinsend „Guten Tag, Herr Generaldirektor!" und machte mich dann schleunigst aus dem Staub ...

Dieses Bild vor meinem geistigen Auge und der Rat der Oma im Lebensgepäck haben mir dann mein Leben lang beim Umgang mit vor Wichtigkeit strotzenden Egos sehr geholfen.

Hoch-Zeiten Teil 1

Oder: Kein Glück mit Honeymoon

Nein, so schlimm, wie es klingt, ist es nicht. Ich habe eben nur kein Glück mit Hochzeitsreisen, oder anders ausgedrückt: Man könnte mich als eine notorisch verhinderte Hochzeitsreisende bezeichnen.

Ich weiß nicht, ob man das schon nach nur zwei Eheschließungen konstatieren kann, aber nach der zweiten lässt sich zumindest ein Trend erkennen. Ihn mit einer eventuellen dritten Heirat statistisch zu bestätigen, habe ich allerdings keine Lust. Ich hänge zu sehr an meinem zweiten, jetzigen Mann.

Auffällig aber ist das Folgende: Sowohl nach meiner ersten Hochzeit vor vielen Jahren wie auch nach meiner zweiten vor einiger Zeit gelang es mir zwar immer, auf Reise zu gehen, aber in beiden Fällen *nicht* mit dem mir gerade frisch Angetrauten.

Als ich das erste Mal, mit zwanzig, heiraten wollte, war das in tiefster DDR-Zeit. Da wir – die wir uns vorausschauend und termingerecht anzumelden gewusst hatten – plötzlich erfuhren, dass die armeeseitige Einberufung meines Verlobten bevorstand, verlegten wir schnell die Trauung auf den frühesten möglichen Termin. Als sich allerdings herausstellte, dass wir am dritten Mai elf Uhr in Köpenick, Standesamt sein sollten, die Armee aber meinen Mann schon am selbigen Tage um zwölf zur Einnahme seines ersten Soldaten-Lunch erwartete, wurde uns mulmig.

Ein Telefonat mit dem Wehrkreiskommando ergab: Man mochte auf diesen Teilnehmer bei der Hauptmahlzeit nicht verzichten und ließ sich auch nicht auf den Handel „Braut verzichtet auf Hochzeitsnacht, Bräutigam kommt erst zum Dinner" ein. Es war nicht gerade hilfreich, dass mein Verlobter sich eher dem Spaten als dem Bajonett zuordnen wollte; da musste man staatlicherseits Härte walten lassen.

Ein weiteres Telefonat, diesmal beim Standesamt, ob nicht doch ein früherer Termin oder gar ein Ringtausch (schönes Wort in diesem Zusammenhang) stattfinden könnte, wurde von der Beamtin mit dem Hinweis beschieden, ja, wenn es denn etwas zu tauschen gäbe; aber soweit sie sehe, hätte ich nichts von Wert, denn unser Heiratstermin sei vom Wehrkreiskommando gestern namens der Brautleute aufgekündigt worden.

Was für eine bodenlose Anmaßung!

Um die Sache kurz zu machen: Mein parteigetreuer Vater hängte sich in die Sache 'rein, der Termin wurde wieder eingesetzt, die Trauung fand im Standesamt und dann auch in der Kirche statt, wozu mein Vater dem zelebrierenden Pfarrer die unvergessene Bemerkung angedeihen ließ, er singe nur deshalb nicht mit, weil dessen Lieder nicht die seinigen seien; der frischvermählte Jungbausoldat wurde am frühen Nachmittag von der Braut in Weiß und deren Vater unter hunderten von Zeugen im Armee-Sammellager abgeliefert und die Brautnacht war freudlos, aber friedlich.

Bis eine Minute nach sechs am nächsten Morgen.

Die beiden Männer in langen dunklen Ledermänteln brauchten sich nicht auszuweisen und machten sich auch gar nicht erst die Mühe. Es waren zum Teil bizarre Orte, an denen sie meinen angeblich niemals bei der Truppe aufgetauchten Gemahl vermuteten; ja, ihre Aktivitäten sprachen gar dafür, dass es sich bei meinem Mann um einen Meister der Fakirkunst handeln musste, denn wie anders ließen sich all die herausgezerrten Schubladen erklären, in denen sie nach ihm suchten und die sie inventurgerecht zu übersichtlichen Haufen in die Zimmermitte auszuleeren wussten.

Die Männer gingen, wie sie kamen.

Später, genaugenommen Wochen später, entschuldigte sich ein Admiral V. auf meinen schriftlichen Protest hin für den Vorfall, wusste sich den Anlass und das ausführende „Organ" angeblich nicht zu erklären und gab mir tröstend mit auf den Weg, es täte ihm persönlich sehr leid, dass man mit einer im dritten Monat schwangeren Jungehefrau so umgesprungen sei.

Auf die Hochzeitsreise ging ich in Ermangelung eines verfügbaren Ehemannes mit meiner Mutter. Budapest war trotzdem – oder vielleicht gerade deshalb – schön.

Stasi

Stillstand und Erstarrungen

Ich kann nicht über meine Jahre in der DDR schreiben, ohne die Staatssicherheit zu erwähnen. Sie spielte in meinem Leben – wie sich eben schon andeutete und dann auch folgerichtig fortsetzte – eine große Rolle, wenn auch gesagt werden muss: Rückblickend ist mir klar, dass ich am Allerschlimmsten vorbeigeschrammt bin. Viele sind hoch geflogen und abgestürzt; mir gelang es immer, knapp unter´m Radar zu bleiben. Manchmal ist das Schicksal dem Ahnungslosen – oder sollte ich sagen, dem Naiven? – hold.

Es gibt einige „Highlights" in meinem Leben. Nicht Höhepunkte, „Highlights", das sage ich trotz meiner Abneigung für Anglizismen im Deutschen bewusst, denn es handelte sich um eigentlich normale, aber umständehalber hervorhebenswerte Geschehnisse. Eines davon war, dass ich, ohne staatsnah gewesen zu sein, es noch tief in kalten Kriegs-Zeiten in Berlin vermocht habe, durch´s und weit hinter das Brandenburger Tor zu laufen, ohne in Lebensgefahr zu geraten.

Es war Teil der Ausbildung zum „Stadtbilderklärer", denn später sollten wir ja aus gebührendem Abstand den Touristen dieses Tor erklären – den einzigen Teil der Grenze, den wir zeigen durften – allerdings ohne die Mauer „Mauer" nennen zu dürfen. Und so ergab es sich, dass wir da eben auch mal hindurchdurften: fluchtsicher bewacht von „unserer" Seite, und von der anderen – von den erhöhten Gucktribünen jenseits der Mauer – mit entsprechenden Kommentaren bombardiert. Dieses Erlebnis allerdings war damals wirklich ein Höhepunkt, denn später durfte ich wegen nicht vorhandener Staatsnähe nur einige wenige Male am Checkpoint Charlie auf aus dem Westteil der Stadt kommende Touristenbusse zusteigen.

Wenn man das Kürzel-Wort *Stasi* – man verzeihe mir das Wortspiel – falsch auffassen und es unrichtigerweise auf das griechische Wort *stasis* zurückführen wollte, hätte man doch eine treffende Erklärung gefunden. Denn was sonst produzierte die Stasi in der DDR als *stasis*, Stillstand. Niemand mehr vermochte sich frei zu bewegen.

Über mein Erlebnis am Ende einer nicht erfolgten Hochzeitsnacht mit anschließendem frühmorgendlichen Besuch zweier lederner Herren berichtete ich ja schon. Seit diesem Ereignis weiß ich, wie sich sowas anfühlt, wenn ich es im Film sehe, und es macht mir immer noch eine Gänsehaut.

Über die Pionierorganisation, die Freie Deutsche Jugend, die vormilitärische Ausbildung und die Armee wurden die jungen Leute gleichgeschliffen. Wer den Mund aufmachte oder erst gar nicht mitmachte, bekam schon als Kind und Jugendlicher die allergrößten Schwierigkeiten. Aber auch im zivilen Leben war die Stasi überall, nicht nur in den Telefonleitungen (sofern man überhaupt ein Telefon hatte). Es gab sogenannte Staatliche Beauftragte, bei denen man sich beschweren konnte, wenn es in der Kaufhalle keine H-Milch gab oder andere Mangelwaren mal wieder nur unter der Beleg- und Verwandtschaft aufgeteilt und nicht an die Kunden weiterverkauft wurden. Aber ihr eigentlicher Zweck war die Überwachung im Wohngebiet: Werden die Hausbücher richtig geführt? Wer hat Besuch von wem und wie lange? Gehen die Leute zur Wahl?

Oder in den Reisegruppen, einer häufigen Form von erlaubtem Tourismus ins sogenannte „befreundete sozialistische Ausland": Jeder Gruppe gehörte ein verdächtig unverdächtig agierendes Ehepaar an, das manchmal sogar – sozusagen als Test des Reiseleiters – an irgendeiner Stelle zu provozieren wusste.

An der Arbeitsstelle wurde versucht, auch Nicht-Parteimitglieder in das „Parteilehrjahr" einzubinden. Wer sich verweigerte, musste mit Repressalien rechnen – heute würde man es „Mobbing" nennen.

Natürlich wurde auch ich – indirekt – angesprochen, ob ich nicht für die Stasi spitzeln wolle. Indirekt bedeutete: Es wurde eine kompromittierende Situation inszeniert, die mich erpressbar machen sollte. Der Versuch klappte nicht, obwohl ich zu diesem Zeitpunkt noch recht jung und unerfahren war: Irgendetwas in mir ahnte, dass etwas Ungutes im Gange war, und ich warf den betreffenden Stasi-Offizier so laut aus meiner Wohnung, dass alle Nachbarn im Haus es unmissverständlich mitkriegten.

Als es so nicht geklappt hatte, wurde ich zweimal an meiner Arbeitsstelle sozusagen in Beugehaft genommen, auch wenn es sich nicht um ein Gefängnis, sondern nur um einen von innen abgeschlossenen Raum mit mehreren mich bedrohenden Personen darin handelte. Beide Male sollte ich eine Unterschrift leisten: Das erste Mal, um einen Arbeitskollegen, der damals auch privat mein Partner war, an´s Messer der Stasi zu liefern, und das zweite mal, um eine begründete Arbeitsrechtsklage gegen meinen Vorgesetzten (natürlich einen Parteigenossen) zurückzuziehen. Ich blieb stur und kam wie ein Wunder nach Stunden aus den jeweiligen Zimmern frei und mit heiler Haut davon. Das hat die Stasi im ersten Fall nicht davon abgehalten, meine Unterschrift auf einer vor Gericht verwendeten Aussage gegen den besagten Partner-Kollegen zu fälschen und mich in seinen Augen zur Verräterin zu machen.

Ganz ähnliche Methoden übrigens habe ich dann später, starr vor Staunen, noch zweimal erlebt: am Arbeitsplatz in einer nachwendischen Ost-West-Managementfirma und bei der

Katholischen Kirche – aber das ist wieder eine andere Geschichte.[1]

In Einiges geriet ich auch ganz ohne mein Zutun: So, als wir, sechs Kinder um die zehn Jahre herum und ich als damals jugendliche Betreuerin, im Evangelischen Kinderlager am Möllensee bei Berlin ein Wochenende verbrachten. Da wurden wir eines grauen Frühmorgens in einer Weise geweckt, in der ich nie wieder aus dem Schlaf geholt werden möchte. Plötzlich standen drei bewaffnete Männer in unserem Raum und begehrten von mir und den weinenden Kindern mit vorgehaltener Maschinenpistole Auskunft, ob wir eine flüchtige Person in unserem Quartier gesehen hätten oder gar beherbergten. Die Männer schrien, die Kinder schrien, und ich habe so laut gegen Schock und Staatsgewalt angeschrien, dass es mir noch heute in den Ohren hallt. Wir haben uns sehr gefürchtet. Das Lager war in unmittelbarer Nachbarschaft der Burgwallstraße in Grünheide. Unser Nachbar war der Tag und Nacht totalüberwachte und unter Hausarrest stehende Professor Robert Havemann, Freund unter vielen anderen von Wolf Biermann und angeblicher Feind der DDR. Für den Übergriff auf die Kinder und mich hat sich danach niemand entschuldigt. Aber Robert Havemann winkte, so oft es ging, verstohlen lächelnd von seinem wasserseitigen Steg her zu uns herüber.

In zwei weiteren Fällen hatte ich ein sehr gut bewachtes Haus: Einmal lebte in meiner Straße ein ebenfalls bekannter DDR-Dissident, der Philosoph und Altphilologe Professor Rudolf Schottlaender, und die Anzeichen von Stasi-Totalüberwachung kannte ich ja nun schon aus Grünheide. Ein anderes Mal betraf es mich selber, die ich ahnungslos über eine Freundin mit deren Verwandten in fünfminütigen Kontakt gekommen war, deren

---

[1] Vgl. hierzu meinen Artikel unter dem Pseudonym Nelly Mahr in dem Dokumentationsbuch „Mobbing und Missbrauch in der Kirche", Publik-Forum-Verlag, 1999

Freunde wiederum verwandt waren mit Leuten, die ein mir nie näher bekanntgewordenes sogenanntes „Anti-Manifest" veröffentlicht hatten und die – wenig später – plötzlich eine Westadresse bekamen.

Noch sehr viele Jahre danach, sei es in Irland gewesen oder jetzt hier auf Kefaloniá, befällt mich jedesmal ein eigenartiges Gefühl, wenn vor meinem Haus ein personenbesetztes Auto parkt, aus dem dann auf längere Zeit niemand aussteigt.

Heute scheint es mir wie ein Wunder, dass es mich nicht ärger erwischt hat. Und es scheint mir fast unglaublich, wie ernst wir diese Dinge genommen haben, die ja eigentlich im Lichte der Gegenwart nur Kaspereien waren – Kaspereien allerdings mit manchmal sehr bösem Ausgang ...

Als ich das hier zu Papier bringe, ist es Juli 2013. Gerade wurde das Ausmaß der Bespitzelung von EU-Staaten durch die USA bekannt. Gestern telefonierte ich mit einer Freundin in Deutschland. Auf einmal knackte es in der Leitung. Gewohnheitsmäßig, noch immer, sagte sie: „Aha! Stasi hört mit!" – „Oder Obama ...?!" war meine spontane Reaktion.

Wird das denn niemals aufhören???

Kassandra am Ostkreuz

Literarisches

Die DDR in ihrer unendlichen Widersprüchlichkeit brachte einige wirklich paradoxe Phänomene hervor. Eines davon war: Sie galt als Leseland. Sofern ich das beurteilen konnte, war sie es auch. Sie hielt etwas auf ihre Schriftsteller und Bibliotheken. Das Paradox war, dass es bei weitem nicht alles zu lesen gab, was die Weltliteratur oder sogar DDR-Schriftsteller produziert hatten, weil vieles auf dem Index stand. Selbst Bücher, die man lesen durfte, gab es oft nicht zu kaufen – oder nur als sogenannte „Bückware", also „unter dem Ladentisch" beziehungsweise über Beziehungen. Eine Teillösung waren die Buchausleihen.

Ich erinnere mich, schon sehr früh in meinem Leben regelmäßig mit meiner Mutter in die Kinderbibliothek gegangen zu sein. Es war einfach normal, sich wöchentlich Bücher nach Hause zu holen, die mir in ihrer begrenzten Anzahl pro Ausleihe oft viel zu wenig waren, weil ich sie innerhalb kürzester Zeit regelrecht verschlang.

Ob es „Der kleine Maulwurf" oder „Kater Schnurz", „Teddy Brumm" oder „Das Wolkenschaf" waren – ich liebte sie alle. Meist hatte ich nach einem halben Jahr meine Alterskategorie vollständig ausgelesen und durfte mich dann nach einigen Diskussionen zwischen meiner Mutter und der Bibliotheksangestellten zu den älteren Jahrgängen aufschwingen. Mein Lieblingsbuch beschäftigte sich mit der Kindheit der berühmten Bolschoi-Primaballerina Galina Ulanowa. Später kamen dann Erzählungen und Geschichten aus der DDR dazu, wie „Lütt Matten und die weiße Muschel", „Die Reise nach Sundevit" und „Alfons Zitterbacke".

In unserer Familie gab es auch noch Kinderbücher „aus der alten Zeit", also von vor und kurz nach dem Krieg. Und so las ich zu jener Zeit etwas, das es in der DDR-Literatur nicht gab: jeweils eine Erzählung für Mädchen und eine für Jungen. Die 1948 verlegte Mädchengeschichte trug den für damalige Zeiten verschreckenden Titel „Jutta will ein Junge sein" und war wohl gedacht, die nunmehr in Männerberufen nicht mehr so gebrauchte Weiblichkeit wieder an ihren angestammten Platz in der Gesellschaft zu schicken.

Währenddessen bekamen die Jungs mit „Spuk in Klein-Wussow" echte Männerabenteuer serviert. An die Namen der Schriftsteller erinnere ich mich noch heute: Das Jungenbuch war von Hans Eckedül geschrieben, das für die holde Jungfräulichkeit von einer Käthe Lüdecke. Irgendwann einmal fiel mir auf, dass die Nachnamen ein (vorwärts-rückwärts lesbares) *Palindrom* ergaben und so die vermeintlichen zwei Schriftsteller ein einziges androgynes Kunstwesen unbekannten Geschlechts gewesen sein mussten.

Solche Rollenzuweisungen kamen zum Beispiel bei Arkadi Gaidars „Timur und sein Trupp" nicht vor: Hier „kämpften" Jungen und Mädchen gemeinsam in einer russischen Datschensiedlung gegen kriminelles Gelichter und für die Gerechtigkeit, und das einzige Zugeständnis an den Mann war, dass er in Form des Jungen Timur der Anführer der Bande sein durfte.

Das Lesen alter und zum Teil ganz alter Bücher hatte noch einen anderen Vorteil für mich. Dadurch war ich von Anfang meines Leselebens an vertraut mit der so genannten *alten* Schrift, der Altdeutschen Fraktur. Habe ich auch niemals ganz das Sütterlin meiner Großmutter gemeistert, Fraktur las ich schon mit zehn Jahren so fließend wie die modernen Druckschriften. Das half mir dann sehr, als ich um dieses Alter herum einen Roman des russischen Schriftstellers Mereschkowski über das Leben von

Leonardo da Vinci entdeckte, den ich ebenfalls verschlang. Schon lange hatte meine Mutter es nun aufgegeben, mich in einer für bestimmte Literatur zugelassenen Altersgruppe halten zu wollen.

Viele Erstbegegnungen mit Schriftstellern gab es über den Umweg unserer Schullesebücher. Dort waren oft Auszüge aus umfangreicheren Werken abgedruckt, und so las ich dort zum ersten Mal Reportagen von Günter Wallraff und Geschichten von Erwin Strittmatter oder Hermann Kant. Von letzterem war in unserem Lesebuch die, wie ich auch heute noch finde, eigenartige Geschichte des Jakob Filter aus der „Aula" abgedruckt: In Kombination mit Kants ohnehin sehr schwierig zu lesendem Schreibstil etwas, das mich um ein Haar lebenslang von diesem Autor ferngehalten hätte. Gott sei Dank hat es das nicht! Es gelang mir später sogar, „unter dem Ladentisch" Bücher von Kant zu ergattern. Und von Feuchtwanger, den Manns, Tucholsky, Kästner ...

Und auch die „Kassandra" von Christa Wolf, die ich gleich nach Erwerb auf dem Weg zur Arbeit in der Bahn las. Von diesem Tag ist mir bis heute lebendig in Erinnerung das Glücksgefühl, das sich in mir breitmachte, als ich mit dem Buch in der Hand am Berliner S-Bahnhof Ostkreuz umstieg und während des Wartens auf den Anschlusszug schon wieder auf dem Bahnsteig stehend las ...

Bei Hermann Hesse gestaltete sich das mit dem Ladentisch nicht so einfach, da war ich auf einen guten Freund in Asien angewiesen, und so las ich die Bücher eines der bekanntesten deutschen Schriftsteller, „Siddhartha", den „Steppenwolf" und „Das Glasperlenspiel", aberwitzigerweise zuerst in englischer Übersetzung.

Aber Literatur hatte schon lange noch eine andere Bedeutung für mich. Seit ich acht Jahre alt war, schrieb ich Gedichte, und mit zwölf schien es geboten, sich einer Gruppe Gleichgesinnter anzuschließen, einem für die DDR so typischen sogenannten „Zirkel schreibender Arbeiter".

Nun war ich noch kein Arbeiter, sondern ein Schulkind. Aber auch die anderen Zirkelmitglieder waren mitnichten Angehörige dieser Klasse, sondern in den meisten Fällen schon weit über der Rentengrenze; und die, die es nicht waren, waren auch keine Arbeiter. Der damalige Künstlerische Leiter des Zirkels, Helmut Meyer, wollte mich angesichts meiner Jugend zunächst wegkomplimentieren, gab mir aber dann doch eine Chance, etwas von mir vorzutragen. Danach durfte ich bleiben.

Ich muss sagen, nur weniges von dem, was ich in meinem Leben mache, habe ich auch wirklich im schulischen oder akademischen Sinne „studiert". Vieles ist autodidaktisch erworben. Das Schreiben aber, das habe ich handwerklich von den Besten gelernt, die es mir zeigen konnten! Der alte Meyer hatte stets ein Buch von Konstantin Paustowski bei sich: „Die goldene Rose" – über die Arbeit des Schriftstellers. Es war ein nie versiegender Quell schreiberischen Wissens. Die Anregungen unseres „Meisters", Vorbilder wie Paustowski, Strittmatter (Er) und Strittmatter (Sie), das gegenseitige Vorlesen, Zuhören und Kritisieren, die Toleranz der „Prosaisten" gegenüber den „Lyrikern" und umgekehrt, dazu „Lesen, lesen, lesen!" und „Schreiben, schreiben, schreiben!" brachte in allen von uns, jung und alt, das Beste hervor. In dieser Zeit wurde mir bei diversen Lesungen von erfahrenen Schriftstellern wie Ludwig Turek und Wieland Herzfelde, dem Bruder des bekannten John Heartfield, literarischer Mut zugesprochen, und ich ließ mir von ersterem dann auch gerne mal amerikanischen Pfeifentabak um die Nase wehen. (Ein Beispiel übrigens für die verworrenen Gespinste von Zeitgeschehen ist, dass ich dann nach Tureks Tod aus reinem Zufall und ohne alle sonstige Verbindung zu maritimen Dingen am Verkauf seines Segelbootes beteiligt war.)

Wie dem auch sei: Vor meinem inneren Auge sehe ich die beiden dicken, alten, liebenswerten Männer noch heute nebeneinander dasitzen und sich bübisch über uns Grünschnäbel in Sachen Literatur amüsieren – nie jedoch, ohne dann auch aufbauendes Lob und guten Rat mit auf den Weg zu geben.

Ich hatte großes Glück, und ich war auch naiv. Natürlich war nicht alles Gold, was glänzte, und es gab innere Kämpfe in internen Kreisen, die mir nicht zugänglich waren. Beinahe wären sie es einmal geworden, aber zwei Dinge hielten mich davon ab, nach Höherem zu streben: So wie es auch vielen anderen, bekannteren, Lyrikern angetragen wurde, wollte man plötzlich keine Liebes- und Naturlyrik mehr von mir, sondern eindeutige politische Bekenntnisse und einen „Klassenstandpunkt". Die konnte ich der DDR nicht geben.

Und ich hätte mich durch verschiedene Betten „nach oben schlafen" müssen.

Mittlerweile war die Biermann-Havemann-Ära angebrochen, zusammen mit dem unrühmlichen Part, den der DDR-Schriftstellerverband darin spielte. Ich hatte Biermann getroffen: Im Jahr 1973, auf dem Berliner Alexanderplatz bei den X. Weltfestspielen, lief er mir als ein schnöseliger, etwas unreif erscheinender junger Musiker über den Weg. Er wirkte kindisch und trotzig. Was ich später zum Vorgang B. dachte, lässt sich zusammenfassen in dem Satz „Die DDR hätte es sich leisten können, sich ihn zu leisten."

Aber wie gesagt: Innere Zirkel und Verschlußsachen waren meine Sache nicht, und so lag mein literarisches Talent lange brach. Das heißt, ich schrieb schon, aber entweder journalistisch für Betriebszeitungen und einige Beiträge für Fachbücher – oder lange private Briefe und Erlebnisberichte. Zwischendurch kam mal eine Phase von Science-Fiction-Geschichten. Bis jemand mit Ahnung von der Materie mir riet, ich sollte anfangen, meine Geschichten und Erlebnisse literarisch zu fassen. Nun, in dieser übersättigten Welt ist das Letzte, was wir noch brauchen, ein Buch von mir inmitten von Autobiographien unbekannter Zwanzigjähriger. Da es andererseits aber auch Spaß macht, habe ich mich nun drangesetzt, in erster Linie jedoch für mich. Alles andere ist Zugabe.

Wie gesagt: Die Literatur zieht sich wie ein roter Faden durch mein Leben ... Und das Glücksgefühl, mit der gleichfalls griechischen wie hellsichtigen *Kassandra* an einem grauen Wochentag am Ostkreuz zu stehen, kann mir kein heutiges Online-Buch-Versandhaus mehr nehmen ...

Auf Touren

Leben als Reiseleiterin

Die Arbeit mit Touristen ist eine der schwierigsten, die man sich vorstellen kann. Im Gegensatz zum Arztberuf kann man seine Klienten im Notfall weder ruhigstellen noch bei Bedarf gänzlich betäuben und schon gar nicht zum Psychiater überweisen. Das gilt zu allen Zeiten, auch heute noch, aber meine „Karriere" im Tourismus begann schon in meinem ersten deutschen Leben.

Die von vielen noch heute vertretene irrige Annahme, DDR-Bürger durften nicht reisen, stimmte ja nicht, auch wenn das Reisen faktisch erschwert war. Aber möglich war es schon, wenn man nicht nur die Himmelsrichtungen Westen und Norden gelten ließ. Wir durften Richtung Osten und auch einige hundert Kilometer in den Süden. Da lag viel Land, und die einzige weitere Schwierigkeit des Reisens war keine politische, sondern eine der Kapazität: Die Nachfrage an Reisen war größer als das Angebot. Und in's entfernte Ausland gab es fast ausschließlich nur Gruppen-Urlaubsreisen. Lässt man das mal beiseite, so konnte sich ein DDR-Bürger ohne Sonderrechte theoretisch rühmen, die folgenden Länder besucht zu haben: Sowjetunion, einschließlich Ukraine, Georgien, Abchasien, Grusinien und die vielen anderen – heute eigenständigen – ehemaligen Republiken; ferner Polen, Bulgarien, Rumänien, Tschechoslovakei, Ungarn und – wenn er Glück und Beziehungen hatte – sogar Jugoslawien und Kuba.

Der Vorteil, als Reiseleiter zu arbeiten, war darin zu sehen, dass man etwas besser an die begehrten Reisen kam. Der Nachteil war eindeutig: Erstens war es Arbeit – und wenn man Pech hatte, nicht wenig – und zweitens musste man dafür seinen Jahresurlaub aufwenden.

Zwischen diesen Ereignissen zog ich als freiberufliche „Stadtbilderklärerin" meine mehr oder weniger engen Runden um den Berliner Fernsehturm. Ich durfte das Brandenburger Tor, welches ich einst durchschritten hatte, zeigen – die Mauer aber auf gar keinen Fall. Es war strengstens verboten, an das Stalindenkmal in der ehemals gleichnamigen Allee zu erinnern, um welches herum in meinen frühen Kindertagen der Weihnachtsmarkt stattfand, von dem ich Bild, Ton und Geruch noch heute in Auge, Ohr und Nase habe.

Da es mich bei Auslandsreisen, auch als Reiseleiterin beziehungsweise als mitreisende und mitarbeitende Partnerin eines Reiseleiters, immer wieder in die gleichen Gegenden zog – vorwiegend in die Berge der Niederen und der Hohen Tatra in der Slovakei –, kam schon damals das Verlangen auf, möglicherweise einmal dorthin auszuwandern. Nur, selbst das war unmöglich. Man wanderte nicht privat aus der DDR aus, nicht mal in eines der sogenannten „befreundeten sozialistischen Bruderländer". Soweit ging die Geschwisterliebe denn doch nicht! Also blieb uns nur, aus den Reiseleitungen das Beste zu machen.

Generell kann man sagen, dass es auch zu DDR-Zeiten schon einen Unterschied zwischen See- und Bergtouristen und auch zwischen Sommer- und Winterreisenden gab. Jeweils Erstere wollten mehr oder weniger besonnt und bespaßt werden und hatten meist eine entsprechende Anspruchshaltung. Jeweils Letztere – also die Berg- und die Wintertouristen – mochten zumeist einen aktiven, vor allem einen initiativen, Urlaub und wussten in der Mehrzahl, worauf es ankam und was zu beachten war.

Das hatte für uns Reiseleiter stets den Effekt, dass wir in den Bergen und im Winter viel mehr auch auf unsere Kosten kamen beziehungsweise, wenn wir Gruppenangebote machten, auf viele

Gleichgesinnte trafen. So konnten wir auch mal alleine Beeren sammeln oder Bären beobachten gehen, uns leise lauschend auf einer Bergwiese am Pfeifen der Murmeltiere erfreuen oder die sanfte halbzahme Hirschkuh bewundern, die in Jasná zuweilen bis unter´s Hotelfenster kam.

Dies alles deutet schon an, dass der Tourismus ein wirklich weites Feld für Geschichten und Erfahrungen ist, und daher wird es sehr bald ein Buch von mir geben, welches sich ausschließlich diesem Thema widmet.[1]

---

[1] Es ist unter dem Titel „Smörrebröd am Öresund" geplant.

Schilderzwang

Das Etikett zur Etikette – eine etwas alberne Betrachtung

In meiner Lieblingskneipe steht auf einem Schild an einer originellen, wenn auch zum Sitzen wenig bequemen hölzernen Bank „Swing tanzen verboten!" Schon aus Raumgründen käme niemand auf die Idee, an diesem Ort einen wie auch immer gearteten Tanz auch nur ansatzweise zu versuchen. Hilfreich hingegen für die späte Kundschaft scheint der schilderne Hinweis gleich daneben: „Beim Aussteigen rechte Hand am rechten Griff!".

Der Wirt der „Alten Lampe" sammelt alte Schilder.

Wir belächeln sie oft als Zeugen vergangenen Schilderwahns, auch als Zeichen aus anderen politischen Zeiten. Dabei vergessen wir, dass alle Zeiten – auch unsere heutige – ihre manchmal bis ins Absurde gehenden Etiketten hinterläßt.

Zu Beginn der 1990er Jahre stellte ich befremdet fest, dass mir immer mehr Sendungen im Fernsehen nicht mehr von netten Ansagerinnen oder Ansagern, sondern von Schmerztabletten, Mundwässern oder Fruchtjoghurts präsentiert wurden. Draußen sah es nicht anders aus: Die alte Gesetzeslage im neu dazugekommenen Landesteil musste ebenfalls prägnant dargeboten werden. Als mir im Fernsehen eine Sportsendung von einem Roggenbrot präsentiert werden sollte, ging ich zur Beruhigung meiner durch diese Albernheit angespannten Nerven in den Wald. Dort empfing mich ein Schild, dessen verkürzte Form mich innerlich die Hacken zusammenknallen ließ: „Leinenzwang für Hunde!"

Aber halt, diese vom gängigen Satzschema abweichende Form ließ Interpretation zu. Toll, dachte ich, es gibt Leinenzwang, und auch die Zielgruppe ist definiert. Aber, und ich schaute mich um, wo gibt's den? Was war mit dem Leinenzwang? Wurde er verordnet? Oder aufgehoben? Wurde er diskutiert, angenommen oder gar verworfen? Scheiterte er an einer Zweidrittelmehrheit im Bundesrat? Galt er nur für Politiker? War es – nun wurde auch ich im Kopf langsam etwas albern – also nur ein Druckfehler? Sollte es heißen: „Maulkorbzwang für Politiker"? Fragen über Fragen.

Wir benötigen eine Schilderbefolgungsanweisung!

Zum Beispiel eben hier im Deutschen Wald: „Privatweg. Benutzung auf eigene Gefahr!" beziehungsweise wahlweise „Benutzung verboten!", „Forstweg fußläufig benutzen!", „Wildschweine: Hintereinander gehen!". „Fußgänger: Rechte Hand an rechter Hosennaht!"

Oder in der Stadt: „Fußgänger: Andere Straßenseite benutzen!", „Radfahrer: Absteigen!" (Merke: Niemals „Autofahrer: Aussteigen und die nächsten hundert Meter schieben!")

Oder im Parlament: „Politiker: Vorsicht!", „Vorsicht, Politiker!" oder „Achtung! Wechselnde Mehrheiten!" (anstatt des geläufigeren „Wildwechsel!").

Oder aber doch lieber „Maulkorbzwang für Politiker"? – dann wären wir und sie verschont davon, erklären zu müssen, warum das, was sie vor Wahlen versprachen und sich auf ihre Schilde(r) schrieben, hinterher nicht umgesetzt wird.

Ach, lasst uns nicht lamentieren. Lasst uns lieber suchen nach dem *Leinenzwang*, und lasst uns nicht eher ruhen, bis wir ihn gefunden haben ...

Hexentanz im Parlament

Meine Jahre in der „Provinzpolitik"

Wer im Internet meinen Namen plus die Begriffe „Meise" und „BVV" – für Bezirksverordnetenversammlung – in die Suchmaschine eingibt, gerät, wenn er Glück hat, an einen Artikel aus der „Berliner Zeitung" vom neunten Februar 1999. Dort wird jedoch nicht etwa beschrieben, wie eine, die zehn Jahre lang in der Bezirksverordnetenversammlung saß, gegen Ende dieser Zeit durchdrehte und mit einer „Meise" in entsprechende Anstalten eingeliefert wurde. Es ging um Vögel, die beim Fliegen in die Fensterscheiben des Müggelturms zu Tode kamen und darum, was dagegen unternommen werden sollte. Etwa dergestalt waren die meisten „Errungenschaften" dieser Zeit. Sollte das wirklich alles gewesen sein, wofür man sich nach Feierabend geplagt und in das man Tausende Stunden seiner Freizeit investiert hatte?

Als ich 1999 beschloss, nach Irland auszuwandern, ging nach zehn Jahren im Köpenicker Bezirksparlament gerade eine Ära zu Ende. Der ohnehin flächengrößte Bezirk der Hauptstadt wurde mit seinem Nachbarbezirk Treptow zusammengelegt, und das hätte nicht nur wahltechnisch, sondern auch von meiner inneren Überzeugung her kein Weitermachen erlaubt. Noch einmal traten wir aus der Grünen-Fraktion mit einem tollen Plakat in den Wahlkampf. Motto: „Die gute Zeit fällt nicht vom Himmel – wir schaffen sie selbst." Dabei wussten wir schon, dass es so nicht wirklich ist, dass es wie gehabt nicht weitergehen werde und dass die „kleine" Politik vor Ort mindestens genauso intrigen-, neid- und skandalbehaftet und die Machtbesessenheit genauso riesig ist wie auf der „großen" Bühne. Und das nicht nur bei den Anderen, sondern auch – und vor allem anderen am enttäuschendsten – in den eigenen Reihen.

In unserer recht effektiven Drei-Frauen-Fraktion haben wir viel gearbeitet, uns abgerackert und Leute gefunden, die unsere Arbeit anerkennend kommentierten. Dass es am Ende immer sehr knappe Wahlergebnisse waren, konnten wir uns erst nicht erklären. Bis unsere Wähler es uns erklärten: Man nahm unsere Hilfe und unser unkompliziert schnelles politisches Handeln gern in Anspruch, aber wählbar waren wir in ihren Augen dafür trotzdem noch lange nicht.

Oft wurden wir – und so auch ich persönlich – als „kleine grüne Spinner" beschimpft, mit dem Hang, Natur zu Lasten von „Fortschritt" schützen zu wollen und in Sachen Klimawandel einen gar nicht existierenden Teufel an die Wand zu malen. Wenn die Wirtschaft Dollarzeichen in den Augen hat, werden alle Gesetze der Natur ignoriert, und die Politik – sogar die Lokalpolitik – dient sich ihr an. Das war mir unerklärlich. Wie konnte man beispielsweise ignorieren, dass massenhaftes Abholzen, Flussregulierung oder Bauen in Feucht- und Überflutungsgebieten Probleme geradezu programmiert?

Heute haben wir das Resultat: nicht enden wollende Flutkatastrophen nicht nur in sogenannten Drittländern, sondern vor der eigenen Haustür in Deutschland, England, Italien ... um Beispiele zu nennen. In diesen Tagen, während ich das hier schreibe, ist das ehemalige Mutterland der technischen Revolution, England, seit Monaten von Stürmen heimgesucht und in weiten Teilen geflutet. Erstmals hört man bei den Fernsehsendern ehrliche und schonungslose Analysen für die Gründe dafür. Das hält jedoch immer noch nicht davon ab, auch diese Sendungen wieder regelmäßig durch rein kommerziell motivierte Werbeblöcke zu unterbrechen – diese Sinnbilder für die Tatsache, dass ökonomische Interessen und finanzielle Gier nach wie vor im Vordergrund stehen und ein radikales Umdenken nicht stattfindet. Und diese eigentliche Nicht-Entwicklung ließ sich für den, der sehen und denken konnte, schon damals, auch in der Lokalpolitik, erahnen.

Also machte ich nach einem Jahrzehnt – mit mehr als nur einer Träne im Augenwinkel – meinen Frieden mit mir und fragte mich nur ganz persönlich: Was bleibt mir aus diesen Jahren?

Erst einmal war es eine der wichtigsten Zeiten meines Lebens. Eine mit steilen Lernkurven. Eine Zeit, in denen mir ein paar gute Freunde und Verbündete zugewachsen und bis heute geblieben sind; aber sicher auch neue „Feinde", denen ich allerdings persönlich nie etwas getan habe. Das führte – man staune – bis zu einem massiven Pflasterstein, der eines Abends durch das Schlafzimmerfenster meiner Parterrewohnung flog und auf dem Kopfende meines Bettes landete. Allein der Umstand, dass mein Kopf sich nicht wie zu dieser Tageszeit üblich ebenfalls dort befand, rettete mir die Gesundheit oder vielleicht sogar mein Leben. Das wiederum habe ich dem öden Programm zu verdanken, dessentwegen ich im Wohnzimmer vor´m Fernseher eingeschlafen war.

Aber abgesehen davon – was hatten wir für Zeiten! Wie mutig waren wir, besonders noch in den ersten Jahren nach der Wende, mit Wind unter den Flügeln! Und wie naiv!

Damals war ich das erste und einzige Mal für kurze Zeit davon überzeugt, Mitglied einer Partei sein zu müssen; einer, die sich sozial und demokratisch nannte. Ich korrigierte das schnell, als ich sah, dass da ganz andere Prinzipien die innerparteilichen Kämpfe beherrschten. Es kam zum Wechsel als Parteilose zur Fraktion der Grünen. Mit den beiden Fraktionskolleginnen an meiner Seite waren wir frisch und frech. Und kühn. Wir maßten uns an, den „Luftraum über Köpenick" regulieren zu wollen, was dazu führte, dass heute, Jahrzehnte später, dieses geflügelte Wort uns Synonym geworden ist für gewagte Übergriffe in fremde Hoheitsgebiete. Oder die Schlagzeile einer Berliner Tageszeitung: „Die UNO und der Rest der Welt schauen auf Köpenick", ein

Beleg für die Tatsache, dass wir in Sachen Klimaschutz so laut und sichtbar aktiv wurden, dass der UN-Generalsekretär Boutros Ghali eine Weile lang dachte, der Berliner Bezirk Köpenick wäre eine größere deutsche Stadt.

Als uns Politiker der großen Parteien auf Anfragen zunehmend erklärten, ihnen seien „die Hände gebunden", erfanden wir die wortlose Geste der am Gelenk unsichtbar gefesselten Hände als stillen und traurigen Ausdruck für nicht erfolgendes oder erfolgtes Verwaltungshandeln.

Lustig wurde es, als ganz am Anfang das Köpenicker Wappen grafisch neu gestaltet werden sollte. Man erinnere sich: In ihm waren ein Schlüssel, zwei Fische und das Siebengestirn, wahrscheinlich die Plejaden, dargestellt ... Plötzlich war jeder Mann ein Mann vom Fach, ein Jeglicher ein Angler, und jeder hatte eine Meinung zu Art und Darstellung der Fische. Die Diskussion, ob es sich dabei um Karpfen oder Zander, oder um Karpfen *und* Zander, handelte, musste am Ende per Geschäftsordnungsantrag abgebrochen werden, sonst säßen wir noch heute dort und diskutierten. Man kann nur froh sein, dass nicht noch Schlossermeister und Hobby-Astronomen sich in dieser Debatte zu Wort meldeten.

Eine Sache, die man auch lernte, war, sich mit politischen Gegnern im Parlament in der Sache zu streiten und anschließend mit den selben Leuten im Ratskeller oder der „Alten Laterne" – in Insiderkreisen „Sitzungssaal zwei" genannt – ein Bier trinken zu gehen. Mit den meisten gelang das, mit einigen nie.

Ein paar politische Gegenspieler waren ungezogen, geradzu anmaßend, und das zeigte sich nirgendwo so gut wie in der „Frauenfrage". Generell hatten sicher alle weiblichen Bezirksverordneten, sofern sie innovativ und pragmatisch dachten und handelten, mehr oder weniger Probleme mit bestimmten männlichen Kollegen. Allerdings war man als Drei-Frauen-Fraktion den konservativen Herrenriegen besonders suspekt. Nur einmal geschah es mir, dass mich ein älterer Herr, Dr. S. aus der Fraktion mit dem C im Parteinamen, sanft – wirklich: sanft! – zur Seite nahm und mich wie ein perfekter Gentleman fragte, ob ich nicht glaube, dass es besser sei, wenn ich, statt mich in der Politik abzuquälen, lieber zuhause bei meinem Mann und meiner Familie bleiben und mich dort verwirklichen würde.

Er meinte es so, tatsächlich, ohne Häme. Ich habe ihm geantwortet, Politik wäre nun mal ein Gebiet, das mich interessiere, aber anders als er habe ich keine Frau zuhause, die mir den Rücken freihalte, sodass ich ganz gut gelernt habe, mich alleine durchzuschlagen. Ich bedankte mich artig für seine Besorgnis, für die kein Grund vorhanden sei, und ließ ihn stehen. Er schaute mir verständnislos nach, versuchte es aber nicht wieder.

Ganz anders dagegen einige andere Männer! So musste meine Fraktionskollegin mit den wundervollen langen, dunklen Haaren, als sie ans Rednerpult trat, schon mal aus der letzten Bank den rotzigen Kommentar entgegennehmen: „Schneiden Sie sich doch erst mal die Haare, Frau S., bevor Sie hier reden!" oder, noch schärfer: „Früher durfte *so etwas* (Hexen – d. Verf.) verbrannt werden!"

Entsprechend reagierten wir. Zur Abstimmung über eine Veranstaltung am Walpurgistag wettete ich, dass ich mit rot gefärbten Haaren und Hexenbesen zur Sitzung erscheinen werde, was ich auch tat. Als ich allerdings bei der Abstimmung statt meiner Hand den Besenstiel hochstreckte, fing ich mir eine Rüge durch den Vorsteher ein – und das mir, als Mitglied des Vorstandes der Bezirksverordnetenversammlung! Ich trug es mit Fassung. Da für mich als viertes Vorstandsmitglied der kleinsten Fraktion eh´ immer „aus Platzgründen" kein Sitzplatz im Präsidium war, saß ich meistens auf meinem normalen Parlamentarierplatz und hatte somit viel mehr Spaß und Freiheiten. Denn wenn es zu langweilig wurde, konnte man dort sehr gut dem intriganten Getuschel der Hinterbänkler lauschen, ungestört Kreuzworträtsel lösen oder sich – wie in der Schule – per Zettelchen mit den Kolleginnen austauschen.

Natürlich fiel in unsere Zeit auch der Planungsbeginn des bis zum heutigen Tage andauernden Baues des Berlin-Brandenburger Flughafens: Die unendlich-unsägliche Geschichte. Da fällt mir – die ich die Vorgeschichte aus Protesten und Planungsvorgaben, Raumordnungsverfahren, Auflagen, Versprechungen und Fehlinformationen und ... und ... und ... zu großen Teilen kenne – bis auf Fassungslosigkeit nichts mehr dazu ein. Vielleicht liest das ja hier jemand im Jahr 2053. Für den ein kleiner Hinweis: Ja, ich rede von dem erst kürzlich endlich abgebrochenen und nunmehr rückgebauten Alt-Vorhaben aus dem vergangenen Jahrhundert. Köpenick atmete danach auf, waren doch seine Natur- und Landschaftsschutzgebiete noch einmal vor größerem Schaden bewahrt worden (man verzeihe mir diese kleine phantastische Träumerei ...).

Alles in allem ist Lokalpolitik etwas für Masochisten: Es wird schlecht bezahlt, du musst es in der Freizeit beziehungsweise nach der Arbeit machen, wirst angefeindet von politischen Gegnern und nicht die gleiche Meinung vertretenden Bürgern, als wärest du Mitglied im Kabinett oder wenigstens im Bundestag. Wenn man sich auf die Fahnen geschrieben hatte, etwas für den Umwelt- und Naturschutz zu tun, wurde man stets verdächtigt, man sei ein Misanthrop und ziehe Amphibien, Vögel und Bäume den Menschen und den damit erforderlichen Lebens- und Arbeitsplätzen vor.

Wenn ich heute unsere Welt und die Auswirkungen des Raubbaus an Natur und Umwelt sehe und wenn ich höre, was so von den Medien und den Politikern gesagt wird, dann erinnere ich mich dessen, was ich und Gleichgesinnte schon vor zwanzig Jahren sagten – es waren genau dieselben Argumente! Damals wurden uns Schwarzmalerei und mangelnder Realitätssinn vorgeworfen. Deshalb tat mir der Abschied aus der kleinen Politik am Ende auch kaum weh. Es war eher wie ein Aufwachen.

Nach zehn Jahren Bilanz zu ziehen bedeutete für mich auch, meine Jahre als Vorsitzende des Ausschusses für Umwelt- und Naturschutz Revue passieren zu lassen. Die letzte Sitzung der Legislaturperiode war daher etwas ganz Besonderes. Ich durfte einen Straßenbaum pflanzen. Es war ein Gingko, und kurz bevor ich unter dem Blitzlichtgewitter der Reporter zur Schippe griff, raunte mir der Leiter des Grünflächenamtes von schräg hinten zu, ich sollte wissen, es sei ein *männlicher* Baum. Das verstand ich nicht – warum sagte er mir das jetzt? Eine sexistische Bemerkung? Veralberung? Später an diesem Tag wurde mir allerdings erklärt, dass man weibliche Gingko-Bäume tatsächlich nicht zur Straßenbepflanzung verwendete, weil diese Früchte tragen, welche herunterfallen und nicht wieder wegzukriegende Flecken auf Textilien verursachen. Was für ein schönes Bild für die Zähigkeit und Dauerhaftigkeit von weiblichem Wirken, dachte ich.

Ich neige nicht dazu, mich selbst mit Lorbeeren zu bekränzen. Aber offen möchte ich zugeben, dass mich an jenem letzten Sitzungsabend die Bemerkung eines Ausschussmitgliedes jener politisch gegnerischen C-Partei zu meiner Verabschiedung aus der Politik sehr erstaunte und erfreute. Er sagte, die Mitglieder seiner Fraktion haben zwar nicht immer meine Auffassungen geteilt, aber erkennbar sei gewesen, dass ich niemals aus taktischen Erwägungen, sondern immer aus innerer Überzeugung geredet und gehandelt habe.

Das war mir dann doch ein großes Lob.

Im Schleudergang

Eine klitzekleine Begebenheit

Wie ich mich noch weiter hinten im Buch auslassen werde, ich bin keine Freundin von Globalisierung und Gleichschaltung. Das trifft besonders auf die Uniformität und eine gewisse Abstumpfung im zwischenmenschlichen Umgang zu. Was ich am meisten beklage, ist ein Verlust an Empathie, an der Fähigkeit, sich in einen Anderen hineinzuversetzen und gedanklich ein wenig in seinen Schuhen herumzulaufen. Das ist überall im täglichen Leben zu beobachten, aber mit Sicherheit wurde es besonders in den Behörden dieser Welt zur Hochkultur gebracht.

Nur selten noch trifft man außergewöhnliche Menschen, die angenehm hervorstechen aus dem Einheitsbrei, zu dem die moderne Gesellschaft sich selbst verkocht hat.

So erinnere ich mich immer gerne zurück an jenen Berliner Kriminalbeamten, zu dem ich wegen einer Zeugenaussage in einem Kriminalfall vorgeladen worden war. Das war kurz nach der Wende im Westteil von Berlin, und der Mann war in seiner Art angenehm frisch.

Er machte keinen Hehl daraus, dass er offenbar an Frauen nicht interessiert war, wollte mir aber für die aktive Hilfe danken und mir ein Kompliment machen. Dieses fasste er folgendermaßen: „Nicht dass Sie es falsch verstehen, ich gehöre zur anderen Fraktion. Aber mit Ihnen, Frau Müller, da möchte ich schon gern mal im Schleudergang nach Mallorca ..."

Diese Bemerkung, der ich lange nachgegrübelt habe, kam so spontan aus ihm heraus, wie sie sicher den Umgangsvorschriften eines Beamten im Dienst widersprach. Aber noch heute, nach so vielen Jahren, schmunzle ich darüber.

J.w.d.[1] und doch mittenmang

Friedrichshagen

Der Friedrichshagener hat ja die Eigenheit, auf die Frage wo er wohne mit „Friedrichshagen!" zu antworten. Logisch! Erst dann lässt er sich – möglicherweise – dazu herab zuzugeben, bezirksmäßig Köpenicker zu sein. Die Idee, dass er ja eigentlich in Berlin lebt, kommt ihm höchstens, wenn er sich im Ausland befindet und beispielsweise in New York nach seinem Wohnort befragt wird.

So fährt der Friedrichshagener, wie übrigens auch der Köpenicker, ja auch „in die Stadt", wenn er nach Berlin-Mitte oder Charlottenburg reist. Für ältere Friedrichshagener kann mit „Stadt" aber bereits die Köpenicker Dammvorstadt gemeint sein ... – alles klar?

Nachdem wir das geklärt haben, muss ich nun bekennen, dass ich zwar immer behaupte, im zarten Alter von etwa zwei Jahren von meinen Eltern gegen meinen Willen aus Sachsen-Anhalt nach Berlin verschleppt worden zu sein – aber ich weiß nun auch, dass das ein Glück war.

Wir begannen unser familiäres Hauptstadtleben in Köpenick und blieben auch dort; jedoch arbeiteten wir uns beharrlich in Richtung Osten vor. Erst war es die Wuhlheide, dann die erwähnte Dammvorstadt, später Hirschgarten und zum Schluss Friedrichshagen und das Erpetal.

Ich liebe Friedrichshagen. Ich liebe die Muster, die dieser Ort auf der Seele der Menschen hinterlässt, die je einmal dort gewesen sind. Egal wo man in Friedrichshagen wohnt und schläft, die Straßenbahn fährt durch den Alltag und durch die

---

[1] berlinerisch: „janz weit draußen"

Träume; man hört sie in den Kurven – mal nah, mal fern, beschleunigend, abbremsend; in die eine oder die andere Richtung, jeweils zwei Linien – immer ist eine irgendwie unterwegs. Dazu rattern Autos, Glas klingelt leise, ab und zu macht ein Müllauto ein kleines Erdbeben ...

Trotzdem hat dieser Lärm für mich nichts Störendes, dafür ist zu viel Grün vor und hinter den Häusern. In den Remisengärten und den kleinen Nebenstraßen mit ihrem Kopfsteinpflaster ist es manchmal den Bäumen noch erlaubt, ungestört zu gedeihen. Die Phantasie blüht aus den Schaufenstern der vielen kleinen Läden, den Werkstätten des lokalen Handwerks, aus den vielen kleinen Restaurants und den Kneipen.

Zu ihnen allen führt der breite, einladende Bürgersteig der Bölschestraße, des Rückgrats dieses so ungewöhnlichen und in sich geschlossenen Ortsteils. Einmal ´rauf, einmal ´runter zwischen Bahnhof und Brauerei: eine echte Einkaufsmeile! Vielleicht sieht man noch einen alten Maulbeerbaum von denen, die der olle Fritz hier pflanzen ließ für die Seidenraupenzucht; neuerdings sieht man auch den ollen Fritzen wieder, auf seinem Sockel, am Marktplatz.

Dann doch lieber zum Bürgerbräu oder in den Strandkorb an den Müggelsee, oder gleich auf´n „Dampfer", der natürlich keiner mehr ist; nach Neu-Venedig oder Hessenwinkel – oder gleich die große Umfahrt ... Dass die Motorboote im Zaum gehalten werden müssen – beinahe geschenkt ... – im Moment droht Größeres, Schlimmeres. Der neue, unsägliche Flughafen Berlin-Brandenburg könnte das Aus für all dies bedeuten, wenn er denn mal fertiggestellt wird ...

Hinter dem Bahnhof Friedrichshagen liegt das – mittlerweile, wie man erschreckt hört, arg geschundene – Erpetal, seine Heidelandschaft mit weidenden Schafen, tiefen, unendlich scheinenden Wäldern, die sich hinaus ins Brandenburger Land ziehen, sowie Fließe und Bäche, an denen die alte Heidemühle und ihre Schwestern stehen.

Wer in Friedrichshagen lebt, hat das Beste aus zwei Welten: Er darf sich noch Berliner nennen, sein Leben ist aber schon geprägt durch die Mark und das Land Brandenburg.

Wer dort lebt, scheint aber auch einer hoffnungslos überforderten – oder unwilligen, unfähigen? – Behörde ausgeliefert, die Landschaft ausverkauft – seien es Großprojekte wie der Flughafen oder Wasserbüffel anstelle von Schafen im Erpetal. Hoffen wir, dass es nicht zum Schlimmsten kommt ...

Mein Herz schlägt für diesen Flecken – egal, wo auf der Welt ich mich befinde. Wenn es einen Begriff in meinem Leben geben müsste, mit dem ich „Heimat" beschreiben soll, dann ist es dieser: ein altes friederizianisches Kolonistendorf, das sich zu einem einmaligen Lebensraum für Mensch und Natur entwickelt hat; ein Ort, an dem ich nicht geboren bin und vermutlich auch nicht sterben werde; ein Platz aber auf dieser Welt, der meine Seele berührt.

Herbst

Der überreiche Schatz der Gärten
geht aus mit einem fahlen Licht.
Ich wollte Dich am Fluss erwarten –
im Herbsthauch – und doch tat ich's nicht.

Ging fort von Dir, von uns'rer Hütte –
von Garten, Fluss, von Wald und See;
von all den vielen kleinen Dingen –

und morgen fällt der erste Schnee ...

Ein langes Intermezzo – Irland

Über Irland

Eine kleine Gebrauchsanweisung
(dies haben wir immer unseren Besuchern bei
ihrer Ankunft in die Hand gedrückt)

Irland liegt zwar am Rande des Kontinents, nicht aber am Rande europäischen Denkens, was seine Vorreiterrolle bei der Euro-Krise eindrucksvoll belegt.

Wie auch immer, es ist stets gut, ein bisschen voneinander zu wissen. Das Folgende ist *in praxi* erworben und soll auf keinen Fall alle Facetten der irischen Lebensweise darstellen; es ist eher dazu geeignet, einige Erfahrungen zusammenzufassen, die ich während meines elfjährigen Aufenthalts an der irischen Ostküste gesammelt habe. Diese Erfahrungen entbehren jeder „wissenschaftlichen" Grundlage und können von Gebiet zu Gebiet durchaus variieren.

In unserer Gegend, wie in vielen anderen in Irland, gibt es noch lebendige Erfahrungen mit Geisterbegegnungen. Ich selbst – eine bis dahin bekennende Nicht-an-Geister-Glaubende – hatte zwei. Auch sind Elfen und sogenannte „Banshees" an der, nun ja, Tagesordnung.

Es ist darauf zu achten, dass die oben erwähnten Elfen wie auch Leprechauns (sprich: *Lepperkorns*) und Geister zur Grundausstattung Irlands gehören. Es ist daher verboten, Schwarzdorn- und Schlehenzweige abzubrechen und Elfenbüsche oder Dolmen zu zerstören. Wer dies dennoch tut, muss mit anhaltendem Unglück rechnen.

Jegliche Angst vor Schlangenbissen oder Angriffen durch Wildschweine jedoch ist gänzlich unbegründet, weil: Schlangen und Wildschweine gibt es in Irland nicht. Hüten sollte man sich allerdings vor Überschwemmungen, Stromausfällen und herabfallenden Regenbögen.

Im Straßenverkehr sollte man beachten: Der Ire macht alles mit links und hatte noch keine Gelegenheit, das Vorhandensein von Richtungsänderungsanzeigen (Blinker) und Geschwindigkeitsreglern (Bremsen) in seinem Wagen wahrzunehmen.

Die Benutzung von Pubs und die Konversation mit Einheimischen ist Pflicht! Sollte man noch niemanden kennen, hilft ein Trick: Einfach eine Pub-Tür aufreißen und laut „Hello Jim, hello John!" hineinrufen – es wird eine vielstimmige und freudige Erwiderung geben!

Iren lieben es, über das Wetter zu reden. Thema Nummer zwei ist das Wetter – und dann ist da noch das Wetter, über das man redet.

Wenn der Ire bei einer Begrüßung neckisch mit einem Auge blinkert, ist das *kein* Annäherungsversuch, sondern ein Zeichen der Hochachtung.

Merke: Der Ire ist stur, aber stets positiv. Ein Glas ist immer halb voll statt halb leer, das Befinden könnte stets schlimmer sein als es ist und das Wetter ist im Zweifelsfall immer schön, selbst wenn es tagelang und in Strömen regnet.

Der Ire ist herzlich, aber unzuverlässig. Es gilt die Losung: Lebe den Augenblick und glaube weder an Versprechen noch Verabredungen!

Ferner ist der Ire nur in der Lage, Lebensmittel zu konsumieren, die entweder in einem Glas, zwischen zwei Scheiben Weißbrot oder als Kartoffel serviert werden. Merke: Die Kartoffel wird hier als *spud* bezeichnet, nicht als *potato*!

Montage sind für Iren Trauertage. Deshalb fallen die regelmäßig angeordneten staatlichen Feiertage – sogenannte „Bank Holidays" – stets auf einen Montag, damit man möglichst oft seine Montags-Trauer mit Freunden im Pub ausdiskutieren kann. Aus diesem Grunde sind dann die darauffolgenden Dienstage ebenfalls Trauertage.

Der Arbeitsmontag (und hier die damit verbundene Trauerphase) fängt am Sonntag zwischen elf und zwölf Uhr vormittags an und dauert bis in den Mittwoch.

Donnerstags wird der Ire wach und probt für den Freitag.

Sonnabende sind Haupt- und Wett-Tage für den Iren. Der gewöhnliche Ire hat dann die Wahl zwischen: Pferdewetten, Fußballwetten, Gaelic-Games-Wetten oder – ganz exklusiv – Wetten bezüglich des Wetters.

Noch mal zur irischen Gastfreundlichkeit: Diese sollte nicht verpuffen, sondern in Anspruch genommen werden. Nichts freut den Iren so sehr als Menschen zu beherbergen und im Verlauf des Gesprächs festzustellen, dass die Möglichkeit besteht, dass die eiszeitlichen Urahnen mal was miteinander gehabt haben könnten. Besonders deutlich wird das allerdings bei höheren Würdenträgern und Popstars. Nicht eher nämlich ruht der Ire, bis er eine genetische Verbindung zwischen sich und seinem Idol entdeckt hat! Mit einem irischen Mann zu leben heißt, bei jeder zweiten Namensnennung – egal wo in der Welt – die Bemerkung zu hören, auch diese Person habe einen irischen Namen, eine irische Urgroßmutter oder weiter zurückliegende smaragdschimmernde Wurzeln. Aber gerne vergibt man schmunzelnd dem ansonsten so betulich daherkommenden Iren in seiner größenwahnsinnig anmutenden Bescheidenheit, alles mit den vierzig Grüntönen seiner Insel anstreichen zu wollen – am St.-Patrick's-Tag sogar das Wasser diverser amerikanischer Flüsse und Seen und sogar sein geliebtes Bier ...

Die größten (Auswanderer-)Kolonien Irlands liegen in Übersee: in Australien, Kanada, Amerika und ganz besonders in den USA. Die Verbindung zum Mutterland ist dennoch ungebrochen.

Seltsamerweise rühmt man sich in der Gegend um Dublin herum, dass man hier das beste Englisch (sic!) spricht respektive erlernen kann.

Und das ist dann wirklich ein (?) Pint wert!

Alles in allem ist das Leben unter und mit Iren eine interessante Lebensweise. Wenn nur das Wetter nicht wäre ...

Paddy

Eine ungewöhnliche Begegnung

Wie man weiß, ist der Heilige Patrick der Schutzpatron Irlands. Und seine Kurzform *Paddy* ist nicht nur der häufigste Name dort, sondern auch eine Sammelbezeichnung für alle Iren – so etwa, wie die Amerikaner die Deutschen *Fritz* nannten oder die Deutschen „den Russen" mit *Iwan* generalisierten.

Für mich aber ist *Paddy* auch ein Name mit einer Geschichte dahinter.

Vor einigen Jahren nahm ich an einem Workshop für Aquarell-Malerei in unserem irischen Wohnort teil, bei dem auch ein älteres Ehepaar anzutreffen war, Maeve und Paddy.

Beim ersten gemeinsamen Lunch saß ich neben Paddy, und wir kamen ins Gespräch. Ich fragte ihn, was er denn in seinem Leben beruflich so gemacht habe. Er antwortete, dass er von Hause aus Arzt sei und von der Westküste stammte, aber schon recht lange im Raum Dublin zuhause sei. Auf meine Frage, ob er denn auch in Dublin eine Praxis gehabt habe, verneinte er, und dann kam der Satz: „Ach wissen Sie, ich habe dies und das gemacht."

Dann war es an ihm, mich auszufragen. Er war besonders an meiner Jugend in der DDR, meiner bescheidenen nachwendischen Karriere als Lokalpolitikerin und auch – nachdem die Gastgeberin, die mich gut kannte, es einwarf – an meiner in Irland seltenen Erkrankung Borreliose interessiert. Hinter Paddys bescheidener, freundlich-offener Art steckte eine große Persönlichkeit – das konnte man ganz deutlich spüren. Die verbleibenden Tage des Kurses verliefen sehr angenehm, und ein- oder zweimal holte sich Paddy sogar meine Meinung zu seinem Bild ein.

Niemand der Teilnehmer, auch nicht seine Frau, gaben mir gegenüber Paddys Identität preis. Alle schienen sich an dem guten Miteinander zwischen uns zu erfreuen, und das war's!

Monate später erst enthüllte ein Fernsehprogramm, wer dieser liebenswerte ältere Mann war und vor allem, dass es weit mehr als „dies und das" gewesen war, was er für Irland und Europa geleistet hatte. In diesem Moment fiel mir auf, dass ich von irischer Politik aus der Zeit vor Mary Robinson – der ersten von gleich zwei aufeinanderfolgenden weiblichen Präsidenten in einem ansonsten der Gleichberechtigung historisch eher abgewandten Land – so gar nichts wusste.

Mein Malpartner war kein geringerer als der vormalige, vierzehn Jahre amtiert habende, Staatspräsident von Irland, zuvor Parlamentsabgeordneter, Minister in vier Ressorts und erster Irischer Europa-Commissioner: Dr. Patrick Hillery. Und, *indeed*, wie die Iren sagen würden, war er auch der Arzt von der Westküste, der bei rauhem Wetter manchmal sogar zu Fuß zu einem Cottage stapfte, um einem Baby auf die Welt zu helfen. Einer für die „kleinen" Leute, der sie und ihre Probleme kannte und verstand – und der das vor allem bis zu seinem Lebensende niemals vergaß.

Meines Wissens wurde er zur Zeit seiner Präsidentschaft von den Lesern eines Deutschen Nachrichtenmagazins zum bestaussehenden Inhaber eines solchen hohen Amtes gekürt. Aber daraus machte sich dieser bescheidene Mann sicher wenig. Eher machte er sich etwas aus der Malerei und dem Segeln. Eines seiner Markenzeichen war seine Skipper-Mütze, die er fast immer trug und die augenscheinlich schon viele Stürme miterlebt hatte, ... und die ich die Ehre hatte, ihm auf sein Bitten hin nach einem Windstoß zurück auf den schütteren Kopf zu setzen.

Als Paddy starb, lag das ganze Land in Trauer. Beim Gottesdienst trug man zum Altar Dinge, die ihm etwas bedeutet hatten, darunter die besagte Mütze und ein von ihm gemaltes

Aquarellbild. Es war sehr bewegend, und ich habe ehrlichen Herzens am Fernsehapparat mitgeweint.

In meinen eigenen zehn Jahren in der Politik habe ich eine ganze Reihe von „staatstragenden" Personen getroffen – aber niemanden, der mich auch nur annähernd mit seiner Person und seiner Persönlichkeit so berührt hat. Wenn die Worte „Bescheidenheit" und „Gentleman" einer lebenden Verkörperung bedürfen – „Dr. Paddy", der über soviel natürliches Charisma verfügte, war diese Verkörperung. Er war mehr als ein Ire, er war im besten Sinne Europäer und internationaler Politiker und wirkte ausgleichend in einer tumulthaften Zeit im eigenen Land.

Ich sage selten, dass ich auf etwas stolz bin, aber darauf, Patrick Hillery gekannt zu haben, bin ich es!

Acker Bilk und Hackepeter

Nur wer reist, erfährt etwas

Wer kennt sie nicht, diese wundervolle Melodie „Stranger on the Shore" des berühmten Mr. Acker Bilk! Schon seit frühester Kindheit begleitete sie mich per Radio und Fernsehen. Meine Mutter schwärmte für den Musiker, der mit seinem vollen, melancholischen Klarinettenspiel dieses Stück legendär machte. Überhaupt gibt es ja viele Musikstücke, die erinnerungsbehaftet oder irgendwie bedeutsam sind – manchmal für Einzelne, manchmal für ganze Generationen. So ist Musik in einer multikulturellen oder zweisprachigen Partnerschaft zumeist auch das Einzige, das man fast hundertprozentig gemeinsam hat. Beim Fernsehen wird es schon dünner, und bei der Literatur hört es in der Regel auf.

So jedenfalls erging es mir mit „meinem" Iren an meiner Seite. Zwar hatte ich wohl auch schon mal etwas von James Joyce oder G.B. Shaw gelesen, er aber hatte weder von Goethe noch von Schiller, geschweige denn von zeitgenössischen deutschen Schriftstellern, je gehört. Unsere Fernsehvergangenheit deckte sich zu etwa fünfzig Prozent: *Dallas*, *Denver* und *Ben Hur*; diverse Spielfilme hatte man gemeinsam – dank der deutschen Synchronindustrie, die meinen Mann zunächst einmal in Erstaunen versetzte: Wieso sprach Roger Moore plötzlich so perfekt deutsch? Bislang kannte er ausländische Produktionen, die in Irland gezeigt wurden, nur mit Untertiteln. Und wirklich: Ich stellte fest, dass viele Länder gar keine oder nur eine bescheidene Synchronindustrie haben und meist – wie auch in Griechenland – mit Untertiteln gearbeitet wird.

Musikalisch jedoch deckte sich unser Vorleben; Irland oder Deutschland, Ost oder West – egal! Jeder hatte seine Beatles-Ära, erlebte sein Woodstock, kannte alle möglichen Songs, englisch oder auch mal deutsch ... und natürlich auch Acker Bilk! Und das traf – Interesse hin oder her – auch auf viele der klassischen Musikstücke zu. Musik, also doch die internationale Sprache? Sicher!

Eine andere Sache war das Reisen, das Er-fahren.

Für jemanden wie John, der sein ganzes Leben im Inland, also Irland, verbracht und lediglich für eine Weile zum Arbeiten in Manchester gewesen ist, ging es zum Urlaub – wenn überhaupt – in die Wicklower Berge oder am allerweitesten an die Westküste. Und dann kam ich in sein Leben und mit mir die Reiselust. Erstmal nach Berlin – das erste Mal Fliegen –; dann nach Kreta, und dann jedes Jahr an verschiedene Orte: Süddeutschland, Frankreich, Polen, Dänemark, immer wieder Griechenland und natürlich auch immer wieder und oft nach Berlin. Mein Partner änderte sich im Wesen, wurde anspruchsvoller, selbstbewusster und zielstrebiger – das bemerkten auch die alten Pubkumpels.

Nun hatte mein Heimatbezirk Köpenick Dinge zu bieten, die bei John auf Interesse stießen: Nicht zuletzt hatte ich die letzten zehn Jahre vor meiner Auswanderung zu großen Teilen – sowohl arbeits- als auch parlamentsbedingt – im ehrwürdigen Rathaus des Bezirks verbracht. Und er wusste, dass es nicht nur einen – nun auch als Statue verewigten – Hauptmann von Köpenick gab, sondern dass ich einem der vielen Darsteller dieses Ortsoriginals, nämlich dem damals schon etwas älteren und leicht rheumatischen Schauspieler Manfred Korth, vor seinen jeweiligen Auftritten gelegentlich den Hauptmannsdegen um die Hüfte gegürtet hatte. Dann wurde vor ein paar Jahren das erste lokale Whiskyfestival veranstaltet, und auch wenn Whisky (oder irisch: *Whiskey*) nicht sein Leib- und Magengetränk ist, so stammt John doch aus einer Familie mit einem Zweig im Destillerie-Gewerbe. Und schließlich findet jeden Sommer im Köpenicker Rathaus ein Festival statt, bei dem über Wochen namhafte

Jazzmusiker aus dem In- und Ausland auftreten. Auch Mr. Acker Bilk!

Was also lag näher, als sich Karten besorgen zu lassen und mit John zum verlängerten Wochenende nach Köpenick zu fliegen? Berlin war ja nur zwei Flugstunden von Dublin entfernt, viel kürzer als beispielsweise Cork oder die Westküste, und es war die Zeit der Spottpreise für Billigflüge.

Nach einer Rundfahrt mit dem Solarboot auf den Köpenicker Flüssen und Seen hatten wir also unser phantastisches Jazzkonzert mit Acker Bilk, gutem Bier und – Hackepeterschrippen! Das war ein Schock für meinen Mann. Denn entsprechend einer in Irland weit verbreiteten Ansicht ist auch für ihn alles, was nicht durch und durch gekocht oder gebraten wurde, roh – auch zum Beispiel geräucherter Fisch oder Schinken. Wie man also ganz, ganz rohes Fleisch roh essen konnte, wollte ihm nicht in den Kopf. Also demonstrierten wir – ein Freund aus Köpenick und ich – es ihm genüsslich. Denn auch wenn ich eigentlich Fleisch nicht besonders mag, so ganz schaffe ich es nicht zum lupenreinen Vegetarier, und nach jahrelanger Abstinenz konnte ich einer (!) halben (!) Hackepeterschrippe nicht widerstehen! John allerdings sah mich an, als sei ich eine Kannibalin!

Dieser Schock konnte nur auf einem Wege gelindert werden. Nach seinem Auftritt entspannten sich der Musiker und seine Band in den Räumen des Ratskellers bei Bier und einem Essen, und mein Freund machte es möglich, dass wir zu ihm konnten. Was für ein Erlebnis! Natürlich freute sich John wie ein Schneekönig, dem Meister persönlich begegnen zu können. Aber auch mir, die ich eigentlich den Umgang mit sogenannten „Stars" gewohnt war, zitterten vor Ehrfurcht beinahe die Knie.

Er lud uns zu einem Drink und zum Essen ein, und John fachsimpelte ein wenig mit ihm über Musik. Als Acker Bilk hörte, wir seien extra aus Irland gekommen, um ihn zu erleben, schüttelte er den Kopf: „Wieso seid ihr hierher gekommen? In zwei Wochen bin ich doch bei euch, in Cork beim Jazz-Festival!"

Nee, da wären wir nicht hingegangen. Zu weit, zu teuer, keine südostberliner Seen- und Flusslandschaft, nicht dieselbe tolle Atmosphäre wie im Köpenicker Rathaus ... – und mit Sicherheit: Kein Hackepeter!

Seifensieder

oder: Laien forschen für die Wissenschaft

Im Allgemeinen bin ich überhaupt kein Freund davon, ohne Not das Fahrrad neu zu erfinden. Aber die Seifenmacherei einer Freundin und deren reines, hautfreundliches Ergebnis hatten mich animiert. Ich wollte es ihr nachtun. Jedoch ging mir immer wieder im Kopf herum, warum die Herstellung einer so sanften Sache wie Seife einer so brutalen Ingredienz wie ÄTZNATRON bedarf. Ich weiß, dass das Seifenhandwerk eine lange Tradition und im Gegensatz zu mir ganz viel Erfahrung hat; daher konnte man mich jetzt mit meinem Vorhaben entweder für naiv, ignorant oder arrogant halten (ich habe schon als Kind selten Rat angenommen, sondern lieber meine eigenen, oft schmerzhaften, Erfahrungen gemacht).

Hinzu kommt, dass ich zwar eine gute Schülerin war, das Fach Chemie sich mir aber nie eigentlich erschlossen hatte.

Also ab in´s Internet! Unter dem Suchbegriff „Seife" gibt es Tausende Eintragungen, und schon auf Seite eins wird man schnell fündig. Das allerdings las sich noch gefährlicher als das Freundinnen-Rezept oder gar, was ich mit eigenen Augen und Sinnen bei ihr erlebt hatte.

Außerdem kam mir immer wieder einer dieser Wildnis-Überlebenskünstler aus dem Fernsehen in den Sinn, der seifenähnliche Substanzen aus Pflanzen gewann. Diese Pflanzen, so dachte ich, können ja nicht mit so aggressiven Chemikalien wie ÄTZNATRON arbeiten; also musste es auch eine weniger ätzende Lösung geben. Auch fiel mir ein, dass es ja Glyzerinseife gibt (diese Erkenntnis machte mich aber nur für eine kurze Weile froh, denn sogleich dachte ich auch wieder an das hochexplosive Nitro*glyzerin*).

Da half nur noch: Logisch denken! ÄTZNATRON bekam ich in Irland nicht, wohl aber *Natron* ohne *Ätz-*, sprich *Sodiumbicarbonat*. Da ist zwar noch nicht von *-clorid* die Rede, aber, dachte ich mir so, warum nicht einfach mal eine Mischung aus einhundert Gramm Sodiumbicarbonat (soviel hatte ich vom Brotbacken noch im Schrank) mit den entsprechend heruntergerechneten Anteilen an lavendelversetztem Wasser und Öl mischen und sehen, was passiert. Wie gesagt, ich hatte es nie so mit der Chemie. Es passierte dementsprechend nichts. Fast nichts. Denn als ich mir nach zwei Tagen die Mischung genauer ansah, stellte ich fest, dass das Wasser nun oben, das Öl aber, gebunden durch das Natron, unten schwamm. Hmmm! Wenigstens war es eine Umkehrung sonstiger Erfahrung, die besagte: Fett schwimmt immer oben!

Da fiel mir nochmal das im Internet gelesene Wort von der „Verseifung von Fetten und Ölen" mittels zweier Verfahren, dem Kaltverfahren (das geht bis sechzig Grad Celsius!!!) und dem heißen, dem sogenannten „Sieden" ein. Aha, ein Seifensieder ging mir auf! Außerdem hatte ich – zumindest im Falle von Kernseife – etwas von der Zugabe von Salzen gelesen, die später auskristallisiert werden müssten. Das – soweit gehen meine chemischen Kenntnisse noch – weist auf das dem ÄTZNATRON chemischerseits anhaftende Wörtchen –chlorid hin. NaCl – Natriumchlorid – könnte also diesen Bestandteil liefern. Was aber geschieht mit dem Natrium???

Ich schüttete meine Lösung also in einen in Wendejahren geretteten original Meißner Chemie-Topf aus dem ehemaligen VEB Werk für Fernsehelektronik und kochte das Zeug auf. Das heißt, ich versuchte, es zu *sieden*. Was da so vor sich hinsiedete, sah zwar lecker aus, hatte aber wenig Ähnlichkeit mit verkochter Seife.

Zur weiteren Illustration muss man sich nun mich vorstellen, wie ich, mit dem Salzstreuer in der Hand über meinen Herd gebeugt, der siedenden Substanz jeweils kleine Mengen von jodiertem Speisesalz zuführte, in der gruseligen Erwartung, dass ich jederzeit mit einer Detonation würde rechnen müssen. Schließlich wusste ich nichts über das Natrium, schlimmer aber war: Was würde das Jod anstellen? Ich kenne mich im Allgemeinen als nicht ungebildet, aber in gewissen Dingen als sehr – und ich meine wirklich: sehr! – naiv.

Also erwartete ich, mit diesem Experiment gegebenenfalls eine Explosion auszulösen, die halb Laytown hätte auslöschen können. Zugegeben, es waren alles Stoffe des Haushalts beziehungsweise der Küche: Backtriebmittel, Speisesalz, Wasser und Olivenöl. Aber hatte man nicht auch schon von explodierendem Mehl gehört, das große Brände verursacht und ganze Metropolen ausgelöscht haben soll?

Nun, es passierte nichts. Das heißt, wieder *fast* nichts, denn ich bemerkte, dass die Substanz nun „anders" kochte, dass die aufsteigenden Blasen immer kleiner und „schaumiger" wurden. Eine entnommene Probe zeigte durchaus eine Art von „Seifigkeit". Mit fortlaufendem Kochprozess setzten sich Salzkristalle an den Wänden ab. In dem mir geeigneten Moment – eher ein bisschen zu spät, aber das würde sich zeigen – stellte ich den Siedevorgang ein und füllte das Ganze in eine Form, in der es nun erstarren konnte. Ich sah dem Ergebnis mit wachsender Spannung entgegen. Erste Fingerproben legten nahe, dass sich im Innern der Masse so etwas wie eine Verfestigung aufbaute. Aber ich erwartete beim ersten Versuch auch noch kein Gelingen, eher Hinweise.

Meine „Kreation" mit Natron ergab eine halbfeste, oder eher flüssige, Lotion, welche sehr gut roch, durch das Natron gut zum „Peeling" geeignet schien, ungemein pflegend wirkte und fast gar nicht schäumte. Seife allerdings war das nicht! Die Vermutung liegt nahe, man kommt um das ÄTZNATRON nicht herum ...

Naja! Wenn alle Stränge reißen, kann ich ja immer noch Duftkerzen gießen – man braucht nichts Ätzendes, es riecht auch gut, und man kann dann von Kerzen umringt in warmem Schein und betörendem Geruch – und mit Seifen von der Freundin ausgestattet – in der Wanne dahinschwelgen ...

Falling slowly[1]

Ein Versuch über die irische Gesellschaft

Wenn ich heute jemandem erzähle, ich habe eine geraume Zeit in Irland gelebt, beginnen die Augen meines Gegenübers zu glänzen und ich höre so etwas wie: „Ah, das ist ja auch ein wundervolles Land!" Ja, das ist es. Und das ist es auch nicht.

Ich habe mich so um Irland bemüht ... Am Ende wollte es sich mit mir nicht ganz anwärmen und ich mich nicht in ihm. Und das lag nicht nur am Wetter.

Irland ist schon ein eigenartiges Land, eine verwunderliche Insel: Auf ihr liegen Lieblichkeit und Harschheit dicht beieinander, auch gesellschaftlich. Dieses Land hat schon vor erstaunlich langer Zeit den ersten weiblichen Minister in Europa hervorgebracht. Das war vor fast einhundert Jahren, als von Gleichberechtigung und Frauen in der Politik gerade mal geträumt werden durfte und Gleichstellung nicht in Verfassungen, sondern auf den Plakaten von protestmarschierenden Suffragetten stand. In neueren Zeiten hatte die Nation gleich zwei aufeinanderfolgende Staatspräsidentinnen, die insgesamt für eine lange Zeitspanne – trotz unterschiedlicher politischer Lager – mit Klugheit und staatsfraulichem Geschick ihre Nation in der Welt repräsentierten. Und dennoch war Irland, als ich es zum ersten Mal betrat, ganz in der Hand der Männer.

Allen voran die Katholische Kirche, die das gesamte gesellschaftliche Leben, die Volksbildung und vor allem die Moralvorstellungen beherrschte. Da war es noch einige Jahre hin

---

[1] „Falling slowly" ist ein Lied aus dem in Dublin spielenden Film „Once". Es gewann in Hollywood einen Oscar und schien mir mit seiner Stimmung und seinem Titel zum Thema zu passen.

bis zu den skandalösen Enthüllungen um christlich geführte Arbeitshäuser – Stichwort „Magdalenenschwestern" – und sexuelle Verirrungen in Größenordnungen.

Es galt als selbstverständlich, dass man Frauen für einen Schwangerschaftsabbruch mit zwölf Jahren Zuchthaus bedrohte – was, soweit ich weiß, auch heute noch gilt. Paradoxerweise aber ließ man Männer und Frauen bis vor gar nicht so langer Zeit gar nicht an der Möglichkeit irgendeiner Verhütung teilhaben.

Der „Tourismus" der Republik-Iren in den etwas aufgeklärteren, zu Großbritannien gehörenden Nordteil der Insel drehte sich in der Vergangenheit oft um Kondom und Pille. Es war die Zeit Papst Johannes Paul II., des asexuell-großväterhaft und durchaus charismatisch wirkenden Polen mit dem Charme eines *Pan Tau*[1], der bei seinem Besuch 1979 die gesamte Bevölkerung der Insel in seinen Bann schlug.

Aber auch auf anderen Gebieten hatten Frauen keinen leichten Stand. Noch zu „meiner" Zeit kam es vor, dass ich als Gast in einem Pub misstrauisch von Männern beäugt wurde. Einmal sagte mir ein knorriger Alter ehrlich entrüstet ins Gesicht, früher hätte es so etwas nicht gegeben. Hinter'm Tresen war es okay als Frau, und da durfte sie die Männer mit Bier und sonntags nach der Kirche die Frauen und Familien, im „Snug" versteckt, mit einer unschuldigen Limonade bewirten. Es war aber auch in moderneren Zeiten noch üblich, dass Frauen sich nicht trauten, ein Pint[2] zu bestellen und lieber zwei Halfpints[3] hintereinander orderten, weil das Bestellen eines großen Glases Bier immer noch als unanständig und gierig galt.

Oft waren es, neben dem Papst und den Priestern, auch im sonstigen Alltag große Männer, denen die kleine Nation

---

[1] sympathischer Titelheld einer tschechoslowakischen Kinderserie
[2] etwa ein halber Liter
[3] halbes Pint – etwa ein viertel Liter

zujubelte, im Idealfall als einen der ihren – will heißen: als einen der Iren.

So erinnert man sich noch heute lebhaft der Verehrung für die irischstämmigen US-Präsidenten John F. Kennedy und seinen späteren Nachfolger „Billiboy" Clinton. Beide wurden sozusagen zu „Präsidenten der Herzen".

Als Obama gewählt wurde, war ich mir sicher: Diesmal werden sie keine irischen Wurzeln in diesem Sympathieträger finden können – weit gefehlt! Auch er ist familiengeschichtlich einer aus dem Land der Elfen und Leprechauns!

Die Queen hingegen als Vertreterin der einstmals über Irlands Geschicke herrschenden und die Iren drangsalierenden Nation hatte da auch in der jüngsten Geschichte einen weitaus schwereren Stand. Das hatte natürlich nichts mit ihrem Geschlecht zu tun, aber helfen tat es auch nicht: eine Frau ohne irische Wurzeln *und* britische Monarchin aus eigentlich deutschem Hause ...

Obwohl, im Gegensatz zur historisch bedingten Abneigung zwischen Briten und Deutschen pflegt der Ire freundschaftliche Gefühle zu Letzteren. Auch das ist geschichtlich begründet, stand doch Irland im Zweiten Weltkrieg an der Seite des Deutschen Reiches. In Dublin sollen sogar deutsche Spione gegen Großbritannien ausgebildet worden sein. So mancher Bomberpilot, der bei seinen England-Einsätzen über sein Ziel hinaus geriet, notlandete auf der Grünen Insel, wo er hochwillkommen war, sofern er die Landung überlebt hatte. Nicht selten endeten diese Piloten in den Armen einer irischen Frau und heirateten diese nach Kriegsende.

Ich habe noch die „alten" Zeiten kennengelernt, auf dem Land, wie sie auch Heinrich Böll in seinem *Irischen Tagebuch,* beispielsweise in der Geschichte „Wenn Seamus einen trinken will", beschreibt: die eigenartigen Öffnungs- und Schließzeiten der Pubs, streng reglementiert und noch strenger kontrolliert von der Polizei. Die daraus resultierenden schwarzen Rollos, die nach Verdunkelung aussahen und auch Dunkelheit im Innern vortäuschen sollten, obwohl doch hinter verschlossenen Türen munter weitergezecht wurde.

Überhaupt, die Pubs: Mittelpunkt des gesellschaftlichen (Männer-)Lebens, Ort der Diskussion und des Austauschs, des Ringe- und Dartspiels, des beiläufig flimmernden Fernsehens, der Pferdewetten und des *wee drop*, des „kleinen" Tröpfchens Alkohol. Sei es *Guinness'*, sei es *Beamish*, Whiskey oder Gin gewesen – im Normalfall war das Tröpfchen zwar nicht „wee", aber sinnlos gesoffen wurde in der Regel auch nicht. Man traf dort Typen wie aus einem Bilderbuch, Gesichter wie Novellen: harte aber ausgefüllte Leben; voll von Geschichten und Erinnerungen.

Im Ort kannte jeder jeden. Leute hielten auf der Straße stets an, um miteinander zu reden – dafür war immer Zeit: über das Wetter, lokale Ereignisse, irgendwas. Fragte man „Wie geht's?" bekam man stets zur Antwort: „Gut!", „Nicht so schlecht!" oder „Es könnte schlimmer sein!" Das Glas war halb voll.

Seinen Niedergang sowie den der Pubs läutete das Land auf der Höhe des sogenannten „Keltischen Tigers" ein – eines nie dagewesenen Aufschwungs für das seit Jahrhunderten, ja Jahrtausenden, gebeutelte Land. Plötzlich veränderte sich das Leben. Mit dem Wohlstand, der nur vordergründig einer war, zerfiel die Tradition. Mit dem ökonomischen Boom stiegen die Hauspreise und die Lebenshaltungskosten. Nun musste, wer wohnen wollte, 'raus aus der Stadt. Die Preise für die flink auf ehemaligen Feldern im Speckgürtel um Dublin und andere große Städte herum hochgezogenen Wohnhäuser waren noch erschwinglich, obwohl auch sie übertrueuert waren. Die Qualität stimmte nicht.

Gleichförmig charakterlos anmutende Gebäude schossen in Rekordzeit zu Tausenden wie Pilze aus dem Boden, ohne

Infrastruktur, ohne Straßen, Schulen, Läden. Kein Grün mehr, keine Felder oder Raine, kein Vogelgesang. Man schaue sich beim Anflug auf Dublin die Landschaft von oben an ... Was für junge Menschen können in solcher Umgebung aufwachsen?

Die Banken „halfen" mit Krediten bis hin zu hundert Prozent. Diese und die Zinsen wollten bedient sein, also musste bis zum Umfallen gearbeitet werden. Um in die Stadt zur Arbeit zu fahren, brauchte jeder sein eigenes Auto. Eltern brauchten jemanden, der nach der Schule auf die Kinder aufpasste. Wenn sie dann an den Abenden nach Job, Frust und Verkehrschaos erschöpft nach Hause kamen, war keine Zeit mehr für Familienleben. Auch am Wochenende war kein Nerv mehr dafür da. Kinder wurden an Sonnabenden und Sonntagen zu den Großeltern verfrachtet, bis am Montagmorgen das Laufrad wieder losging.

Erst kamen die Städter aufs Land, wo es kaum Schulplätze für all die Kinder gab. Dann kamen billige ausländische Lohnkräfte, um die teuren eigenen abzulösen. Was passierte, als die Blase platzte, ist jedem bekannt. Sehen konnte man die Anzeichen schon viele Jahre früher. Jetzt ist das Glas halb leer.

Schon lange, bevor es sichtbar wurde, hatten wir eine oder zwei Generationen der Kinder Irlands verloren. Die ersten – nicht wenige – stürzten früh ab in einen Zyklus aus Alkohol, Drogen, antisozialem Verhalten und Teenager-Schwangerschaften. Ich konnte es in unserem kleinen Dorf an der irischen Ostküste miterleben. Oft endete es nach der häufig geschwänzten Schule vor dem Postschalter zum Auszahlen des Arbeitslosengeldes, in einigen Fällen im Gefängnis oder bereits auf dem Friedhof.

In den rund zehn Jahren, in denen ich dort lebte, wurde ich Zeuge von ich weiß nicht wie vielen Drogenübergaben an Jugendliche aus schnell vor- und dann ebenso schnell wieder wegfahrenden Autos. Es sind in dieser Zeit alleine in unserem Dorf fünf Menschen ermordet worden. Es gab dutzende Attacken von Jugendgangs auf private Häuser und Eigentum. Spazierengehen auf der Straße nach Dunkelheit war gefährlich. Die Polizei war machtlos. Die Eltern der Betreffenden waren nicht interessiert.

Viele Pubs mussten schließen. Man konnte sich das tägliche Pint nicht mehr leisten. Jetzt sitzen die meisten, die es brauchen, mit der Dose Discounter-Bier zuhause vor dem Fernseher ...

Ich fühle ein bitteres Ziehen, wenn ich mich an meine Zeit in Irland erinnere. Ich hätte gerne, dass es anders wäre.

Das Beste von allem

Die Menschen

Trotz des vorher Gesagten, ich werde es immer so empfinden: Rein menschlich kam ich, als ich nach Irland reiste, heim an einen Ort, an dem ich noch nie gewesen war. Oder, wie ein irisches Sprichwort sagt: „Ein Fremder ist ein Freund, den man nur noch nicht getroffen hat."

Von der alten Lebensweise – den betagten Leuten und den uralten Traditionen Irlands – habe ich noch den letzten „Zipfel" mitgekriegt, bevor es begann zu verschwinden. Dabei war es gar nicht so romantisch oder gar lustig, wie es in der verklärten Vorstellung erscheint – und wie ich schon schrieb, besonders nicht für Frauen.

Dennoch – oder vielleicht gerade deshalb – hat dieses Land einen Schlag witziger, interessanter und manchmal auch skurriler Leute hervorgebracht. Ich erinnere mich so vieler besonderer Begegnungen mit Iren.

Da war zum Beispiel der alte Apotheker in Drogheda, der ein wenig unheimlich war. Er wollte mir nicht einfach auf mein Wort hin, dass ich Halsschmerzen hätte, entsprechende Tabletten verkaufen. Stattdessen schlurfte er hinter seinem dunklen Tresen hervor und schaute mir mit schiefem Blick lange in den befehlsgemäß aufgerissenen Rachen, bevor er mir etwas gab. Es hätten nur noch ein Buckel und eine Krähe oder eine schwarze Katze auf seiner Schulter gefehlt.

Dann die lustige Gräbersegnung, die jedes Jahr auf dem Hauptfriedhof – wie auf allen anderen Friedhöfen – stattfindet. Es artete zum Volksfest mit Picknick aus. Ein junger Ministrant bespritzte heimlich die Leute, die gerade wegschauten, mit Weihwasser, das er mit einem eigens dazu vorgesehenen Gerät aus einem großen Eimer schöpfte. Er freute sich diebisch über seine Streiche, und keiner war ihm gram.

Der alte Wirt im Westen der Insel, im Nest Glencolumbkille, hatte es – im Gegensatz zu uns Reisenden – nicht eilig. Er fachte erst einmal in Ruhe sein Feuerchen an, zapfte sich in Zeitlupe ein Bier und bereitete noch langsamer zwei Tassen Tee. Dabei beantwortete er jede unserer Fragen, sei es nach der Richtung für die Weiterfahrt, nach der Uhrzeit oder danach, ob er auch etwas zu essen habe, stets nach langem Nachdenken mit einem langgezogenen „Aye ...", was „Ja" bedeuten sollte und eigentlich mehr im schottischen Sprachraum gepflegt wird.

Überhaupt: die Sprache. Der gewöhnliche Ire ist physisch völlig unfähig, einen Satz ohne Mehrfachverwendung des bekannten F-Wortes zu bilden. Wenn ich für jedes Hören dieses Ausdrucks nur einen Penny bekommen hätte, wäre ich jetzt Millionärin. Es ist aber – trotz seiner eigentlichen Vulgarität – weder anzüglich noch beleidigend gemeint. Ein Mustersatz wäre etwa dieser – durchaus freundlich gesprochen: *„Dann ging ich in diesem (f...ing) Dorf zu dieser (f...ing) Frau und (f...ing) fragte sie, ob sie die (f...ing) Besitzerin von diesem (f...ing) Hund ist, der mir letzte (f...ing) Woche ins (f...ing) Bein gebissen hat – gib' mir noch ein (f...ing) Bier!"*

Soviel zur Trivialsprache.

Eines der mir liebsten Worte ist „Lassie". Nein, nicht *Lessie* gesprochen, wie der Hund, sondern so, wie man es schreibt, mit „a", Lassie. Eine *Lassie* – oder *Lass'* – ist einfach ein junges Mädchen. Damit trifft es ja auch irgendwie auf den berühmten Film-Collie zu.

Schön finde ich die Angewohnheit, sich respektvoll mit dem Vornamen vorzustellen und anzusprechen, auch wenn man sich nicht persönlich kennt: beim Arzt, auf Ämtern oder in der Bank zum Beispiel. Gehasst habe ich allerdings die Angewohnheit vor allem fremder Menschen, mich als *love*[1] oder *pet*[2] zu bezeichnen, wenn sie mich ansonsten gar nicht kannten. Das fand ich herablassend und unhöflich.

Bemerkenswert ist noch, dass man in Nordirland eine ganz eigene Sprachmelodie pflegt. Der Nordire lässt grundsätzlich jeden seiner Sätze in der Betonung nach oben hin ausklingen, sodass es stets eine Frage zu sein scheint. Genaugenommen klingt es wie die Quengelei eines trotzigen Kindes, welches partout nicht akzeptieren will, dass es schon ins Bett gehen oder keine Süßigkeiten bekommen soll.

Der Ire kann nicht nur gut und viel singen, er kann einen auch hochnehmen, ohne mit der Wimper zu zucken – und oft treibt er das bis ins Extrem. So auch bei einem Nachbarn, dessen Tochter ich für ihren einsam im Käfig hockenden Wellensittich (*budgie*) aus Deutschland wenigstens einen Plastekameraden für die Sitzstange mitbrachte. Kind und Vogel freuten sich sehr.

Aber einige Tage später begrüßte mich der Familienvater im Pub mit eisiger Miene und den Worten „Budgie ist tot!".

Ich konnte es nicht fassen. Woran war Budgie gestorben?

Man wisse es nicht. Eben war er noch wohlauf, dann plötzlich lag er kieloben im Käfig.

Es folgte eine genaue Beschreibung des Zustands der untröstlichen Tochter und – nach einer kleinen Weile – die leise Vermutung, es könnte etwas mit dem Plastebudgie zu tun gehabt haben. Fremde Viren vielleicht, Bakterien, Keime aus Deutschland, denen der kleine Vogelkörper nicht gewachsen war.

Ich, geschockt, schüttelte immer wieder ungläubig den Kopf und wollte gleich am nächsten Tag los, einen neuen Vogel besorgen ...

Das ging so etwa fünfzehn bis zwanzig Minuten, bis einer am Tresen mich fragte, ob ich denn nicht merke, dass ich hier nur

---

[1] svw. „Liebes"
[2] eigentlich „Haustier", hier svw. „Kleines" oder „Kleine"

hochgenommen wurde. Ich schaute in die Runde: todernstversteinerte Gesichter, die sich plötzlich in prustendes Lachen auflösten. Mit dem Nachbarn habe ich dann einige Monate lang nicht geredet. Budgie hat übrigens ein stolzes Vogelalter erreicht und starb, ohne je von der ganzen Geschichte erfahren zu haben.

Besonders gerne denke ich an die Typen aus der *„Abbey Tavern"* und *„Gleeson's"* in Drogheda, die echte Freunde wurden: Jack, Ollie, Manus, der „Alte Mann" und vor allem Tony, genannt „The Hatcher".

Tony war ein altes Schlitzohr. Eigentlich waren sie das alle, aber er besonders. Er hatte so einiges auf seinem Kerbholz, aber nun war er alt und arthritisch, seine Hände waren krumm und verformt wie ein alter Olivenbaum, und er hatte nur noch seine kleinen Biere und die Gänge für andere zum Wettbüro, mit denen er sich den einen oder anderen Drink verdiente. Er war stets fröhlich und brachte sich vor Freude immer beinahe um, wenn er mich sah. Einmal kam John dahinter, dass ich mit Tony gelegentlich ein Gläschen trank. „Na, schöne Gesellschaft hast du da! Verbrechergesindel!" Wieso? – Nun, mein neuer Freund war als junger Mann bekannt dafür gewesen, dass er ab und zu die in Bahnhofsnähe haltenden Güterzüge beklaut hatte. Kohlen, Holz, Lebensmittel standen auf seiner Diebesliste. Aber – und das erzählte er mir von sich aus – er klaute nur für die Familie und für den Eigenbedarf. Naja, ein bisschen Hehlerware, aber das war's dann auch. Sozusagen die irische Variante des deutschen „Fringsens"[1].

Man konnte ihm nicht böse sein. Bis zu seinem Tod ging ich oft nur zu „Gleeson's", um meinem Freund „The Hatcher" ein

---

[1] Das „Fringsen" geht auf den Kölner Kardinal Frings zurück, der sich im Nachkriegswinter 1946 in der Silvestermesse auf das Entwenden von Lebensmitteln und Kohlen in geringen Mengen für den Eigenbedarf bezog, was von der notleidenden Bevölkerung als eine Art Absolution betrachtet wurde.

Pint auszugeben. Und manchmal, wenn John dabei war, zahlte er sogar für das Bier.

Eines ist Tony und John und all den Männern und Frauen in Irland gemeinsam: Sie sind voll von Geschichten. Und jede Diskussion, egal über welches Thema oder in welcher Ecke dieser Welt sie beginnt, es wird immer in einer Begebenheit oder einer Geschichte von der Grünen Insel enden.

Diese Menschen – und noch viele mehr – erfüllen mich mit Liebe und Wärme. Es waren nicht jene, die beim Fünf-Uhr-Tee den Finger vom Tassenhenkel abspreizen; es waren die einfachen Leute. Sie werden immer ein Teil von mir sein.

Fourty Shades of Green

Die irische Landschaft

Der alte Name für Irland lautet „Hibernia" – und er erinnert in frappierender Weise an das englische Wort *„hibernation":* Winterschlaf. Es ist schon eine Gegend, in der man sich an manchen Tagen zum Winterschlaf in irgendeinen Tierbau wünscht.

Man muss das Gemäßigte, Gedämpfte schon lieben ...

Ich hatte sie bereits erwähnt, die „Fourty Shades of Green": jene vielzitierten und -besungenen vierzig Schattierungen von Grün auf der *„emerald isle",* der smaragdenen Insel. Man findet sie noch. Und das trotz der baulichen und infrastrukturellen Fehlentwicklungen.

Überhaupt wechselt, wer sich zum Beispiel mit Malerei beschäftigt, oft von Öl- zu Aquarellfarben, wenn sie oder er nach Irland kommt. Das Eiland selber ist ja ein einziges Aquarellgemälde mit allen Abstufungen von gedeckten Farben. Das spiegelt sich auch in den wunderschönen Laden- und Pubfassaden wieder. Wo sonst hätte man schon einmal solch geschmackvoll aneinandergereihte Nuancen von Rot, Blau und Grün erlebt. Der fast ständig irgendwie vorkommende Regen legt einen weichzeichnenden *wash* über das Ganze. Da verbieten sich schreiende Töne ganz von selbst ...

Überhaupt, das Wetter: immer Gesprächsthema! Es gibt sogar eine eigene Sprache im Wetterbericht des Fernsehens, wo man gerne einmal davon spricht, dass es einen „Wechsel von Regen und Schauern" gebe. Das ist ganz ernst gemeint. Genauso wie die Bezeichnungen „bitterkalt" für Temperaturen um den Gefrierpunkt sowie „Hitzewelle" für Tage, an denen das müde

Quecksilber aus Versehen mal über die Zwanzig-Grad-Marke kraucht.

So zumindest erlebte ich es in all den Jahren, in denen ich dort wohnte. Erst gegen Ende dieses Lebensabschnitts kam die Zeit der Wetterextreme. Beim großen Frosteinbruch im Winter 2009/2010 schickte die in wirklichen winterlichen Kältewellen ganz und gar nicht geübte Nation an vielen Orten nur zwei Männer mit einer Schaufel und einer Schubkarre los. Erst vierzehn Tage später, als das Land schon tief in der Wetterkrise steckte, meinte man, jetzt sollte die Regierung endlich einmal zusammenkommen und beraten, eine Kommission bilden und einen Aktionsplan erarbeiten. Vor allem sollte der Verkehrsminister von seinem Urlaub aus einem Tropenparadies heimbeordert werden. Da waren die Temperaturen für Wochen schon ungewöhnlich weit unter Null und das Streusalz und der Sand alle – und Nachschub nicht in Sicht. Der betreffende Minister meinte dazu nur, sein Heimkommen vom Urlaubsort könne ja nun daran auch nichts mehr ändern ...

In den sogenannten Sommern davor und danach ersoffen die Schnecken im Dauerregen, sofern sie nicht vorher schon von den Drosseln mit spitzen Schnäbeln auf steinernen Ambossen geschlachtet worden waren.

Es ließ sich nicht verleugnen: Das Wetterschema veränderte sich. Aber auch ohne diese meteorologischen Extreme war das Land nichts für Sonnen- und Lichtenthusiasten. Wenn man es schnippisch ausdrücken will, so könnte man sagen, dass sich die Anschaffung eines Cabriolets in Irland nicht wirklich lohnt. Immer war grau, wo doch auch mal blau sein sollte; immer ein bisschen Nieselregen, wo man doch auch mal Sommer erwartete; auch stets ein Quäntchen Schwermut im generell positiv gestimmten Alltag. Immer ein wenig gebremst ...

Das Glas war auch klimatisch halb voll, aber eben nur halb.

Jedoch, dieses gemäßigt-warme Klima, welches vom Golfstrom herrührt, erklärt eben auch die Palmen in den Vorgärten und riesenhafte Fuchsienbüsche, die wir in Mitteleuropa derweil nur als Miniversion im Topf kennen.

Apropos Topf: Es muss hier irgendwo ein Wort über die Küche Irlands verloren werden, weil die sich im Wesentlichen aus der gegebenen Landschaft speist. Die Kartoffel ist ebenso Hauptnahrungsmittel wie das Bier, aber ansonsten sind sich auch hier – wie in vielen anderen Dingen – die beiden ehemals verhassten Nationen von Iren und Briten erschreckend ähnlich: Kulinarisch findet in *Hibernia* ebensowenig Aufregendes statt wie im guten alten *Albion*. Das wird allerdings durch die Pubkultur mit einfachen, bodenständigen Speisen, Bier und hervorragendem Whiskey einigermaßen wieder wettgemacht.

Leider hatten wir im weiteren Dubliner Umland neben den erwähnten Bausünden auch mit Verschmutzung oder, treffender, mit Vermüllung zu kämpfen. Viele Anwohner sahen nicht den Wert der Landschaft und machten sich auch nicht die Mühe, Müll nach Hause oder wenigstens bis zum nächsten Abfallbehälter mitzunehmen. Die von ihrer Länge her einmaligen Strände an der Ostküste verdienten manchmal diese Bezeichnung nicht mehr, und die grau-graue Irische See lieferte mit den Gezeiten diverse gruselige Beweise dafür, was auf Schiffen so alles über Bord geworfen wird. Für die spärlichen halbmaritimen Ereignisse, von denen der Sandburgen-Bau-Wettbewerb wohl den jährlichen Höhepunkt darstellen sollte, konnte ich mich ebenso wenig erwärmen wie für das Schwimmen in dem fragwürdigen Gewässer.

Je weiter man sich jedoch von den Metropolen an Ost- und Westküste entfernt, desto mehr erwacht wieder das alte, sagenumwobene Irland: die durch Steinmauern oder Schwarzdorn- und Schlehenraine geteilten Schafweiden; die alten Dörfer mit den Cottages, auf deren Schornsteinen die Stare sitzen und interessiert in die Tiefen des Abzugs schauen; heckendurchsäumte Landschaften mit alten Abteien und verwunschen wirkenden Rundtürmen; keltische Hochkreuze und neolithische Ganggräber ... plötzlich ist er wieder da, der Zauber der Geschichte, der *Chieftains*, aber auch der Elfen und der heidnischen Naturgeister.

Und wenn man dann, an einem frostig-frühen Morgen, durch eine sonnendurchströmte Landschaft fährt und über den kräftigen Herbstfarben der Bäume am blassblauen Himmel den Herbsthalbmond stehen sieht, dann hat man im Herzen Irland schon tausendmal wieder vergeben für jegliches Ungemach und für alles erlittene Wetter ...

Sehnsucht

Wellenschlag dringt in die Träume –
vor'm Nordostwind ist mir bang!
Brennt im Januar er die Bäume,
wird der Winter extra lang.
Brennt im Frühjahr er die Blätter,
warten wir ein weit'res Jahr –
bis der so ersehnte Frühling
wird, wie er mal früher war.

Gedanken

Zum Abschied

Die Existenz der Seele gilt für mich spätestens seit dem Moment als erwiesen, in dem ich erkannte, dass es in einem jeden Menschen etwas gibt, was sich weder durch die Gene noch durch die Herkunft, weder durch die Erziehung noch durch die Gesellschaft, in der man aufwächst, beeinflussen oder erklären lässt.

Ich liebe einen Iren, aber Irland habe ich am Ende niemals wirklich geliebt. Aus Liebe zu meinem Mann lebte ich dort elf Jahre lang, aber für das Traumland so vieler anderer Menschen kam in mir allenfalls Sympathie auf. Nicht dem Touristen und nicht einmal dem für begrenzte Zeit dort lebenden Ausländer erschließt es sich: Dies ist kein Land romantischer Kompromisse. Was am Anfang noch einen sympathischen Anstrich hatte – ein gewisses „laissez-faire"-Gefühl – begann bald sich zu dem zu wandeln, was es eigentlich schon immer war: Inkompetenz, Unzuverlässigkeit, planloses Handeln und mangelnde Kreativität. Besonders auffällig war die völlige Abwesenheit von logischem Denken und von Empathie.

Davon abgesehen glaube ich, Irland wollte mich nicht an sich heranlassen, weil es beziehungsweise ich wusste, dass ich für ein Land mit grünen Wiesen und mäßigem Klima, mit sanften Schauern und aquarellartig verschwimmenden Tagen – und mit nur wenig Sonne – nicht gemacht war. So schön ich es finden, so schön ich es mir schauen wollte – es blieb mir immer ein wenig fremd. Mein Metier waren seit jeher die kräftigen Farben, die Sonnenglut, heiße Nächte, das tiefblaue Meer und das unendlich nervende Sägen der Zikaden. Dafür gibt es keinen Grund; nichts, was sich logisch erklären ließe aus meiner Herkunft oder meiner

Erziehung. Selbst der aus dem Süden stammende Urgroßvater wäre als Beleg zu dürftig. Es ist eben so ...

Immer öfter kam mir ein Gespräch mit einem wohlhabenden Inselgriechen in den Sinn, der unsere keimenden Umzugspläne mit den Worten kommentierte: „Sie kennen unsere Winter nicht!" worauf ich antwortete: „... und Sie nicht unsere Sommer!"

Erst, als das Weggehen feststand, nach vier wettermäßig desaströsen Jahren, bemühte sich Irland plötzlich, uns zu zeigen, dass es auch anders kann. Dass die Bäume nicht schon ab Ende Mai mit vom Regen zerstörten und vom unbarmherzigen Nordostwind zerfetzten Blättern dastehen müssen; dass ein Sommer nicht nur sonnig, sondern durchaus auch warm sein kann, grün und herzlich. Die Palmen blühten sich kaputt. (Im Nachhinein weiß ich, dass das nur ein letztes Aufbäumen an Leben war. Der kommende Winter würde alle Palmen im nie in diesen Breiten erlebten, wochenlangen Dauerfrost zerstören und Jahre von Kälte, Dauerregen und Fluten einleiten.)

Und der Abschied tat auch weh; die vielen kleinen Abschiede im Alltag dieses letzten Sommers: die letzte große Holunderblüte, das letzte Mal Pfingstrosen, die selbstaufgezogene Kastanie, die ich zurücklassen musste. Der wöchentliche Einkaufszettel wurde immer kürzer, bestimmte Dinge wurden nicht mehr benötigt. Die Seife reichte noch, Vorräte wurden aufgebraucht, für Heizöl musste kein Geld mehr zur Seite gelegt werden. Was gar nicht mehr gebraucht wurde, konnte verpackt, verkauft oder weggegeben werden. Irland verabschiedete sich von mir mit zehn Tagen ruhigem, sonnig-warmem Frühherbstwetter. Die Nächte waren schon empfindlich kühl, und die Morgen dufteten wie frisch gewaschene Wäsche ...

Ich habe Irland sehr genau beobachtet – viel mehr konnte ich ja in diesen Jahren nicht tun. Und ich hoffe, dass meine Sympathie für die Grüne Insel trotz aller Kritik deutlich wird und wir uns auf diesem Wege, das Land und ich, wieder versöhnen.

Abschied von einem irischen Sommer

„Balsamisch" nennt man wohl jene Nächte,
die sich in Wärme und Düften ergeh´n:
In diesen Wochen ist es der Holunder;
Ich hab´ solche Nächte noch nie hier gesehn ...

(Ich weiß nicht, ob and´re das ebenso fühlen,
doch ich ordne die Düfte nach Farben ein:
für mich riecht Holunder nach Gelb und nach Grün,
und schmecken tut er wie ganz junger Wein.)

... doch niemals gab es das in unseren Breiten,
– hier wird keine Sommernacht draußen verbracht – ,
mittsommers mag einzig das Licht nicht verlöschen
im Norden, am Himmel, um Mitternacht.

Doch dies´ Jahr ist anders, als will es uns halten,
wo wir doch schon nicht mehr zu halten sind:

Uns´re Zukunft wird sich weiter südlich gestalten,
derweil wiegt sich *Èire* im *Elder*wind ... [1]

---

[1] Elder, anderer Name für Holunder- oder Holda-Baum – dieser Baum ist seiner Erscheinung und seinem Wesen nach der Frau Holda – oder „Holle" – zugeordnet: Die weißen Blüten stehen für ein „lichtes" Wesen, für Freundlichkeit, Großzügigkeit und gerechtes Urteil. Die schwarzen Beeren sollen an ihre Rolle als Todesgöttin und Königin der Unterwelt erinnern.

Angekommen? – Griechenland

Zwischen den Welten

Lebenslinien oder Zeitmaschine

Ich springe im Dreieck. Jetzt bin ich in Griechenland. Somit habe ich, aus der Mitte kommend, sowohl im äußersten Westen Europas gewohnt als auch jetzt im äußersten Osten des Kontinents.

Würde man eine Linie ziehen – Berlin, Laytown, Spartiá –, und würde man von der hypothetischen Annahme ausgehen, dass ich irgendwann – in zwanzig Jahren vielleicht – einmal alt und pflegebedürftig wieder an den Ausgangspunkt zurückkehren müsste, weil ich keine der angelernten Sprachen mehr erinnern und somit im Alter nur noch auf Deutsch kommunizieren könnte, so ergäbe sich theoretisch ein ziemlich ebenmäßiges Dreieck.

Bis jetzt – war es Zufall? – stellte sich das ganze Unternehmen, welches ich mein Leben nenne, als eine Art unbeabsichtigter Flucht dar – und zwar der Flucht vor dem, was man „Fortschritt" nennt. Aus der DDR kommend, erlebte ich das erste Jahrzehnt nach dem Mauerfall im vereinigten Deutschland – mit allen Geburtswehen und Schwierigkeiten.

Als es endlich so aussah, als habe sich einiges eingespielt, ging ich nach Irland – und damit zurück in der Zeit. Die nächsten zehn Jahre in Irland waren – trotz des „Keltischen Tigers" und des damit verbundenen ökonomischen Aufschwungs – von meinem Leitsatz geprägt, dass es durchaus hilfreich sei, wenn man eine „Lehre" als DDR-Bürger absolviert hat, denn dann kann man mit Unzulänglichkeiten besser umgehen.

Zehn Jahre später, als es in Irland gerade etwas besser wird – als beispielsweise Ökosteuern, Mülltrennung und verbesserte Infrastrukturen greifen –, zieht es mich wieder fort, wieder zurück in der Zeit. Oder zurück in ein entschleunigtes Leben. (Übrigens, mir fällt auf: Egal wo, immer haben mich sehr viele Schafe umgeben!)

Bin ich in Hellas endlich dort angekommen, wo ich schon immer hinstrebte: An den Anfang?

Griechenland hatte sich früh schon in mir festgemacht – zu einer Zeit, als an das Reisen dorthin nicht mal zu träumen, geschweige denn zu denken war. Komischerweise – und ich weiß gar nicht mehr, in welchem Zusammenhang – erwähnte meine Mutter in meiner Kindheit recht oft die Insel *Ithaka*. (Wer konnte damals ahnen, dass sie offenbar hellsichtig war und ich einmal in Reich- und Sichtweite dieser Insel, die eigentlich *Itháki* heißt, leben würde.)

Mit zehn Jahren hörte ich das erste Mal bewusst die Lieder von Mikis Theodorakis. Den Namen kannte ich schon länger. In der zweiten Klasse musste es gewesen sein, als wir Schüler aufgefordert wurden, eine Postkarte zu bemalen, die dann an eine Adresse in Athen geschickt wurde. Diese war, so hieß es, für einen Sänger, der ein Freund unseres Landes sei, weil: Er war ein Kommunist. Er saß im Gefängnis der Militärregierung in Griechenland. Menschen aus aller Welt schickten ihm Post, um dem Regime damit zu demonstrieren, dass sie seine Freilassung verlangten. Es war Mikis Theodorakis. Ich liebte den Klang des Namens und die hinter der Aktion stehende Idee, denn ich liebte Sänger. Und auf dem Foto sah er nett aus. Wie konnte man Sänger einsperren? So malte ich ihm einen großen Blumenstrauß.

Dann kam das Ferienlager und mit ihm Aljoscha, meine erste große Liebe. Ich muss elf gewesen sein. Aljoscha war groß, schlank, dunkelhaarig, gutaussehend – und er war aus Leningrad. Wir saßen zu einer Schallplatte mit Liedern von Mikis beieinander und tauschten erste scheue Zärtlichkeiten. Als wir uns für immer voneinander verabschiedeten, blutete mein Herz und ich dachte, ich müsse sterben. Als Erinnerung blieb mir nur unsere geliebte Musik. Seitdem bringen mir Theodorakis' weltbekannte, einfache Lieder noch bis heute jenes erste zarte Liebesgefühl in Erinnerung. Wo und vor allem: Wer mag Aljoscha heute sein?

Viele Jahre später hörte ich die großen Werke des griechischen Komponisten, allen voran „El Canto General", diese wundervolle Musik.

Gleich nach der Wende brachte mich ein Zufall das erste Mal nach Griechenland, auf die Insel von Theodorakis, Kreta. Ich weiß noch genau – als sei es gestern gewesen – wie ein Gefühl von Zuhausesein sich in mir ausbreitete, als ich am ersten Abend unter einem fast liegenden Sichelmond in die glasklaren Fluten des um die Südküste der Insel spülenden Lybischen Meeres stieg.

Im Laufe der vergangenen zwanzig Jahre sahen wir einige der vielen Inseln dieses Landes, und eine faszinierte mich von der ersten Minute an: Kefaloniá. Und wieder war da der Komponist, wie man noch lesen wird. Man „stolperte" also über diesen großen Griechen allerorten.

Noch über etwas anderes stolperte ich: Immer wieder, wenn ich beim Autofahren gezwungen war, Straßen- und Ortsschilder in der Landesschrift zu lesen, kamen mir meine Kenntnisse der kyrillischen Schrift aus dem Russischunterricht zugute und damit zwangsweise auch wieder Aljoscha in den Sinn.

Alles schien vertraut. Der Wunsch, hier einmal ein ganzes Jahr oder mehr zu erleben, wurde immer größer. Die Angst vor einem solchen Schritt nahm stetig ab. Mittlerweile fühlte ich mich die meiste Zeit wie eine verhinderte Neugriechin im irischen Exil. Unser Haus in Laytown sah immer mehr aus wie das Innere einer griechischen Taverne – zum größten Teil in unserer Garage, die nur noch „Griechischer Sonnenraum" hieß, auch wenn hier die Sonne selten schien.

Nun hat mich Griechenland: dieses Stück Erde, dem die Moderne noch nicht den Zauber der Geschichte entrissen hat, der in Namen wie *Thrakien*, *Arkadien* oder *Attika* schwingt; diese Wiege und eines der Zentren mittelmeerischen Denkens, Handelns und Lebens.

Mittelmeer, Mediterranean, Medi Terra: das bedeutet eigentlich „Zwischen dem Land", aber für mich heißt es, was das Motto meines Lebens sein könnte: „Zwischen den Welten". Denn eigentlich kommt man nie an, ist immer irgendwie zwischen irgendwelchen Lebensstationen unterwegs.

Jedoch: Man ist überall angekommen, wenn man nur bei sich selbst angekommen ist.

Über Griechenland

*Eine kleine Gebrauchsanweisung
(dies drucken wir jetzt als Handreichung für
unsere persönlichen Gäste aus)*

Griechenland, liegt zwar – gleich Irland – wieder am Rande des europäischen Kontinents, versteht sich aber als dessen Wiege und sieht sich somit selbstbewusst im Mittelpunkt.

Wie auch immer: Es ist stets gut, ein bisschen voneinander zu wissen. Das Folgende ist *in praxi* erworben und soll auf keinen Fall eine Vereinfachung der durchaus sehr facettenreichen griechischen Lebensweise darstellen. Es ist eher dazu geeignet, einige Erfahrungen zusammenzufassen, die ich in vielen Urlauben sowie in der erst kurzen Zeit unseres hiesigen Lebens gesammelt habe.

In diesem Land ist – im Gegensatz zu Irland – die Angst vor Schlangenbissen und Angriffen durch andere widrige kleine Biester nicht gänzlich unbegründet. Jedoch sind solche Ereignisse relativ selten. Stört man eine Schlange, ergreift sie die Flucht. Das örtliche Krankenhaus verfügt im Falle eines wirklich seltenen Bisses über alle notwendigen Gegengifte. Hüten sollte man sich allerdings auch hier vor Überschwemmungen in der Regenzeit, Stromausfällen – und Erdbeben. (Aus diesen Gründen wird in der Regel dieses Informationsblatt – zusammen mit einem starken Schnaps – erst *nach* erfolgter Anreise an Gäste ausgehändigt.)

Eidechsen und Geckos hingegen sind völlig ungefährlich. Der Hausgecko ist sogar ein willkommener Freund, frisst er doch Insekten und vor allem Mücken.

Einheimische Frauen fallen durch Geschäftigkeit und kehlige Stimmen, Männer meist durch innere Ruhe, unaufgeregte

Gesprächigkeit und ein klickendes Perlenspiel namens *kombolói* auf, welches den Benutzer nahezu hypnotisiert, den unfreiwilligen Zuhörer allerdings je nach eigener Gemütslage zur Verzweiflung treiben kann.

Im Straßenverkehr sollte man beachten: Der Grieche fährt, wie er will und hatte – hier gleicht er auffällig dem Iren – offenbar noch keinerlei Gelegenheit, das Vorhandensein von Richtungsänderungsanzeigen (Blinker nach rechts oder links) oder Geschwindigkeitsreglern (Bremsen) in seinem Wagen wahrzunehmen. Stattdessen wird als Allheilmitel die Warnblinkanlage überproportional strapaziert.

Vorsicht vor Tieren auf der Straße! Ziegen lieben es, sich in Herden auf der Fahrbahn zu bewegen oder gar niederzulassen – besonders auf kurvenreichen Bergstraßen, wenn die Touristensaison vorbei ist.

Vorsicht auch bei Konversationen. Wenn der Grieche „*né*" sagt, meint er „*ja*". Also nicht auf irgendein griechisch gesprochenen Angebot „nee" oder auch nur „nö" antworten; es könnte sein, der Mann hat gefragt, ob man seine Frau werden oder ihm sein altes Auto für zwanzigtausend Euro abkaufen will, und dann hat man den Salat!

Merke: Der Grieche ist stoisch, aber stets positiv, herzlich, aber unzuverlässig. Es gilt die Losung: Lebe den Augenblick und glaube weder an Zusagen noch Verabredungen! Im Land des Pythagoras ist die kürzeste Verbindung zwischen zwei Punkten niemals – betone: niemals! – eine Gerade.

Im Gegensatz zum Iren ist der Grieche in der Regel nur in der Lage, Alkohol zu konsumieren, wenn es in Verbindung mit Essen geschieht. Überhaupt geht die Lust am Essen eng einher mit der Lust am Leben.

Von vierzehn bis siebzehn Uhr ist in Griechenland so etwas Ähnliches wie Bettruhe, vergleichbar der spanischen Siesta. Gearbeitet wird von frühmorgens an und dann wieder bis in die

Nacht hinein. Das erweckt bei Urlaubern, die lange schlafen und erst am späten Vormittag aktiv werden, den Eindruck, der Grieche sei faul. Das ist er mitnichten!

Auch mit einigen anderen Vorurteilen muss man aufräumen: Es stimmt nicht, dass man in Griechenland nie seine Sommerbräune verliert. Tut man! Es stimmt nicht, dass man in Griechenland niemals friert. Aber hallo! Und dass man in Griechenland selten von oben nass wird? Wird man – hier auf Kefaloniá besonders reichlich!

Noch mal zur griechischen Gastfreundlichkeit: Diese sollte nicht verpuffen, sondern in Anspruch genommen werden. Nichts freut den Griechen so sehr wie Menschen zu beherbergen und zu bewirten, außer – siehe oben – zwischen zwei und fünf am Nachmittag.

Sollte man neu sein und noch niemanden kennen, hilft ein Trick: Einfach eine Tavernen-Tür aufreißen und laut „Jássou Spíro, jássou Panagís!" hineinrufen – es wird eine vielstimmige und freudige Erwiderung geben! Um den weiteren Anschluss braucht man sich dann nicht mehr zu kümmern.

Die größten (Auswanderer-)Kolonien Griechenlands liegen in Übersee: in Australien, Kanada, Amerika und ganz besonders in den USA. Die Verbindung zum Mutterland ist dennoch ungebrochen.

Alles in allem ist das Leben unter Griechen eine interessante und abwechslungsreiche Lebensweise, die in Urlauben nur ansatzweise erfasst werden kann und die zu erforschen viele Jahre in Anspruch nehmen wird ...

Mikis

... oder: Eine Art, die Konkurrenz zwischen zwei „Haupt-"Städtchen zu beschreiben

Eine bemerkenswerte Begegnung hatten wir vor einigen Jahren in *Lixoúri*, der „Hauptstadt" der zu Kefaloniá gehörenden Palikí-Halbinsel, die seit Generationen mit *Argostóli*, der wirklichen (neuzeitlichen) Inselhauptstadt, in Konkurrenz liegt. Wir entschlossen uns, auf dem großen Hauptplatz, der *plateía*, in einer der vielen Tavernen etwas zu essen. Es ist jener große quadratische Platz am Hafen, in dessen Mittelpunkt ein riesiger, ausladender Gummibaum steht.

Der Wirt ließ sich mit dem Tischedecken viel Zeit und begann ein Schwätzchen. Zwischendurch stimmte er ein Lied von Mikis Theodorakis an. Bisher war mir Theodorakis, der große griechische Komponist, immer als ein berühmter Kreter bekannt gewesen, und auch seine Art Volksmusik wird in diesem Teil Griechenlands nicht wirklich gepflegt – es sei denn, vom Band und für die Touristen. Ich fragte also den Tavernenbesitzer, wieso er diese Melodie singe. Darauf erwiderte er, Theodorakis sei ja überall in Griechenland zuhause gewesen (was stimmte) und habe in seiner Kindheit auch für eine Weile in Lixoúri gelebt, da sein Vater (und damit drehte er sich um und wies auf ein Gebäude) in dieser Bank Direktor gewesen sei. Diese Geste war so geartet, dass es einem schien, der Mann erzähle von etwas, was er gerade erst gestern erlebt hatte. Und im Geiste sah ich den Jungen Mikis über den Platz schlendernd zur Schule gehen.

Als ich wieder zuhause war, forschte ich im Internet auf Theodorakis´ Webseite nach. Der pfiffige Wirt hatte die Geschichte zu seinen Gunsten verdreht: Theodorakis´ Vater, der eine Art Beamtenstellung hatte, musste wirklich mit seiner Familie oft den Wohnort wechseln. Aber für die Zeit auf Kefaloniá konnte ich keinen Hinweis auf Lixoúri finden. In Wirklichkeit hatte die Familie in Argostóli Wohnsitz bezogen.

Da hatte der schlaue Wirt also in schöner Tradition versucht, die „Konkurrenz" auszustechen und die Ehre für seine Heimatstadt einzuheimsen – und er dachte, die blöden Touristen würden es nicht merken.

Hoch-Zeiten Teil 2

Fortgesetzter Versuch, mit dem Ehemann auf Hochzeitsreise zu gehen, und die liebe Bürokratie

Vielleicht erinnert sich der geneigte Leser noch der vorangegangenen Besprechung diverser Ehestarthindernisse im ersten Teil des Buches.

Nun war es also mal wieder soweit, es wurde wieder geheiratet. Bis auf die Schwierigkeiten, die man antrifft, wenn man als Ausländer in der Fremde lebt und die entsprechenden Papiere, Unterlagen und Übersetzungen über frühere Heiraten und Scheidungen vorzulegen hat, war es recht unaufregend. Deshalb komme ich auch gleich zur Pointe. Diesmal wollte ich mit John in die Flitterwochen, und mit John ging es auch auf Reise ... Nur nicht mit John, meinem Ehemann. Wenigstens war es diesmal weder die Mutter noch die Schwiegermutter, sondern ein Mann zumindest mit demselben Namen und in etwa auch in demselben Alter wie mein Angetrauter.

Um allen Spekulationen vorzugreifen: Er war unser Umzugsfahrer von Irland nach Kefaloniá, und bis auf eine Reise vom einen zum anderen Ende Europas passierte dementsprechend auch nichts Aufregendes. Aber amüsiert hat es mich schon, dass es einmal mehr mit einem *Honeymoon* nicht geklappt hatte.

Ich fuhr mit Fahrer John und Hündin Sioux sowie unserem Hausrat in unsere neue Heimat, und mein nagelneuer Ehemann John sollte einige Tage später per Flugzeug nachkommen.

Das war aber – wie ich wenig später erfahren sollte – erst die eine Hälfte der Geschichte. Die andere entfaltete sich zwei Tage vor *meines* Johns Ankunft.

Um einen dringend benötigten Telefonanschluss zu bekommen, damit ich wieder in´s Internet und dort notwendige Banküberweisungen tätigen konnte, brauchte ich eine Steuernummer. Also ging ich zum Finanzamt. Die freundliche Dame fragte mich nach dem Familienstand und, als ich den mit „frisch verheiratet" angegeben hatte, irgendwie folgerichtig auch nach meinem Mann. Der sei noch in Irland, antwortete ich. Das gehe nicht, sagte sie, „dann kriegen Sie keine Steuernummer!" Es sei denn, fügte sie zögernd hinzu, sie erkläre mich per Antragsformular für unverheiratet.

Da das der einzige Weg schien, die Sache schnell hinter uns zu bringen, stimmte ich dem zu und – schwupps! – war ich wieder ledig, zumindest im Sinne des kefalonischen Steuerrechts.

Die Dame wünschte mir dann übrigens – und ein wenig süffisant – noch einen schönen „ungebundenen" Tag, und ich solle ihn nutzen; denn wenn mein Mann einträfe, würde sie selbstverständlich unsere finanztechnisch „geschiedene" Ehe wieder zusammenfügen.

Das führte dazu, dass ich *meinen* John auf dem Flughafen mit den Worten empfing, wenn er wolle, könne er es sich noch mal überlegen, wir seien im Moment nicht wirklich in allen Teilen verheiratet.

Natürlich hat er sich für mich entschieden – ein zweites Mal! Ich konnte mir nur mühsam verkneifen, den gemeinsamen Gang zum Finanzamt in Brautkleid und mit Blumen anzutreten.

Nicht verkneifen konnte ich mir, beim Eintritt in die Amtsstube zu bemerken, wir kämen zur Wiederverheiratung. Alle im Raum Befindlichen guckten verwundert, aber die Finanzbeamtin lächelte nur und sagte bedeutungsvoll: „Na dann setzen Sie sich mal!"

So lustig und schön kann Bürokratie sein ...

Tief-Zeiten

Wie ich zur Atheistin gestempelt wurde

Theodor Fontane wird die Bemerkung in einem Brief zugeschrieben: *„Die ganze Welt steckt in dem Vorurteil, daß der Glauben etwas Hohes und der Unglauben etwas Niederes sei. Mit diesem furchtbaren Unsinn muß gebrochen werden."*
Nun, ich sehe Glaube nicht als hoch und Unglaube nicht als niedrig an; eher denke ich, ein unerschütterlicher Un-Glaube ist auch nur ein Glaube – eben an das große Nichts – und wird wie jener oftmals mit Krallen und Zähnen verteidigt. Nicht umsonst hatten die Machtstrukturen in der DDR sehr viel von den Machtstrukturen in diversen Kirchen. Womit wir bei der Religion gelandet wären, die für mich mittlerweile rein gar nichts mehr mit Glauben zu tun hat.

Umso mehr überraschte mich der Verwaltungsakt eines griechischen Polizeibeamten, der mich kurzerhand zur Atheistin, also zur Ungläubigen, stempelte.

Ich muss hier kurz einflechten, dass ich ja in einem atheistischen Haushalt aufgewachsen war und mir erst mit achtzehn die Freiheit nehmen konnte, mich taufen zu lassen. Dem gingen viele Jahre voraus, in denen ich immer stärker den Wunsch empfand, mich Gott zu nähern. Als sich mir dann in späteren Jahren die Chance bot, der griechisch-katholischen Kirche beizutreten, nahm ich diese wahr. Mein Interesse lag schon lange auf Seiten der Ostkirche. (Dass ich auf diesem Wege Gott *nicht* zwangsweise begegnen würde, war mir damals noch nicht klar.)

Persönlich ging ich durch eine turbulente Zeit, verwurzelt sowohl in Kirche wie auch in Politik, und das brachte mir auch einigen Ärger mit Kirchenfürsten ein. Ich will das hier nicht näher ausbauen; aber man kann getrost sagen, ich habe mehr als einmal die Unterdrückungsstrukturen der Allmacht Kirche an mir erleben dürfen. Ich erwähnte es bereits weiter vorne.

Nach vielen Jahren und kurz vor der Umsiedlung nach Griechenland schien es mir nur logisch, mich endlich wieder aus den Fesseln jeglicher organisierten Religion zu befreien, da auch die unierte Ostkirche letztlich im Schoß der katholischen Mutterkirche ruht und von dort aus agiert. Ich teilte den Diözesen in Berlin und Irland mit der Austrittserklärung auch meine persönlichen und aktuell-kirchenpolitischen Gründe mit. Damit schien die Sache für mich erledigt.

Bis ich mit meinem Mann in einem vor Aktenstapeln überquellenden Büro der Polizeistation in Argostóli stand, um unsere trotz geltenden EU-Rechts erforderlichen Aufenthaltsgenehmigungen zu beantragen. Auf die Frage nach der Glaubenszugehörigkeit konnte mein Mann ja seelenruhig mit „römisch-katholisch" antworten, auch wenn es ihn Kraft kostete, nicht *irisch-katholisch* zu sagen.

Dann kam die Reihe an mich: Welcher Glaube? fragte der Beamte.

„Nun," antwortete ich, „Sie werden dafür keine Spalte haben für Ihr Kreuz. Ich glaube an Gott. Bis vor Kurzem war ich sogar griechisch-katholisch. Aber die bekannt gewordenen Missbrauchsfälle, der allgemeine Machtmissbrauch sowie speziell die Haltung der Kirche zu fünfzig Prozent ihrer Mitglieder, den Frauen, haben mich veranlasst, aus der Institution auszutreten. Ich habe die Kirche letztendlich als zwischen mir und Gott stehend empfunden ..."

John schnaufte laut hörbar und sichtlich genervt und meinte dann: „*Das* hat der Beamte jetzt sicher überhaupt nicht verstanden!" Der seinerseits saß eine Minute lang bewegungslos und mit stierem Blick da, bevor er langsam wieder zu sich kam.

„Also Atheist!" sagte er, machte ein Kreuz im Formular und schloss schnell den Ordner.

Ich wollte noch protestieren, dass ich eben doch gerade ausgeführt hatte, dass ich mitnichten eine Ungläubige sei, im Gegenteil ... Da packte mich John am Arm und zog mich aus dem Zimmer.

So wurde ich für immer aktenkundig als Gottlose. Der Herr stehe mir bei!

Erstes Jahr in Hellas

Und hier wird sich nun unser Leben gestalten,
so wie es noch niemand zuvor hat geseh'n.
Du wirst mehr als einmal den Atem anhalten,
im Erleben der Dinge, die uns hier gescheh'n.
- Oder sollte ich sagen, Du atmest nur anders,
weil plötzlich das Leben so ganz anders fließt?
Erinn're Dich: Leben ist immer Verwandlung
aus dem, was sich täglich von Neuem ergießt ...

Leben auf Kefaloniá

Eine subjektive Betrachtung

Ich bin felsenfest davon überzeugt, dass Iren und Griechen sich außer beim Wetter und beim Teetrinken nicht viel nehmen; zumindest von ihrer Lebensauffassung her erscheinen mir die Iren als die Griechen des Nordens oder umgekehrt die Griechen die Iren des Südens. Es gibt sehr viele augenfällige Ähnlichkeiten ...

Das drückt sich schon in der Grundhaltung aus. Trotz Krise und persönlicher Schwierigkeiten, man wird auf Nachfrage kein Gemaule, Genöle oder Gemeckere hören. (Ire: „Es könnte schlimmer sein!", Grieche: *„Ti na kánoume!"* – „Was soll man machen!?")

Die Kefalonier halten es sich zusätzlich zugute, ein eigenes kleines Völkchen von etwas irrem Ruf zu sein. Das erfüllt sie, dank des Inselheiligen *Agios Gerásimos*, nicht nur *nicht* mit Sorge, sondern es macht sie regelrecht stolz! Übrigens leiht der heilige Mann vielen Männern der Insel seinen Vornamen. So trifft man neben den Panagis´, Spiros´ und Jorgos´ eine überdurchschnittliche Zahl von Männern, die auf den Namen Gerasimos beziehungsweise eine der dafür üblichen Verkürzungen hören, zum Beispiel Gerry oder – für den Fremden nicht nachvollziehbar – Makis. Auch das macht die Träger dieses Namens mächtig stolz. Das am intensivsten begangene persönliche Fest ist tatsächlich der jährliche Namenstag.

Kefaloniá als Insel leidet allerdings an einem Identitätsproblem: Während sie die größte ionische, sechstgrößte griechische und elftgrößte mediterrane Insel und damit groß genug ist, auf jeder vernünftigen Europakarte – und bei manchen Nachrichtensendungen sogar auf der im Hintergrund gezeigten Weltkugel – erkennbar zu sein, kennt man sie kaum. Unterdessen genießt das kleine Splitterchen am östlichen Rand, Itháki, Weltruhm. Und das auch nur aufgrund eines historischen Irrtums, denn der sagenhafte Königssohn Odysseus, der Held aus dem Epos Homers, kommt, wie wir heute wissen, gar nicht von dort, sondern ... Tusch! Naaa? Richtig! Von Kefaloniá! Auch wenn das ebenfalls nicht *ganz* richtig ist. Denn eigentlich stammt der berühmte Seefahrer mit großer Wahrscheinlichkeit von einer heutigen Halbinsel, einem Anhängsel, das damals jedoch noch nicht mit der Hauptinsel unseres heutigen Kefaloniá verbunden war – jenem Palikí mit der um Hauptstadtprivilegien kämpfenden Stadt Lixoúri.

Die Insel, die groß genug ist, sich acht regionale Gemeindeverwaltungen leisten zu können, fällt unter anderem dadurch auf, dass es in jedem Verwaltungsbezirk unterschiedliche Buswartehäuschen gibt, auch wenn der öffentliche Personennahverkehr nicht gerade üppig ausgebaut und das Wetter an den meisten Tagen im Jahr schön ist. Das ist eine Leistung, die Irland nie gelang, obwohl dort das Wetter an den meisten Tagen im Jahr grottenschlecht und das Verkehrssystem – zumindest um die größeren Städte herum – relativ entwickelt ist. Die Bushäuschen spiegeln das nicht wider – in Irland gibt es sie nicht. Und auf Kefaloniá sah ich sie niemals in Nutzung. Verkehrte Welt!

Auf der Insel und besonders im Livathós grünt und blüht es, und es blökt und mäht. Aber am meisten wächst und gedeiht die Bürokratie und treibt dabei seltsame Blüten, und der Amtsschimmel wiehert dazu! Aber das ist im ganzen Land wohl so, und zudem ist es ein anderes Thema ...

Die Traditionen hier sind ein wenig ungewohnt; zum Beispiel wird an Ostern geknallt und geböllert wie in Deutschland nur zu Silvester, eher noch lauter und rauher. Der Fasching ist eng mit dem Steigenlassen von Drachen verbunden, also etwas, das wir eher mit dem Herbst assoziieren. Nüsse werden das ganze Jahr über konsumiert und verarbeitet und nicht nur, wie in Irland, zu Halloween oder in Deutschland besonders um die Weihnachtszeit herum.

Auf der anderen Seite gibt es zu Weihnachten und am Silvestertag das Singen der *Kálanta* vor den Häusern, vorgetragen von Kindern, die meist nur mit Triangeln, manchmal auch mit einigen etwas weiter entwickelten Musikinstrumenten ausgestattet sind. Das erinnert ein wenig an das „Trick´n´Treat" der irischen Jugend an Halloween.

Nicht unerwähnt bleiben kann die hiesige Erdbewegung. Das größte Erdbeben der Neuzeit – oder besser, eine Serie von Erdbeben – zerstörte im August 1953 fast die gesamte Insel, mit Ausnahme des äußersten Nordens. Da sich ja an der Lage der Insel über den beiden sich zusammenschiebenden Kontinentalplatten nichts verändert hat, gibt es auch heutigentags mehr oder weniger regelmäßig Erdstöße. Wenn sie mal längere Zeit ausbleiben, wird man schon nervös: Na, braut sich da ´was Größeres zusammen? Manchmal verschläft man auch das Wackeln und wundert sich am nächsten Morgen, warum alle Bilder schief hängen wie in einem berühmten Sketch von Loriot. Da ich viele Bilder an den Wänden habe und des Zurechtrückens müde war, habe ich die Rahmen irgendwann mit „Poster-Knete" festgepappt. Dennoch: Am Haus ziehen die Kräfte; Risse in Wänden, an Mauern und Gartenwegen sind hier normal.

Das griechische Leben ist für einen Mitteleuropäer erstmal gewöhnungsbedürftig. Man hat mir von kundiger Seite mit auf den Weg gegeben: „Entweder du wirst hier verrückt, oder du machst mit!" Und ein argostolischer Händler sagte mir, hier sei man geographisch vielleicht noch in Europa, sozialgesellschaftlich gesehen aber bereits im Orient. Man vertraut nicht so sehr auf Planung und Organisation, viel eher schon auf Tyche, die Göttin der Bestimmung und des Zufalls, die allerdings das Schicksal manchmal recht blind lenkt. In diesem

Fall begegnet man hier allerdings wie gesagt der Denkweise: „Ti na kánoume!?" – „Was kann man machen!?" – und wendet sich wieder dem alltäglichen Leben zu. Der Grieche pflegt nichts so sehr wie seinen levantinisch geprägten Lebenswandel.

Entsprechend ist auch der Zustand der hiesigen Autos. Viele Vehikel – so auch unseres – erleiden die meisten Schrammen im stehenden, manchmal sogar im unbemannten Zustand. Für meinen Geldbeutel relativ ungefährlich ist es, die Losung auszugeben, wer mir hier ein griechisches Auto ohne jegliche Beschädigung zeigen könne, dem gäbe ich einhundert Euro. Und so wird auch gefahren.

Auch das Wetter spielt dabei seine Rolle. So funktioniert zum Beispiel mein Tachometer ausschließlich im Winter, während es im Sommer den Dienst versagt und dann beharrlich – auch bei Stillstand – zweiunddreißig Stundenkilometer anzeigt. Dafür funktioniert beispielsweise in unserer Küche die Pfeffermühle nur sommers, während sie winters wegen zu viel Luftfeuchtigkeit verstopft. Alles – so sagt die Regel doch – gleicht sich unter'm Strich aus.

Eine andere Regel scheint die der bürokratischen Grundidentifikation zu sein. Deutschland war ein „Fräuleinland" – nicht, weil so manch einer die deutschen Fräuleins so rühmte, sondern, weil man als Frau stets immer auch den „Mädchen"namen angeben musste. Irland hingegen war ein „Mutterland", denn es wurde auf Formularen stets nach dem Mädchennamen der Mutter gefragt. Griechenland präsentiert sich ausgesprochen als ein Land der Männer. In diesem Fall heißt das, dass zum eigenen Namen immer auch der Vorname des Vaters verzeichnet wird, egal, ob man Junge oder Mädchen ist. Das führte dazu, dass die griechischen Behörden jetzt meinen Mann *John Anthony* und mich *Marina Joachim* nennen.

Man gewöhnt sich daran, wie an die vielen klickenden Kombolois: Perlenkette und Spielzeug eines jeden griechischen

Mannes zum Zeitvertreib, sei es im Kafeneion, auf der Straße oder im Wartezimmer beim Arzt. Überhaupt, ein Grieche lässt sich nicht sagen, was er zu tun hat; weder von (s)einer Frau noch zum Beispiel von den Verkehrsregeln – er handelt einfach nach eigenem Gusto. Gott sei Dank hat die eigene Frau ihm in der Regel auch nicht gesagt, dass eigentlich sie „die Hosen anhat" und ihn um des lieben Friedens willen einfach weiter „sein Ding" machen lässt ... – einschließlich des bereits erwähnten Komboloi-Klickens.

Männern und Frauen ist gemeinsam, nie eine Gelegenheit zum Schwatz vorbeigehen zu lassen. Mehr noch als die Iren, bei denen sich das vor Jahren mit der Einführung des Stresses in den Alltag verlor, scheinen die Griechen in der Regel volle Busse und lange Warteschlangen zu genießen, bieten sie doch unübertreffliche Informations- und Austauschmöglichkeiten.

Auf der angenehmen Seite des hiesigen Handelslebens gibt es „Eg-Gü"-Schuhcreme und – unter neuem Namen – auch das ehemalige „Spee"-Waschmittel aus der DDR sowie Busse und Lieferwagen aus Deutschland und Österreich, die hier registriert sind, aber noch ihre alten Aufschriften („Stadtbus" und „Donauwalzer", „Bunte Berte", „Niederer Leihtransporter") tragen. Offenbar sind alte Fahrzeuge aus dem deutschsprachigen Raum immer noch besser als in Griechenland neu gekaufte.

Ansonsten haben, wie schon erwähnt, Vorsorge und Vorausschau nur einen sehr begrenzten Platz im Denken der Leute. Seien es Zahn-, Frauenarzt oder Monteur, man geht erst immer zur Behandlung oder Reparatur, wenn etwas weh tut beziehungsweise nicht mehr funktioniert. Als zum Beispiel meine unverzichtbare Küchenmaschine seltsam dunkel zu brummen begann und ich es vernünftig fand, mal einen Experten drübergucken zu lassen, bevor der Motor durchschmort, erntete ich vom Mechaniker nur einen verständnislosen Blick: „Wieso? Geht doch!"

Es scheint, die Einheimischen mögen keine Sonne. Da sie davon so viel haben, scheinen sie sich nicht danach zu sehnen. Fensterläden und Jalousien sind fast immer geschlossen oder nur einen Spalt offen, und die Griechen sitzen selbst bei gemäßigten Temperaturen – wenn überhaupt – nur am dunkelsten, schattigsten Platz des Gartens. Und im Winter sitzen sie, sofern sie hier wohnen, hinter geschlossenen Fensterläden in ihren Häusern.

Ich weiß nicht, wie es in anderen griechischen Gegenden ist, aber hier erntet man als „Zugewanderter" bei den Einheimischen einen großen Respekt, wenn man zu erkennen gibt, dass man ganzjährig, also auch im Winter, auf der Insel bleibt und nicht zurück in sein Ursprungsland flüchtet, um erst wieder bei steigenden Temperaturen zurückzukehren.

Und angesichts des hiesigen Winterwetters, das sich sicher kein Sommertourist wirklich vorstellen kann oder möchte, sollte es dafür wahrlich manchmal Tapferkeitsmedaillen geben.

Auf Rädern

Verkehrsgebaren

Auto fahren lernte ich gleich zweimal in meinem Leben: einmal beim Führerscheinerwerb in Deutschland und dann noch einmal in Griechenland. Wer hier mobil unterwegs ist, muss umlernen. Ich habe mir hier angewöhnt, nach Eingebung zu fahren – das klappt noch am besten. Denn eigentlich ist es hierzulande doch so: Die Kenntnis der Verkehrsregeln ist ausschließlich zum Erwerb des Führerscheins erforderlich und dann niemals mehr.

In der Praxis ist die Teilnahme am hiesigen Straßenverkehr eine Mischung aus praktizierter Hellsichtigkeit, Gedankenlesen und heiterem Ratespiel. Das Einbiegen in eine Hauptstraße ohne zu gucken ist noch ein minderes Delikt. Geblinkt wird beim Richtungswechsel sowieso nicht. Dagegen wird bei voller Fahrt telefoniert und getextet, was das Zeug hält. Es wird grundsätzlich ohne Rücksicht auf andere in der zweiten und manchmal sogar dritten Reihe geparkt, und mehrheitlich fährt man in der Mitte der Straße, als sei der Gegenverkehr noch nicht erfunden. Der regelmäßige und durch jedermann zu jedem Anlass erfolgende Einsatz der Warnblinkanlage würde im Verkehrsrecht eines jeden anderen Landes den Tatbestand des groben Missbrauchs darstellen.

Im Umkreis von Argostóli gibt es drei Kreisverkehre. Keiner ist so geregelt, wie es Europäisches Verkehrsrecht vorsieht, aber jeder hat dazu noch einmal seine eigenen, von denen der anderen beiden abweichenden, Regeln. Da aber viele dies nicht wissen oder ignorieren, ist der Kreisverkehr nur mit Vorsicht, Vorausschau, Blickkontakt und im Zweifelsfall einer Kristallkugel zu bewältigen.

Wenn man dazu noch die landwirtschaftlichen Vehikel und Traktoren sowie die zahlreichen mit Unkenntnis gesegneten Touristen – viele davon aus dem linksgestrickten englischsprachigen Raum – hinzuaddiert und auch die frei herumlaufenden Katzen, Hunde und Ziegen mit in die Gleichung nimmt, wundert man sich schon sehr, nicht wirklich viele Unfälle zu sehen.

Motorradfahrer in Einbahnstraßen sind ein Kapitel für sich. Sie überholen von hinten und von vorne, links und rechts ... Wenn sie könnten, würden sie es auch noch unter oder über einem tun – und zwar das alles auf einmal; sodass man gar nicht weiß, wohin man beim Fahren sein Augenmerk eigentlich richten soll.

Ein großes Übel ist die häufig zu erlebende männliche Intoleranz für alles, was sich noch neben Pascha auf der Straße befindet. Motto: Wo er ist, da kann nie ein anderer sein; und hier bestätigt sich meine langjährige These, dass Autos in der Regel nicht mit Kraftstoff, sondern oft mit Testosteron betrieben werden.

Dabei ist der Mann auch in Griechenland nicht mehr der alleinige Herrscher der Landstraße, da auch hier die Frau das Steuer – und damit auch das gesamte Spektrum bizarren Verhaltens – gleichberechtigt erobert hat.

An dieser Stelle darf man allerdings froh sein, dass es in dieser Hinsicht ganz und gar nicht orientalisch zugeht. Niemand käme hier zum Beispiel auf die Idee, dass das Steuern eines Autos durch eine Frau sich negativ auf die weiblichen Fortpflanzungsorgane auswirken könnte, wie man das in diesem Jahr aus Saudi-Arabien vernehmen konnte.

Ob allerdings das Steuern eines benzingetriebenen Vehikels sich auf männliche Denkorgane auswirkt, muss noch untersucht werden ...

Leben im Livathós

Alltag im paradiesischen Süden

Kann es denn im Süden noch einen weiteren Süden geben? Gibt es noch eine Steigerung? Es gibt, zumindest für mich.

Man kann dem Livathós, einem von acht Verwaltungsbezirken der Insel, wegen seiner Vielfältigkeit getrost einen ganz eigenen Charakter zusprechen. Hier lebt man sozusagen im Schatten des Kástro. Um das hoch gelegene Sankt-Georgs-Kastell herum beziehungsweise in diesem befand sich die alte Inselhauptstadt. Es heißt, zur Blütezeit des Burgberges sollen vierzehntausend Menschen auf und an ihm gelebt haben – das wären etwa zweitausend mehr als in der heutigen Hauptstadt Argostóli, die jetzt mit zwölftausend Einwohnern ungefähr ein Drittel der Bevölkerung Kefaloniás beherbergt.

Der Livathós liefert an den meisten Tagen des Jahres vielerorts schöne Ausblicke in eine heitere, sonnendurchglühte Landschaft, geprägt von größeren und kleineren Siedlungen, Olivenbäumen und Oleanderalleen.

Über allem thront der 1628 Meter hohe Aínos (oder Énos), höchste Erhebung im Ionischen Meer. Er ist allerdings am schönsten bei Nacht – ein dunkel-geheimnisvoller Berg, klar und an seinen unteren Säumen schimmernd von tausenden funkelnden Straßenlaternen der vielen kleinen Orte, die sich an ihn schmiegen. Tagsüber erinnert er an einen mächtigen, gestrandeten Wal. Ausgerechnet Lord Byron, in meiner Jugend der erste von mir im Original gelesene Dichter, hat in seinen letzten Lebensmonaten hier gelebt und von seinem bescheidenen Haus aus den gleichen Ausblick auf den Berg gehabt, wie ich ihn jetzt aus meinem Küchenfenster habe.

Der Reichtum des Livathós an verschieden geprägten Landschaften ist erstaunlich. Während man an anderen Stellen der Insel relativ eintönige, gleichbleibende Gegenden erlebt – mehr oder minder kahle Bergregionen, die allerdings spektakulär ins tiefblaue Meer stürzen, oder zum Beispiel auf der Palikí-Halbinsel regelrechte Mond- oder Marslandschaften – gibt es hier diverse unterschiedlich geartete Mini-Biotope. Man kommt um die Ecke, und auf den nächsten zweihundert bis fünfhundert Metern ist man gefühlt irgendwo ganz anders. Ich persönlich habe mein an die Mark Brandenburg oder den Köpenicker Müggelschlösschenweg erinnerndes Wäldchen; es gibt (von mir so genannte) französische Ecken, eine kleine Provence, eine irische Wiese, die Lüneburger Heide, den Harz, Berlin-Grünau, Italien oder das Köpenicker Erpetal – fast alle in Spazier-Reichweite. Die Rolle heimatlicher Kopfweiden übernimmt hier die Olive, und der Eukalyptus ist mir ein leidlicher Ersatz für Trauerweiden, welche man sogar hier gelegentlich antrifft.

Zudem hat man zwei Extreme für's Auge: die Begrenzung durch die Berge und daneben die Weite der See. Die Strände des Livathós sind die besten Badestrände der Insel, und einige von ihnen sind auch wild-romantisch gelegen. Vielleicht sind sie nicht ganz so atemberaubend wie der berühmte Mírtos-Strand an der Westküste, der zu den drei schönsten der Welt zählen soll und sicher unbenommen der Spitzenreiter in Griechenland ist. Er sieht ja auch toll aus, und sein Wasser schimmert in allen Abstufungen zwischen milchweiß, türkis und tieftintenblau. Aber wie alle Schönheit umgibt er sich mit Gefahr. In diesem Falle sind es Wellen, sich immerzu bewegende Marmorkiesel an der Wasserlinie, ein schnelles Abfallen in tiefes Wasser und vor allem Unterströmungen, die selbst geübten Schwimmern Schwierigkeiten bereiten können. Das haben die Südstrände nicht, sie sind familienfreundlich und manchmal sogar sandig. Das kristallklare Wasser lässt mich an meine Kindheit in der

Nähe Berliner Badegewässer denken und mich ungläubig daran erinnern, welchen trüben Substanzen ich seinerzeit meinen Körper anvertraut habe.

Im Livathós befinden sich die meisten Ortschaften; es ist der am dichtesten besiedelte Teil der Insel. In vielen Dörfern – wie unserem – gibt es rührige Kulturvereine, die nicht nur in Hinblick auf diverse Ess-, Trink- und Tanzfestivals etwas auf die Beine zu stellen vermögen, sondern regelmäßig auch erschwingliche Ein- bis Mehrtagesfahrten zu Zielen auf der Insel, in Griechenland oder sogar im Ausland organisieren.

Die Post kommt alle zwei Tage; mal ist der Postbote mit dem Motorrad, mal mit dem Auto unterwegs. Er kann einem nicht entgehen, denn wenn er durch den Ort fährt, hupt er ständig aufgeregt und klingt so wie der „Roadrunner" in der bekannten Zeichentrickserie... „miek, miek!"

In unserem Ort stehen manche Häuser dicht bei dicht, manchmal fast übereinander; andere wieder vereinzelt. Die alten verlassenen Gehöfte, die eine im Volksmund „Brautweg" genannte Gasse säumen, erinnern an eine andere Zeit, ein andersgeartetes Land. Einige Fassaden lassen noch den Reichtum ihrer Bewohner erahnen. Sie fielen – hier in Spartiá wie in weiten Teilen des Eilands – dem großen Erdbeben zum Opfer.

Wie wohl tut den Augen und der Seele, dass es hier keine überbeanspruchte Einheitsarchitektur gibt, dass alles kleinteilig ist, individuell und stets neu und überraschend. Viele Gärten sind tief und wirken geheimnisvoll. In und zwischen den alten Mauern und Gehöften kann die Seele – Arm in Arm mit der Phantasie – spazieren gehen. Man wird der Eindrücke niemals müde. Und immer am Wegrand auch 'was für die leiblichen Sinne, je nach Jahreszeit: Orangen, Mandeln, Nüsse, Trauben, Feigen oder Beeren.

Der Herbst ist hier das zweite Frühjahr. Das Feigenlaub erlaubt sich einen hellgelb aufflammenden Tod, ehe es trocken zur Erde schwebt und dort in kürzester Zeit zu Staub zerfällt. Der erste Regen erfüllt die Luft mit dem Geruch nach frischem Lorbeer.

Das dumpf-melodische Bimmeln der Schafsglöckchen, das irgendwie eher an hohlen Bambus erinnert; die kehlig-rauhen Stimmen der Frauen, wenn sie sich unterhalten; an Feiertagen der Messgesang der Priester aus den großen und kleinen Kirchen und Kapellen, der von überall aus dem Tal zu hören ist; dazu Vögel, Hühner, Puten und Hundegebell und am Morgen beziehungsweise Abend – je nach Saison – dieses typische Geräusch, wenn sich die Propellermaschine aus Athen auf dem Weg zum nahen Inselflughafen durch die Luft quirlt; dazu an Sommermorgen das Motorenstampfen der Fähre zur Nachbarsinsel Zákinthos: das ist eine ganz typische, ganz eigene Lebensmelodie in diesem Teil der Welt, um Spartiá herum, im Livathós.

Die Kirchenglocken werden von Hand angeschlagen. Ihnen fehlt jede von anderen Ländern her gewohnte Feierlichkeit. Es ist eher ein schnelles, heftiges Bimmeln, welches drängelnd, aber auch pragmatisch wirkt und einen Schläfer garantiert aufweckt. Einzig die traurig-monotone Totenglocke wird ihrem Namen gerecht.

So trägt der Livathós seinen Teil bei zum Lebensrhythmus der Insel, im Kreislauf zwischen Geburt und Tod, zwischen Tag und Nacht und zwischen den Jahreszeiten – einen Rhythmus, bei dem jeder, der sich darauf einlässt, gar nicht umhinkann, ihn nicht nur zu erleben, sondern *mit*zuleben.

Ein Schiff wird kommen

Was Melina und Nana wirklich besangen

Im Jahr 2011 hörte ich, dass ein berühmtes, vielleicht das berühmteste, Lied von Nana Mouskouri fünfzig Jahre alt geworden war: „Weiße Rosen aus Athen".

Das träfe ja dann, so sagte ich mir, ungefähr auch auf eine weitere bekannte griechische Weise zu. Auf die Idee brachte mich der stets gut gelaunt wirkende Graupapagei Beppo, der im zweiten Stockwerk eines Hauses in einer argostolischen Nebenstraße lebt. Wenn man Glück hat, pfeift er einem von seinem Balkon aus notenrein die Liedzeile „Ich bin ein Mädchen aus Piräus und liebe den Hafen, die Schiffe und das Meer ..." hinterher, auch wenn die Verse auf ihn persönlich natürlich nicht zutreffen. Titel des Liedes: „Ein Schiff wird kommen".

Nun, die Griechen sind ja ein großes, stolzes Seefahrervolk. Diese Tradition geht in ferne Vorzeiten zurück. Nicht zuletzt wäre da der eigentlich etwas unrühmlich – nämlich durch Herumirren – zu Ruhm gekommene Odysseus, der ja der Insel Kefaloniá auf's Engste verbandelt war.

Die Insel lebt neben dem Tourismus von Oliven, Käse und Wein und war in der Vergangenheit der Gemüsegarten des Ionischen Meeres. Noch heute beeindrucken in Lourdáta die bis ans Meer reichenden, nur durch einen schmalen Strand von ihm getrennten, fruchtbaren Gärten. Noch immer lieben die Kefalonier ihr frisches, selbst gezogenes Gemüse und ihr Obst. Die Obstverarbeitung selber aber lässt zu wünschen übrig. Gewiss kann man nicht alles essen, was an Zitrusfrüchten hier wächst. Heruntergefallenes wird erst gar nicht aufgelesen. Unglaublich viel aber vergammelt: auf der Erde, am Baum, am Strauch.

Milch für Käse wird von den unzähligen Schafen und den frei in den Bergen und an Steilhängen herumziehenden Ziegen gewonnen. Ölbäume gibt's, soweit das Auge reicht, und der berühmte Robóla-Wein der Insel wird zwischen vierhundert und achthundert Metern über dem Meeresspiegel angebaut; daneben auch einige andere Rebsorten, unter anderem die samtige „Mavrodáphni".

Alles andere kommt über's Wasser, muss über's Wasser kommen, denn die ein-, im Sommer höchstens zweimal täglich landenden Propellermaschinen aus Athen schaffen gerade mal das Gepäck der Reisenden.

Im Jahr 2011 hat die Wirtschaftskrise auch hier so richtig eingeschlagen. Es gab Streiks; einmal ging das so lange, dass bei LIDL die Regale langsam leer wurden. In Deutschland und sicher auch in Irland wäre spätestens an dieser Stelle Panik ausgebrochen, gefolgt von Hamsterkäufen.

Aber mit Ausnahme der paar leeren Regale und einiger Wartezeiten, was war schon passiert? Von der Krise selber war – außer in den Taschen der Leute, in denen das Geld immer knapper wurde – hier „auf den Inseln" nicht viel zu spüren. Athen ist weit; die Bilder aus der Hauptstadt und Thessaloniki, die im Fernsehen zu sehen waren, sind nicht auf hiesiges Leben übertragbar.

In Sachen Streik sah keiner seine Versorgung ernsthaft in Gefahr. Es herrschte ruhige Gelassenheit. Und eine unerschütterliche Zuversicht: Ein Schiff wird kommen!

Alles Quark!

Über-Lebensmittel

Nein, das ist jetzt kein Druckfehler. Es soll hier über Lebensmittel geschrieben werden, aber in Wirklichkeit geht es um Über-Lebensmittel, weil es – im übertragenen Sinne – um´s Überleben geht. Um´s Überleben in der Fremde.

Denn nach meiner Erfahrung findet ein großer Teil unserer Sozialisierung und unserer Geschmacksbildung über das Essen statt. Das haben ja schon, ohne sich vom Fleck bewegt zu haben, die sogenannten „Ossis" in Deutschland erkennen müssen, denen plötzlich nicht nur das Land, sondern auch die gewohnten Nahrungsmittel sozusagen „unter den Füßen" und „unter´m Besteck" weggezogen und durch westlich standardisierte, oft geschmacksverstärkte und übersüßte Lebensmittel ... nicht ersetzt, sondern substituiert wurden (denn ein Ersatz wäre ja etwas, das weitgehendst an das zu Ersetzende heranreichen sollte).

Noch nach mehr als zwanzig Jahren hängen ich und mit mir viele in der DDR Aufgewachsene den vergangenen, so prägend gewesenen Geschmäcken (Ja, so nennt man das!) und Aromen nach. Manchmal, wenn man Glück hat, findet man in noch nicht so durchglobalisierten Gegenden Produkte, die denen aus der Kindheit und Jugend stark ähneln. Aber das ist auch schon der einzige wirkliche Vorteil in der Fremde. Viel dramatischer ist etwas anderes, nämlich der Umstand, dass es plötzlich in fremden Landen bestimmte Alltagslebensmittel, sei es Ost- oder Westproduktion, einfach überhaupt nicht mehr gibt.

Denn der Körper ist konditioniert! Man kann ihn nicht austricksen! Er ist, mit anderen Worten, abhängig! Selbst wenn man ein ausgesprochener Fan von – beispielsweise – Irish Stew, Gurkensandwichs, immer wieder Kartoffeln und einer ausgesprochen faden, gewürzlosen Zubereitung aller Speisen wäre oder sich – anderes Beispiel – in die Gerichte der griechischen Küche möchte einwecken lassen: Irgendwann nach Ablauf auch der längsten möglichen Urlaubsspanne schaltet der Körper wieder auf Bedarf nach Normalversorgung um. Ein wehes Ziehen in der Magengegend suggeriert dann, wenn man jetzt nicht sofort ein Stück Sauerteigbrot bekäme, würde man dem Wahnsinn anheimfallen.

Damit ist auch gleich das größte Problem umrissen (und glauben Sie mir, das ist nicht nur meine Erfahrung, sondern in Feldstudien dutzendfach belegt): das Brot. Zu Zeiten, als es noch nicht jene als Ersatz leidlich guten Brotbackmischungen im aus Deutschland importierten Supermarkt gab, wurden in Irland lebende Deutsche, die zu Besuch in die Heimat reisten, von allen Bekannten und sogar Unbekannten mit langen Listen von mitzubringenden Dingen versehen. Immer stand an oberster Stelle: Brot! Oder auch: Brotbackmischung! Ich glaube, zu jener Zeit begannen die Fluggesellschaften ihre Kulanz in Bezug auf Übergepäck abzubauen.

In Irland tat sich sowieso lange Zeit nicht viel in Sachen Abwechslungsreichtum bei Lebensmitteln; erstaunlich für ein Agrarland vor allem auf dem Gebiet der Milchpruduckte, speziell Käse. In meinen ersten Jahren gab es zwei Sorten: gelben Cheddar und roten Cheddar. Später kam dann noch fettreduzierter Cheddar hinzu. Und geriebener Cheddar – jeweils wieder in Gelb und in Rot.

Schlimm auch: Es gab – und gibt – auf der Grünen Insel keinen Quark. Käsekuchen bäckt man mit einem Frischkäse, der auf den Namen einer nordamerikanischen Stadt hört.

Doch nochmal zum Brot in Irland: Das Weißbrot beziehungsweise der Toast behält seine Form, wenn man es zusammendrückt; es klebt zwischen den Fingern und kann im Bedarfsfall zum Befestigen von Postern an Wänden eingesetzt werden. Lecker aussehendes dunkles Brot wird mit Buttermilch und Soda gebacken und ist nur unmittelbar nach dem Herausnehmen aus dem Ofen genießbar, während später das Innenleben unter der leisesten Berührung durch einen Zahn zu Krümelstaub zerfällt.

Und Sauerteig kannte man lange Zeit nicht. Wer ein Auto hatte, fuhr meilenweit über Land zu dem einzigen deutschen Bäcker der weiteren Umgebung, der einmal in der Woche Sauerteigbrot buk und vor dessen Laden sich Schlangen bildeten wie weiland in der DDR, wenn's mal Erdbeeren oder Kirschen gab. Wer kein Auto hatte, konnte nur träumen ... und auf den nächsten Besuch in Deutschland hoffen. Die ersten Scheiben „richtigen" Brotes dort lösten dann immer ein Gefühl aus, als würden alle geschundenen Innereien wie von Zauberhand gesunden ... – Ehrlich, ich übertreibe nicht!

Nun, wie gesagt, mit dem Eintreffen der deutschen Billig-Discounter wurde die Palette größer. Es gab in längeren Abständen sogar Dinge, von denen man schon geglaubt hatte, sterben zu müssen, ohne sie je noch einmal geschmeckt zu haben.

Naja, und dann zogen wir ja auch um nach Griechenland. Da war der Tisch schon traditionell viel reicher gedeckt und die *Cuisine* auch raffinierter und geschmacklich ausgefeilter als auf der – jegliche Gewürze oder Finesse vermeidenden – Insel im Atlantik.

Und dennoch, auch hier hilft wieder die Brotmischung vom Supermarkt, sodass man das viele – und hier auch sehr gute – Weißbrot unbeschadet überlebt. In Griechenland gibt es viele Supermarktketten, die sich von deutschen oder irischen darin unterscheiden, dass jede ihr eigenes Sortiment an einheimischen und ausländischen Produkten hat. Man muss nur wissen wo, und man bekommt Köstlichkeiten wie Knäckebrot, Gelierhilfe für Marmeladen oder sogar deutschen ZUCKERRÜBENSIRUP !!! Das ist dann purer Luxus!

Im Gegensatz dazu empfinde ich angesichts dessen, was der Mensch zum Leben und darüber hinaus zum Zufriedensein *wirklich* braucht, die Auslagen in meterlangen Käse-, Wurst- oder Salatregalen deutscher Supermärkte als geradezu dekadent. Das Wort „Super"markt definiert sich für mich nicht als ein Ort, an dem es möglichst viele Varianten ein und desselben Produktes, sondern eine Vielfalt an ganz verschiedenen Lebensmitteln gibt. Und vor allem Über-Lebensmittel! Das erfüllen die griechischen Läden – ob groß oder klitzeklein – allemal.

Nur: Quark gibt es hier ebenfalls nicht! So ein Käse!

Saganáki & Sirtáki ...

... bzw. *Tseeskaik, Tzins und Tsentlemen...*

... hätte auch „Kaliméra – Kalamári" heißen können und behandelt einige sprachliche Stolpersteine des griechischen Alltags.

Wobei ich das letztgenannte Zitat erst einmal erklären möchte. Es bezieht sich auf einen Artikel in der „Irish Times" von vor ein paar Jahren, in dem von einem Engländer auf Kreta berichtet wurde, welcher auf dem Rücken eines Esels die Dorfstraße hinunter ritt, begeistert den Ortsbewohnern zuwinkte und euphorisch ausrief: „Kalamári! Kalamári!" Er deutete das hysterische Gelächter der Dorfleute als Begeisterung für seinen Gruß; dabei hatte er nicht bemerkt, dass er nicht „*kaliméra!*", also „Guten Tag!" gerufen hatte, sondern – eher geeignet für eine Fischtaverne – „*kalamári!*", also „Tintenfisch!".

Wir stellen also fest, der Gleichklang vieler griechischer Wörter ist einer der sprachlichen Fallstricke. Schon die Betonung macht manchmal den Unterschied: So ist zum Beispiel *nómos* das Gesetz, *nomós* aber das Department. Das Wort *póte* bedeutet „Wann?", die Antwort *poté* hingegen „Niemals!".

Generell sollte man sich hüten, aus einer vermeintlichen Klangvertrautheit auf Inhalte zu schließen. Einer Freundin ging das einmal so mit dem italienischen Gericht „Osso buco", dessen Rezept ich ihr aus dem Internet herunterladen sollte. Sie meinte, es sei, wie der Name schon sage, gebackener Ochse. Im Falle der Milanesischen Kalbshaxe trog aber Augen- und Ohrenschein: *Osso buco* bedeutet nämlich *Knochen mit Loch* und hat mit Rindvieh gar nichts zu tun. Im Griechischen gibt es viele Beispiele á la *osso buco* ...

Allein schon der Umstand, dass so viele unserer Worte aus dieser Sprache kommen, verführt uns manchmal zu unrichtigen Annahmen. Trotzdem ein Wort, das phonetisch „*né*" ausgesprochen wird, eher verneinend wirkt, ist es in Wirklichkeit ein „Ja"; sagt ein Grieche aber wirklich „*ja...*", dann ist es nur die Kurzform von „*jássou*" oder „*jássas*", also „Hallo!" oder „Guten Tag!". Das kehlig gesprochene „*óchi*" hingegen bedeutet „nein". Und wenn irgendjemand die Bemerkung „*póu*" fallen lässt, dann hat man nicht etwa am Morgen vergessen ein Deo zu benutzen oder die Füße zu waschen, sondern es bedeutet ganz einfach „Wo?".

Wenn man einen Griechen zu seinem Hund „*kátze*" sagen hört, dann handelt es sich nicht um jemanden, der beim Deutsch-Kurs die Vokabeln falsch gelernt hat, sondern er fordert lediglich seinen Vierbeiner auf, sich hinzusetzen.

Und jemanden als „Idiot" zu bezeichnen, verleitet hier niemanden zu einer Verleumdungsklage, denn „*idiotikó*" heißt ganz schlicht und ergreifend „privat".

Die griechische *mítra*, die Gebärmutter, war allerdings nicht das Wort, aus dem dann die berühmte päpstliche Kopfbedeckung wurde, auch wenn das eigentlich – überlegt man es sich recht – ein wenig schade ist. Hätte so schön gepasst ...

Der *lógos* kommt ja ebenfalls – wie auch die *dimokratía* – aus dem Griechischen. Im Rest der Welt, in dem ich mich aufhielt, war es mit der Logik manchmal nicht weit her; hier in Griechenland aber scheint Logik so gut wie überhaupt nicht vorhanden – jedenfalls im täglichen Erleben. Was allerdings nicht davon abhält, dass fast jeder Berufsstand sich mit dieser Wortendung schmückt: Da ist der Facharzt für Magen und Inneres, der *Gastroenterológos*, oder der Allgemeinmediziner, der lustigerweise (oder vorausschauend?) manchmal auch *Pathológos* genannt wird. Aber auch vor Handwerken macht das nicht halt, und so darf sich hier jeder geprüfte Drähteverschrauber *Elektrologe* nennen und jeder Mechaniker ist ein *Mechanologe*.

Manchmal schwingt sich das Griechische in wirkliche Höhen, zum Beispiel, wenn es um ein Einverständnis geht. Wo der Franzose sich noch mit *d'accord*, also dem Gleichklang, begnügt, macht es der Grieche nicht unter der *simfoni*.

Dinge, die von der Logik her eigentlich unveränderlich sein müssten, wie zum Beispiel Namen, sind es dennoch nicht. So macht man einen Unterschied, ob man *über* jemanden spricht oder *mit* ihm. Über den Nachbarn *Spiros* reden wir mit einem -*s* am Ende des Namens, eigentlich müssten wir *o Spiros* – „der Spiros" – sagen; spreche ich ihn aber an, dann sage ich *Spiro*. Noch verwirrender wird's bei den Nachnamen, wo es eine männliche und eine weibliche Endung gibt ... Ich gehe nicht in die Tiefe, das soll als Andeutung genügen.

Ein d, b oder g gibt es im Alphabet nicht. Das d bildet sich aus der Verbindung n-t, das g aus g-k oder g-g und das b aus m-p, was dazu führt, dass zum Beispiel der berühmte Wein der Insel, der auf den schönen Namen „Robóla" hört, *Rompola* buchstabiert wird, ein Edamer Käse *Entam*, der Name Amanda *Amanta* und Birgit *Mpirgkit*.

Und das alles stelle man sich nun in griechischen Buchstaben geschrieben vor; zum Beispiel, weil's auch gerade mal wieder in der Zeitung stand, die Worte „Bundesliga" oder „Borussia Mönchengladbach" – viel Spaß dabei!

Die Sache wird nämlich noch witziger, wenn Worte direkt aus Fremdsprachen, zum Beispiel dem Englischen, übernommen wurden. Da hat man dann (hier umschrieben) den *Tseeskaik* (Cheesecake – Käsekuchen) oder die *Tzin* (Jeans). Und ich gebe hier auch zu, dass es fast drei Jahre gedauert hat, bis mir dämmerte, dass es sich auf den im Krankenhaus angegebenen Sprechstundenzeiten bei dem Wort *PANTEBOY* nicht etwa um eine mir nicht bekannte Wochentagsbezeichnung, sondern um das griechisch verballhornte französische *Rendezvous,* also *Sprechstunde nach Vereinbarung,* handelt.

Ach so, und weil ich doch im ersten Teil des Buches die Stasi erwähnte: Die habe ich jetzt wieder vor'm Haus. Genauso geschrieben, ausgesprochen allerdings mit scharfem „S" wie in *Stasis.* Und es handelt sich dabei auch nur um die Bushaltestelle.

Da kann ich nur noch sagen: „Kaliméra, kalamári!" – „Guten Tag, Tintenfische!"

Jahres-Tage

Versuch einer Beschreibung

„Ich war noch niemals in New York ...", und will es auch gar nicht sein. Udo Jürgens' Frage „Willst Du gerne mal nach Paris?" würde ich allerdings gerne mit „Ja!" beantworten; aber nur, um eine bestimmte Stelle auf dem Pont Neuf aufzusuchen, von der ich selber nicht weiß, was ich mir davon erhoffe. Vielleicht ein früher gelebtes Leben ...

Alles in allem also genüge ich mir an dem Ort, an dem ich mich zuhause fühle. Doch ist es noch nicht ganz in mich eingesunken: Ich kann jederzeit vor die Tür gehen und bin in Griechenland! Manchmal registriere ich das noch eher ungläubig. Schon ist da allerdings auch die Freude – nicht Schadenfreude! –, wenn man jemanden zum Flughafen bringt und selber aber dableiben darf.

Wie ich schon angedeutet hatte: Es war lange mein Wunsch, mal ein ganzes Jahr hier auf der Insel zu verbringen. Nun, das ist mittlerweile schon mehrfach vollbracht.

Ich will hier nun versuchen, meine Eindrücke von den Tagen in den Monaten eines kefalonischen Jahres niederzuschreiben.

Januar

Am ersten Januar schon sitzt um sechs Uhr abends ein schwaches Licht immer noch in den Zweigen des Eukalyptusbaumes, und das Käuzchen – sonst eher ein Sommernachtsvogel – schreit wieder, trotz klirrender Kälte.

Und doch konnten wir an ersten Januaren auch über Mittag leicht bekleidet unter azurblauem Himmel im Garten sitzen und in strahlendem Sonnenschein das Jahr begrüßen. Das lässt die ansonsten lichtarme Zeit nicht ganz so trostlos erscheinen, obwohl es im Dezember und Januar auch Regentage geben kann, an denen man nicht weiß, ist es erst kurz nach acht am Morgen oder schon vier Uhr nachmittags.

Von Anfang Januar bis um den Zwanzigsten herum gibt es die sogenannten „Eisvogel-Tage", die – entgegen ihres eisig klingenden Namens – schönes, ruhiges und meist sonniges Wetter bescheren sollen. Der Legende nach handelt es sich um die „halcyonischen Tage". Halcyone war die Tochter des Windgottes Äolus. Ihr Gatte Ceyx machte sich eines Tages auf, ein Orakel zu befragen – offenbar reichte ihm der Rat seiner Frau nicht aus! Wie es so kommt in Legenden, das Schiff geriet in einen Sturm, es sank, und alle an Bord kamen um. Nun wären wir nicht in Griechenland, wenn nicht die Götter der verwitweten Halcyone das Schicksal ihres Mannes hinterbracht hätten, weswegen sie sich, verzweifelt, ebenfalls in die Fluten stürzte. (Man lebt eben in Hellas niemals sehr weit weg vom Meer.) Die Götter waren von einer solchen Demonstration der Treue beeindruckt und verwandelten die beiden in ein Paar Eisvögel.

Seitdem gibt es im Winter vierzehn ruhige Tage, während der Halcyon, wie der Eisvogel auf Griechisch heißt, auf seinem auf dem glatten Meer schwimmenden Nest sitzt. Praktischerweise war ja der Vater Halcyones der Gott der Winde, welche er in dieser Zeit zurückhält. „Halcyon" heißt auch „der Meerblaue" oder „der auf dem Meer brütende".

Auffallend kommen in diesem Monat einige für diese Jahreszeit in mitteleuropäischen Breiten ungewöhnliche Pflanzen hervor. Überall sieht man kleine Narzissen, und an Wegrändern und Straßen leuchten in blau-violetten Büscheln die Speere der wilden Iris, einer der Schwertlilie verwandt scheinenden Art. Dort, wo im August nur kahle, mit einer traubigen Blüte besetzte Stengel hervorgeschossen waren, zeigen sich nun dick, saftig und

– leider – giftig die riesigen, bis zu drei Kilogramm schweren Bulben der Meerzwiebel. Die Mandelblüte der frühen Sorten setzt ein, und auch der Rosmarin zeigt wieder Farbe.

Dementsprechend kann man schon jetzt, an wärmeren Tagen, Millionen Bienen summen hören, die sich zu Massen in den bereits blühenden Gehölzen, so zum Beispiel im Efeu, tummeln.

Februar

Über den Aínos wälzt sich in diesen Tagen oft eine riesige Wolkenwalze. Wie auch schon im Dezember und im Januar, wird der Februar immer wieder beherrscht von Sturzfluten. Man wünscht sich schon gar keine Gummistiefel mehr; eigentlich wünscht man sich auf den zu Wildwassern gewordenen Straßen ein Kajak. Man hatte ja in den vorangegangenen Urlauben so komische Ahnungen gehabt angesichts der aus allen Grundstücksmauern herausragenden unzähligen Röhren und sonstigen Öffnungen. Nun wird es zur Gewissheit: Es rinnt und fließt, Sturzbäche und Wasserfälle ergießen sich. Eigentlich hilft nur noch ein Ganzkörpergummianzug.

Wenn ... ja, wenn es nicht schneit. Die hier relativ neuen Auswirkungen des Klimawandels haben – so hörte ich aus verlässlicher Quelle – dazu geführt, dass zum Beispiel am zehnten Februar 2013 der Flughafen von Kefaloniá wegen Schnee vorübergehend geschlossen werden musste. Wahrscheinlich hatte eine Schneeflocke hochkant auf der Rollbahn gestanden. Wir kennen das ja auch von anderen europäischen Hauptstädten ...

Es kann über Wochen so kalt sein, dass der Aínos seine weiße Wintermütze nicht nur permanent behält, sondern sie sich sogar noch tiefer in's Gesicht zieht. Und in einem Supermarkt in Argostóli lassen bei Beginn eines kräftigen Hagelschauers plötzlich alle Leute sowie das gesamte Personal alles stehen und liegen, um an die Fenster zu eilen und das Wunder zu bestaunen. Ein die Straße entlangkommender Dinosaurier hätte wohl kaum eine größere Wirkung gehabt.

Zwei meiner Katzen gehen auf Wochen eine nächtliche Schlafgemeinschaft im Putzlappenfach des Abstellraumes ein, was nun auch am Tage zu einer unzertrennlichen Freundschaft und zu regelmäßigem Zusammenkuscheln und gegenseitigem Ablecken führt. Not erzeugt Nähe!

Allerdings: Schon blühen die Oliven, jene geheimnisvollen, energetischen Ölbäume; langlebig, voller Charakter ein jeder von ihnen, aber im Frühjahr mit ihren Blüten eher verspielt wirkend. Auch einige gelbleuchtende Mimosenbäume blühen mit den Mandeln um die Wette. Hier und da stiehlt sich ein rotes Wildblümchen, ein Vorbote für kommende Zeiten, durch die vom Regen hochgewachsenen Grashalme.

Wer jetzt an die westlichen Strände um Argostóli herum geht, kann dort Schneckendeckelchen sammeln. Mit anderem Namen werden sie „Naxos-Auge" genannt und sind die abgeworfenen, mit einer Spirale auf der Innenseite gezeichneten Verschlussdeckel von Wasserschnecken, die auch zu Schmuck verarbeitet werden.

März

Wenn man „Glück" und eine aus dem Süden kommende Windrichtung hat, kann man schon jetzt ein Phänomen erleben, das sich eigentlich erst im Sommer so richtig zeigt: In Afrika erhebt sich roter Wüstensand und wandert nordwärts über's Meer. Wieder an Land, lagert er sich auf allem ab, was ihm zur Verfügung steht; vor allem Fensterscheiben, Autos und Gartenmöbel. Wenn es dann noch regnet, kann man sein Auto fast täglich putzen.

Wären diejenigen jetzt hier, die noch im August ungläubig und kopfschüttelnd den im Keller befindlichen Rasenmäher mit dem Anblick eines wüstenähnlichen Gartenbodens in ein logisches Verhältnis zu setzen suchten, sie sähen jetzt, was es damit auf sich hat. Auch sähen sie, dass da mit dem Rasenmäher im Grunde schon nichts mehr zu machen ist. Denn wenn der Winter nicht ausgesprochen trocken war, ergab sich bis jetzt keine Gelegenheit zur zwischenzeitlichen Rasenmahd, und man steht nun vor einem meterhohen Gras- und Kleeteppich, dem nur noch landwirtschaftliches Großgerät beikommen kann.

Auf den Wiesen dominieren jetzt die Wildblumen. Es scheinen sich Farbgruppen zu formieren: Erst kommen die kleinen roten; dann alles, was gelb blüht – Osterglocken, gelbe Butterblumen, ein kleeblättrig teppichbildendes Kraut und natürlich allerorten die Mimosen. In der blaurosa Phase wetteifern Distelköpfe mit wogenden Wisterien und violett überschäumenden Judasbäumen. Dann wird es weiß, mit dazwischen leicht rötlich angehauchten Quittenblüten, die an Wildrosen erinnern. Gekrönt werden die Wiesen letztendlich vom flammenden Mohn. Und in den Gärten, selbst nach kalten Tagen, blühen und duften Freesien in allen Farben.

Der Freund von essbarem Grün kommt nun voll auf seine Kosten: Bärlauch zeigt sich ebenso am Wegesrand wie wilder grüner Spargel und alle Arten des in Griechenland so geschätzten Wildgemüses, *hórta* genannt.

Erstaunlich ist, dass jetzt und hier Dinge auftreten, die wir aus Deutschland und Irland nur vom beginnenden Herbst her kennen: jetzt blühen überall die Crocosmeen, und Schnaken fliegen an warmen Tagen massenhaft umher.

Irgendwann kommen aus allen Ritzen am Haus und im Boden paarungsbereite Ameisen mit Flügeln, die wenig später abfallen, auf den Stufen der Außentreppen zarte Teppiche bilden und bei jedem Türöffnen in´s Haus wehen. Aber auch das Käuzchen meldet sich mit seinen abendlichen Rufen nun endgültig zurück. Und jüngst sah ich gegen Ende eines windigen, verregneten Märzes – aber das ist nun wirklich auch für hiesige Verhältnisse ungewöhnlich – eine ausgewachsene Sonnenblume.

Dieser Monat ersetzt hier den mitteleuropäischen April. Er kann regnerisch und windig sein. Aber die Tage sind schon spürbar länger, und es gibt auch klare, ahnungsvolle Abende. Der Hut des Rauchabzugs dreht sich dann leise und reflektiert das letzte Abendlicht.

April

Im April kommt die Insel aus dem Winterschlaf. Spätestens jetzt werden die Teppiche aus den Wohnräumen gereinigt, eingerollt und weggeräumt. Fast über Nacht beleben sich die im Winter geschlossen gewesenen Geschäfte und Tavernen um Argostólis Hafen – spätestens mit Eintreffen des ersten Kreuzfahrtschiffes.

In den Ortschaften muss man sich jetzt vor dem Geschwader der Sommerschwalben in Acht nehmen, die im Tiefflug durch die schmalen Gassen jagen, und man dankt der Natur, diese Vögel mit entsprechenden Ortungsorganen ausgestattet zu haben. Denn im Gegensatz zu den liebestrunken-selbstvergessenen Amseln geschehen mit den schnellen Seglern keine Zusammenstöße.

Noch nie habe ich so tiefrote Mohnblumen gesehen, und vor allem blühen diese Blumen bereits seit Ende März. Unfassbar! Dazwischen der betörende, fast die Sinne raubende Duft der Orangenblüte, das wilde Summen von Bienen und Hummeln, die über die Straße flitzenden, kleinen grünschillernden Eidechsen und die sich zu verstecken suchenden Geckos. Und wenn man Glück hat, sieht man dann und wann eine im Werden begriffene „Hummingbird Hawk Moth", zu deutsch: Windenschwärmer.

Seine riesigen Raupen sind entgegen ihrer optischen Erscheinung mit spitzen roten Stachelattrappen völlig harmlos. Dazwischen erwachen die wirklich giftigen kleinen Schlangen und die Hundert- und Tausendfüßler.

Die Hügel vor'm Gebirge leuchten jetzt ginstergelb, und gelb leuchten auch die ersten Früchte des neuen Jahreszyklus' in den Gärten: *Moúsmoulas* – Wollmispeln.

Der Beton des kleinen Amphitheaters in unserem Garten strahlt jetzt schon die gespeicherte Wärme zurück.

Auf den Straßen kommt wieder verstärkt die Flotte des fahrenden Handels zum Einsatz. Kam auch während der Wintermonate der Brotmann täglich und der Gemüse- und Fischmann gelegentlich, so gesellen sich jetzt langsam wieder die Anbieter von Schuhen, Teppichen, Gartenmöbeln, lebendem Geflügel, Pflanzen und Pötten, Holzgedrechseltem sowie die Sammler von Schrott hinzu, die sich jeweils schon aus einiger Entfernung durch ihre gewerbetypischen lauten Anpreisungen mittels Mikrofon und Lautsprecher bemerkbar machen. Da schallt es unter anderem fischig „Kalamária, Psária, Psária, Psáriiiiia ...!" oder zwiebelig-knoblauchig „Skórda, Kremmíiiidi ...!", später im Sommer kommen die „Karpoúsia, Karpoúuuuusiiiiiaaah", also die Wassermelonen, dazu.

Im April oder Mai, seltener im März, findet das orthodoxe Ostern statt, für das ich den Begriff „Wanderfest" geprägt habe, weil es im Kalender hin- und herwandert. Manchmal fällt es mit dem Ostern der Christen zusammen, oftmals differiert es um eine oder zwei Wochen. Im Extremfall feiert man in Deutschland im März Ostern und in Griechenland erst im Mai.

Ich muss an dieser Stelle einfügen, dass die Wortschöpfung „Wanderfest", als ich sie bei einer Freundin erwähnte, eine andere auf den Plan rief, die da „Zeigerestaurant" hieß. Die Bezeichnung wurde erfunden, um die vielen Tavernen zu bezeichnen, die jetzt wieder öffnen und in denen der Tourist nur auf die in der Speisekarte abgebildeten Fotos der Gerichte zeigen muss. „Zeigerestaurants" sind ihrer Natur nach saisonbedingt, und logischerweise kommt nun der ...

Mai

... und damit ist die Touristensaison offiziell eröffnet. Das bedeutet: Ab jetzt wird man wieder als Besucher behandelt, selbst wenn man hier schon jahrelang lebt. Um dem zu entgehen, geht man bevorzugt zu den Restaurants und Ouzerien, denen man auch im Winter die stammkundschaftliche Treue gehalten hat.

Auch in Zeiten weltweiten Klimawandels gilt wettermäßig ab jetzt Verlässlichkeit. Je nach Flugplan kraucht die Sonne oft schon gemeinsam mit der Morgenmaschine aus Athen über den Grat des Aínos, bevor sie die von Schafsglockengebimmel und Putengekollere tönende Landschaft in grelloranges Licht taucht. Es wird zum beinahe garantierten täglichen Begleiter. Das war früher immer so, auch schon zeitiger im Jahr, aber das Wetter hat sich nach Meinung der Einheimischen merkbar „nach hinten" verschoben.

Noch ist man sommerneu und sonnenhungrig. Noch nervt die Hitze nicht. Die Haut wird wieder braun, Haare und Nägel wachsen schneller als gewohnt und bestimmte Kletterpflanzen tun es ihnen gleich und schaffen es – gefühlt zumindest – zu einem rekordverdächtigen Meter pro Tag.

Abends, wenn Ziegenglocken und Zikaden verstummt sind, erlebe ich wieder „Sternstunden", jene Zeit des in diesen Breiten recht schnellen abendlichen Lichtwechsels. Die Dämmerung kommt rasch, und erst strahlt noch der Himmel, während es unten am Grund schon dunkel wird. Von der Hängematte aus lässt sich dann gut beobachten, wie der erste Stern „angeht". Dann geschieht erstmal eine Weile nichts, dann kommt plötzlich der zweite, dann der dritte ... und in wenigen Sekunden ist der gesamte Himmel mit leuchtenden Punkten übersät.

Senkt die Nacht sich ganz, ist es mondlos und hat man sogar das Glück, dass ein Stromausfall auch die grelle Straßenbeleuchtung ausschaltet, dann ist es atemberaubend, mit den Millionen Sternen der Milchstrasse über sich einfach im Duft der Frühsommernacht zu stehen.

Juni

Schon Christa Wolf erzählt in ihrem Buch „Kassandra" fasziniert von jener Abendstunde, in der – für kurze Zeit – alle Dinge, besonders Häuser und Mauern, zu leuchten beginnen, als gäben sie das am Tage gespeicherte Sonnenlicht wieder ab. Dieses Schauspiel wird ab Juni besonders bemerkbar, auch wenn es im Frühjahr mit zunehmender Helligkeit schon da war.

Mit dem Licht kommt die Wärme, und das Gebälk unseres Hauses knackt und knarrt tagsüber mit der rapiden Lufterwärmung um die Wette.

Die Blüte dieses Monats ist für mich eindeutig die der Kaper: ein wahres kleines Kunstwerk, dieses ganze exotisch-filigran aussehende Gewächs, in jeder seiner Entwicklungsstufen. Die Blüte hält sich sogar eine Weile in der Vase. Aber auch der von Bienen umsummte Eukalyptus ist was für's Auge und für's Ohr.

Ansonsten ist es die Zeit der roten Blüten, des Mohns – noch – und auch schon des verschwenderischen Oleanders, der ganze lange Straßen und Alleen säumt, sowie der üppigen Bougainvilleen, die beide neben roten auch rosa, weiße und sogar cremefarbene Variationen besitzen. Gegen Ende des Monats blühen die Granatäpfel, von denen es hier auch eine gefüllte Version gibt, und die duftenden Magnolien. Der altrosa Judasbaum ist schon Geschichte; an seine Stelle tritt jetzt der hier und da anzutreffende lilafarbene Jacaranda, auch Palisanderholzbaum genannt.

Man sieht jetzt Insekten mit Flügeln wie mit Blattgold belegt; auch erste geschlüpfte Windenschwärmer. Diese Tagesmotten erinnern im Körperbau und beim Aufnehmen von Nektar an einen Kolibri.

Geckos und schillernde Eidechsen konkurrieren mit den Katzen um Käfer, Raupen und Schmetterlinge, wenn sie nicht gar selbst in´s Beuteschema der halbwilden Straßentiger geraten. Die Vorratssammlung bei den Ameisen läuft auf Hochtouren, und man könnte stundenlang beim „Ameisen-TV" zusehen, was da alles – zum Teil in Übergrößen – in den Bau und nach Gebrauch wieder herausgeschleppt wird.

Wenn es doch einmal regnet, was in Zeiten des sogenannten Klimawandels jetzt auch im Juni schon mal vorkommt, sitzen die Tauben auf den Stromleitungen und strecken zur Reinigung per Naturdusche ihre Flügel in den Himmel. Es ist die Zeit von Spatzengezwitscher, pfeilschnellen Schwalben und unzähligen, Erfahrung sammelnden Jungvögeln.

Beim Spaziergang durch Felder raschelt es jetzt ständig seitlich im Gras, Brombeerranken drängeln sich in den Weg und zupfen an den Kleidern. Dem Wein kann man beinahe beim Prallvollwerden zusehen.

Wenn der Juni-Vollmond mit der kürzesten Nacht des Jahres am Sommeranfang zusammenfällt, kann es passieren, dass der Erdtrabant an einem Himmel aus orangefarbenem Abendlicht steht.

Juli

In der Sommerhitze erlangt Wasser im Denken und Fühlen einen neuen Status. Es wird sprichwörtlich zum Über-Lebens-Mittel. Nach anstrengender Arbeit im Garten wird es zum puren Luxus, sich das kalte Nass über Gesicht, Puls und Fesseln rinnen zu lassen. Im Sommer ist man eigentlich immer nass: Entweder vom Schwimmen im Meer am Morgen, vom Schwitzen in der Hitze oder vom Wasserschlauch, von dem man sich permanent Abkühlung holt. Der Schweiß rinnt unaufhörlich in Strömen an einem herunter, selbst beim Sitzen und Nichtstun, was selten genug vorkommt. Dementsprechend sind die konsumierten Mengen an Wasser und Früchtetee. Was früher oder im Winter so schwer fiel – eine bestimmte Menge Flüssigkeit am Tag zu trinken – ist jetzt eine leichte Übung. Und das segensreiche Nass hat nicht nur eine veränderte Bedeutung, es fühlt sich auch – innen wie außen – ganz anders an.

Kein Luxusbad dieser Welt kann jetzt mit unserer Gartendusche konkurrieren. Von Weinreben beinahe zugewuchert, gibt der Duschkopf das Wasser nur noch diffus von sich. Durch die von Sonnenflecken gesprenkelten Blätter tropft es wie ein Sommerregen, während ich von übermütig blühendem Oleander und üppig reifenden Weintrauben eingehüllt und so in meiner „Naturkabine" vor Nachbarsblicken völlig geschützt bin.

Selbst wenn man sich fast ausschließlich im Schatten bewegt, bleicht das Haar um zwei bis drei Nuancen aus und wird falb.

Die am frühen Morgen schon einsetzenden Zikaden hören sich jetzt an wie eine Armee aus Klapperschlangen, und die Rufe der Ringeltauben erinnern an Kuckucke. Die blaue Prachtwinde schlängelt sich durch alles Grün und verwandelt Hecken und Sträucher in blau beblühte Bollwerke. Die Stockrosen in unserem Garten erreichen Höhen von vier bis fünf Metern.

Und wieder ist die Sahara in Teilen zu Gast bei uns und färbt alles, was draußen oder nicht hermetisch dicht ist, rot – leider manchmal auch die schönen weißen Sommershorts, wenn man sich unbedacht irgendwo hinsetzt.

Schon meldet sich der Hochsommer an, die Zeit, von der Einheimische sagen „Es regnet Sonne".

August

Belohnt wird, wer am erschöpften Höhepunkt eines scheinbar endlos warmen Sommers es über sich bringt, nach nur halb durchschlafener Nacht vor Sonnenaufgang aufzustehen und durch die noch menschenstillen Straßen des Dorfes zu gehen.

Es empfängt ihn etwas, das er im stickigen Zimmer, trotz weit offener Fenster, nicht bemerkt haben kann.

Der Morgenstern leuchtet hell am sich bereits scharf von den Bergen abhebenden östlichen Himmel. Die an den Ausläufern des Gebirges liegenden Dörfer blinken in der Ferne, und vom Meer her blinkt auch ein vor Anker liegendes Schiff.

Man spürt so etwas wie einen Anflug von Nachtkühle, die – man weiß das ja – mit der Sekunde vorbei sein wird, da die Sonne über den Aínos steigen und die Landschaft in gleißendes Licht und Hitze tauchen wird.

Noch aber gehört diese Zeit des Tages den Tönen, den Farben, dem Licht und den Gerüchen, die nur dieser Stunde eigen sind.

Der Hahn kräht, die eher hölzern als metallisch klingenden Schafsglöckchen bimmeln leise, Pflanzen senden betörende Düfte aus. Letzte Fledermäuse huschen in ihre Tagesquartiere. Sie fliehen vor der unaufhaltsam aufkommenden Helligkeit des bevorstehenden Tages.

Die Grillen sind längst verstummt; sie waren die Musiker des Abends und der frühen Nacht. Nun nehmen Zikaden, die Straßenmusiker, ihre Plätze ein, bereit, zu einem ganz bestimmten Zeitpunkt alle auf einmal damit zu beginnen, den Tag wieder mit ihren Liedern zu „zersägen" – so als hätte ein unsichtbarer Dirigent den Taktstock erhoben. Manchmal, wie auf einen Wink, verstummen sie plötzlich, um dann ebenso unvermittelt alle gemeinsam zum nächsten Satz der Sinfonie anzuheben. Man fragt sich, wie etwas so Lautes so beruhigend – und das manchmal plötzliche Verstummen dieses Lärms so irritierend – sein kann. Diese Insekten teilen sich den Tag offenbar in Schichten ein, sicherstellend, dass man hier niemals ohne Geräuschkulisse ist, und ihr griechischer Name, *tsítzika*, sagt alles. Wenn man einmal Glück hat, der Zufall einem in die Hände spielt und einer dieser scheuen Sä(n)ger auf der Hand landet, kann man die herrlichen Flügel bewundern, die im Sonnenlicht wie gewobenes Gold glänzen.

Ein Feigenmahl, direkt vom Baum, ist das Köstlichste, was es gibt. Die frische, von der Sonne durchwärmte Frucht schmeckt göttlich. Fünf Minuten später, in der Küche, hat sie schon etwas davon eingebüßt. Man hat diese Früchte allerdings nicht für sich allein: Beim Pflücken trifft man immer wieder auf Spuren nächtlichen Marder-Appetits. Am Tage kommen einem schon mal riesige grüngoldene Käfer in die Quere, die sich beim genüsslichen Mahl an den delikaten, innen pinkrotsüßen, grünen Feigen gestört fühlen und ärgerlich protestierend, schwer brummend, davonfliegen.

Der Sommer wird dominiert vom abendlichen Käuzchenruf und vom Jasminduft, der pünktlich kurz nach Mitternacht plötzlich von der noch warmen Luft durch die weit geöffneten Fenster getragen wird.

In den Gärten und auf den Wiesen werden die vielen kunstvollen, oft riesigen etagen-, bündel- oder trichterförmigen,

Spinnennetze schwer von der Last herabgefallener Blätter und Blüten.

Die Yuccapalmen tragen jetzt ihre Blütenstände stolz wie weiß leuchtende Schellenbäume. Eigentlich sind sie – man staune – Spargelgewächse.

Weil die Tage schon spürbar kürzer werden, beginnt gegen Ende August auch wieder das Leuchten, das von Christa Wolf so eindringlich beschrieben wurde. Der August ist der Urlaubsmonat der Griechen, die die Insel jetzt geradezu überrennen, nicht zuletzt wegen des Festes des Insel-Heiligen Gerásimos, das Tausende in´s Omalá-Hochtal lockt.

In den Dörfern sitzen die Menschen nach Sonnenuntergang beim Abendschmaus auf den hübsch erleuchteten Terrassen und in den Gärten, oder sie treffen sich auf der langen Bank am Dorfplatz. Der Augustvollmond als der schönste Vollmond des Jahres wird an den Stränden der Insel mit kleinen Festen, gemeinsamem Essen, Trinken und Musik zelebriert. Und wenn man dann Anfang September Abschied von der Insel nimmt, wünscht man sich bei tropischen Temperaturen einander *kaló chimóna*, einen schönen Winter ...

September

Man kann das Haar – auch nachts – gelegentlich schon mal wieder offen tragen. Die Morgen sind wieder angenehm und nicht mehr früh schon unerträglich drückend. Man ist sonnensatt und beinahe schon froh, dass der Sommer endlich ein wenig an Kraft verliert.

Anfang September reisen die meisten Feriengäste ab, zumindest die mit Kindern. Die erste Touristenwelle ist vorbei. Ein paar Tage lang ist es deutlich ruhiger, als wolle sich die Insel für die nächste, kleinere Welle von Nachsaison-Urlaubern vorbereiten: Pensionäre, Kinderlose und in der Fremde lebende Kefalonier sind jetzt hier, um die noch warmen Tage zu genießen und die schon kühlen, schlafbringenden Nächte auszukosten.

Das Nachbarhaus, auf dessen Balkon über endlose Sommerwochen jeden Abend ein Licht geleuchtet, auf dem Menschen bis spät in die Nacht gesessen hatten, liegt jetzt unbelebt und lichtlos wie ein havarierter Ozeandampfer.

Den September könnte man „Heidemonat" nennen, denn auf den Berghängen blüht jetzt die Heide. Der Anblick erinnert an Schottland oder auch die Wicklower Bergzüge in Irland.

Leider ist es auch der Monat, wo in der Morgendämmerung und am frühen Abend das Schießen auf Tiere wieder losgeht. Noch vor Sonnenaufgang sieht man die Möchtegern-Helden mit ihren Gewehren auf dem Rücken auf ihren Motorrädern in die Umgebung der Dörfer fahren, um dort sinnlos wehrlose Wildtiere, besonders Vögel, abzuknallen. Die jungen Männer hier mit all ihrem angestauten Testosteron haben nicht viele Ausdrucksmöglichkeiten. Oft sind es Schießen, Ballern und laute frisierte Motorräder ...

Der September scheint auch die Zeit der Geckos zu sein. Diese sympathischen Reptilien haften jetzt jeden Tag in der Dämmerung an unserer Hauswand; rechts und links vom Eingang je ein erwachsenes Exemplar, und an der Seitenwand huscht ein Baby-Gecko hin und her. Überhaupt scheint im September bei Geckos die Zeit für Nachwuchs zu sein.

Wenn die Sonne untergegangen ist, beginnen sie – mehr als in überwarmen Sommernächten – ihr Lied, und wenig später stimmt das Käuzchen ein.

Gewitter: unvorhergesagt, unangekündigt, ist es plötzlich da – übermächtig, überwältigend ... Das Käuzchen sagt das Ende an. Wenn es vorbei ist, hört man in den Gärten wieder den irren Schrei der geilen Kater und riecht den ozonigen Duft der frisch gewaschenen Luft.

Oktober

Im Oktober kann schon der erste längere Regen fallen, und augenblicklich verwandelt sich alles: Es wird wieder grün und üppig, viele Pflanzen blühen ein zweites Mal im Jahr, und an den Wegrändern brechen Wildblumen hervor – allen voran die kleinen Cyclamen, wilde Alpenveilchen. Entlang der Straßen leuchten die pinkroten Beeren der Mastixsträucher und die rotbommeligen Früchte des Erdbeerbaumes. Die Orangen reifen. Und sie blühen. Seltsames Schauspiel: Blüten und Früchte am selben Baum. Je mehr sie reifen, umso mehr bewegt man sich in Richtung Weihnachten.

Ein seltsames Gewächs ist die offenbar dem Springkraut verwandte Spritzgurke. Eigentlich sieht sie wie eine Mini-Melone mit Härchen aus. Berührt man eine der reifen Früchte, springen sie durch osmotischen Druck von der Pflanze weg und verteilen, sozusagen im Rückstoß und mit enormer Kraft, ihre nicht unproblematischen Samen und Flüssigkeit. Man sollte vermeiden, etwas davon in die Augen oder auf die Haut zu bekommen.

Es ist auch der Monat der Kreuzspinnen, die jetzt überall ihre Wagenräder von Netzen aufspannen und damit den im Sommer vorherrschenden Trichternetzspinnen, deren Nester nun alt, schwer und verbraucht in den Büschen hängen, Konkurrenz machen.

Wenn es gegen Ende Oktober warme Tage im Wechsel mit schon feuchten Nächten gibt, schießen im schattig-waldigen Grund neben den Wild-Alpenveilchen die Pilze aus dem Boden, und die Kermeseichen treiben frisches, junges Grün. Eidechsen huschen wieder in ihre Verstecke, aufgescheucht beim Sonnenbaden. Vor den ersten wirklich schweren, alles zerstörenden Regengüssen müssen nun die Granatäpfel geerntet werden. Diese Sommerkraft wird zu rotleuchtendem Gelee verkocht. Gegen Ende des Monats regen sich die dickfleischigen, eselsohrigen Blätter der Meerzwiebeln, ihre Fülle und Kraft als gutes Omen für das Neue Jahr auszutreiben.

Über den Balkonbrüstungen der Häuser hängen jetzt die aus dem Sommerschlaf geholten Teppiche zum Auslüften. Die Düsenjets ziehen wieder hoch über uns hinweg – nach Athen, nach Kairo vielleicht, wer weiß das? – und im Licht der untergehenden Abendsonne strahlen orangerot ihre Kondensstreifen. Das späte Leuchten des Aínos prophezeit einen weiteren sonnigen Nachsommertag.

An klaren Oktoberabenden hat der früh und schnell dunkelnde Himmel einen eigenartigen Glanz, und die Sterne stehen besonders deutlich über der Insel.

November

Selbst einem „modernen" Menschen ist es absolut einleuchtend, warum die alten Griechen auf die Idee kamen, einzig Göttervater Zeus könnte es sein, der im Zorne eines Gewitters grollt und wütend Blitze zur Erde schleudert. In der winterlichen Regenzeit donnert und blitzt es oft über der ionischen Inselwelt. Wir erlebten eindrucksvolle Beispiele dafür auch schon gegen Ende eines Sommers auf Kérkira. Meist kommt dies aus tiefhängenden, graublauen Wolken. Es kann aber auch passieren, dass man unter einem absolut klaren Himmel steht und das Grollen und Wetterleuchten von weither kommt – von hinter den Bergen auf der anderen Seite der Insel oder gar von benachbarten Eilanden. Manchmal ist der Himmel im Osten strahlend blau und im Nordwesten tiefschwarz – oder umgekehrt.

Dennoch, oder besser: Gerade deswegen kommt im November der Frühling zurück; ein Novembertag hier kann wie ein irischer Hochsommertag sein. Regelmäßig am vierten November denke ich Jahre zurück an die Demonstration von

1989 auf dem Berliner Alexanderplatz und vor allem daran, wie sehr wir damals in beißender Kälte gefroren haben. Der Maueröffnungsnovember war ein eisiger! Nie hätte ich mir damals vorstellen können, dass ich einmal an einem vierten November im Sommerkleid und nur mit Sandalen an den Füßen an der Wasserfront einer griechischen Inselhauptstadt stehen und den in der Sonne aufblitzenden Fischschwärmen zusehen würde, die durch's glasklare Wasser flitzen. In manchen Jahren kann man bis Anfang Dezember tagsüber barärmelig und ohne Strümpfe auf der Fußgängerzone oder am Hafen in Argostóli promenieren ...

Argostóli in diesen Tagen im Sonnenschein ist herrlich. Die Stadt gehört wieder den Einheimischen. Auf der Flaniermeile kann man flanieren, in den Geschäften in Ruhe einkaufen oder im Park am Wasser sitzen, ohne Gedränge und ohne verstopfte Straßen, ohne Touristen aus aller Herren Länder. In den Kafenions und Ouzerien sitzen schon relativ früh am Morgen die Männer beim Kaffee oder einer Limonade, seltener einem Ouzo oder einem (!) Bier; später sind die Straßencafés voll mit vom Einkauf ausruhenden Kefaloniern. Die zu einem See sich streckende Lagune erinnert jetzt mit ihren einsam dahinziehenden Ruderern an den Langen See in Köpenick.

Und über die Insel breitet sich ein strahlend blauer, wolkenloser Himmel, der nur den Hiergebliebenen gehört. Im Hafen sieht man manchmal noch blinkende Wellen auf blauen Bootsleibern – und traut der Ansage des Kalenders nicht.

Aber selbst wenn das Wetter nicht so ideal ist: Die Tavernen, die auch im Winter aufhaben, sind gerüstet mit stabilen durchsichtigen Planen. Da übersteht man auch mal einen plötzlichen Regenguss ungeahnten Ausmaßes. Am Ende ist der Spuk so schnell vorbei, wie er kam, und die nassglitzernde Natur ist wieder in Sonne getaucht.

Bäume blühen, wie der Johannisbrotbaum, der einen streng aasigen Geruch verströmt und dementsprechend auch Trillionen von laut summenden Bienen und vor allem Fliegen anlockt. Im Sommer dann bietet er allerdings mit seinen schokoladenbraunen Schoten, aus denen das kakaoähnliche Carob gewonnen wird, eine Überfülle an Leckerbissen für abwechslungsbedürftige Schafsmägen. Der wilde Dill, der eigentlich Fenchel ist, glänzt im Schmuck von Tau- oder Regentropfen wie ein Diadem; Teppiche von Klee scheinen wie wogende Wellen grünen Glücks. Dazu kommen der bezaubernde Geruch der giftigen Daturen – Engelstrompeten – und der betörend-betäubende Duft der Orangenblüte.

Die Olivenernte ist jetzt in vollem Gange. Die Bäume spielen mit ihren Früchten Verstecken zwischen den vielfarbig changierenden, samtig-grausilbrig schimmernden Blättern.

Die müden „Müllkatzen" liegen, wenn es ihnen gut geht, auf zum Teil mit „PRIVAT" gekennzeichneten Abfallcontainern und lassen eine Pfote mondän und lässig in die offene Tonne baumeln; ganz so wie viele griechische Fahrer – betont cool aber unbequem – den linken Arm aus dem Autofenster hängen lassen.

Nur wenige Minuten an den wechselwarmen Abenden ist jetzt das Leuchten, welches von Häusern und Gegenständen ausgeht, wieder zu sehen – und am Himmel erscheinen nur noch selten glühende Kondensstreifen...

Dezember

Beeindruckend ist es, wenn der Himmel blau, der Aínos-Gipfel mit Neuschnee überpudert ist und in den sattgrünen Bäumen überall in den Tälern die reifen Orangen leuchten. Auch die Khaki, oder Persimmon, spielen auf dieser Klaviatur.

Allerdings sehen sie in ihrer leuchtend gelb- oder tieforangenen Farbe in den bereits entblätterten Bäumen ein wenig einsam aus.

In der Stadt ist der Frieden nach dem Abreisen der Touristen nun dem Weihnachtstrubel gewichen. Aber der ist natürlich nicht ganz so schlimm, sodass man ungestört wieder das eigentliche tägliche Leben der Bewohner studieren kann: die mit dem Komboloi spielenden Männer in den Kafenions und Ouzerien, die einkaufenden Frauen in den vielen kleinen Läden, in denen hinter dem Ladentisch meistens Familienfotos an der Wand hängen, und die ärmeren Leute, die sich in den Seitenstraßen bei den billigen Garküchen ein warmes Essen leisten.

Es ist normal, am Morgen des vierundzwanzigsten Dezember in den Straßencafés Argostólis massenhaft Leute sitzen zu sehen, und wenn es gerade nicht regnet, mutet es beinahe wie ein Bild aus vergangenen Sommertagen an. Dem stehen eigentlich nur die auffällig mitteleuropäisch – man möchte fast denken, deutsch – geprägten Ladendekorationen und die allüberall per Lautsprecher vernehmbare Beschallung mit Weihnachtsliedern entgegen. In der „Hauptstadt" der Halbinsel Palikí, Lixoúri, schmückt man in Ermangelung einer Weihnachtstanne jedes Jahr den riesigen Gummibaum auf der Plateía.

Pflanzenmäßig fallen besonders die riesigen Büsche des rotblühenden Weihnachtssterns auf, die so gar nichts mit ihren entfernten Vettern aus der Blumenhandlung gemeinsam haben. Wenn man einen der letzteren zum Fest geschenkt bekommen hat, dann wird es schwerfallen, ihn jemals in die freie Natur auszuwildern – er würde das gerade beginnende neue Jahr wahrscheinlich nicht in voller Länge erleben.

Man selber aber stürzt sich erneut in das Abenteuer eines neuen Zyklus von dreihundertfünfundsechzig erstaunlichen, intensiven, immer wieder aufregenden Tagen eines neuen Jahres.

„Bufo"

Das unheimliche Federvieh

Das Herz eines jeden griechischen Ortes ist die *plateía*, der Dorfplatz. Er grenzt nicht selten an die Hauptkirche und wird meistens von fast allen verfügbaren öffentlichen Einrichtungen umgeben. In Spartiá sind das alle vorhandenen, also zwei „Super"märkte, die einzige im Ort liegende Taverne sowie einige Mülltonnen.

An einer der Begrenzungsmauern unserer *plateía* gibt es eine lange Bank. Dort finden sich an lauen Sommerabenden viele Dorfbewohner ein. Anstatt sich alleine zuhause vor dem Fernseher zu langweilen, sitzen sie hier bis zum späten Abend und diskutieren oder aber genießen einfach die samtweich-warme Sommernacht.

Derweil genossen wir im letzten Sommer oft ein Bier oder einen Wein auf der Terrasse des angrenzenden Dorfladens, wo es seit Kurzem einen Ausschank gab. Manchmal kam eine Nachbarin zu uns herüber auf ein kleines Bier und fragte, ob wir es auch hörten: „Bufo", sagte sie, und alle auf der Bank würden ihm jeden Abend lauschen, dem großen Vogel im Kirchturm. Was für ein Vogel das sei, fragte ich. „Na bufo, bufo!" antwortete sie aufgeregt.

Sofort tat sich vor meinem inneren Auge ein Bild vom sagenhaften großen, geheimnisvollen Feuervogel auf, der jeden Abend durchs offene Glockengestühl gleitend im Zwischengeschoss des Kirchturms landete, um dort seine müden Schwingen zu falten und, den Kopf aufs Gefieder gebettet, in tiefen, erschöpften Schlaf zu sinken. Aber der Klang des von meiner Nachbarin benutzten Namens ließ wegen seiner

Ähnlichkeit auf jemand anderen schließen, nämlich die Eurasische Adlereule, kurz: Uhu, lateinisch *bubo bubo*.

Und wirklich, nun hörte ich es: Es war wie ein leises Atmen, ein und aus – fast ein wenig wie Seufzen. Dieses Geräusch war schon die ganze Zeit lang in der Luft gewesen, ich hatte nur meine Ohren nicht darauf eingestellt.

Leider bekamen wir den sagenhaften Vogel nicht zu Gesicht. Statt dessen flog ein deutlich kleinerer Greifvogel, wahrscheinlich ein Turmfalke, seine nächtlichen Runden und landete immer mal auf dem von den Straßenlichtern erhellten Kreuz des Kirchturms.

Von nun an lauschte ich jeden Abend, und mit mir lauschte das ganze Dorf ergriffen und verzaubert. Es schien, als bewachten die Dörfler den Schlaf des fabelhaften Wesens.

Vielleicht sollte man an solche Zauber nicht rühren, wie man auch Seifenblasen nicht berühren kann, ohne sie zu zerstören.

Aber meine Neugier war einfach zu mächtig, und so wollte ich das Zaubertier doch noch ein wenig besser hören. Ich lief deshalb vom Dorfplatz ein paar Schritte in die kleine Seitengasse hinein, in der der Kirchturm lag. Ich stellte mich zwischen die Kirche und das angrenzende Haus – und stellte fest, dass das Atmen hier zwar lauter und deutlicher zu hören war, aber nicht aus dem Turm kam, sondern ... es kam aus dem offenen Schlafzimmerfenster des Nachbarhauses, in dem der Schlafraum des Vaters einer dort wohnenden Großfamilie zu vermuten war.

Wie gesagt, man soll Seifenblasen nicht greifen wollen. Und auch keine geheimnisvollen Greife.

Um die schöne Sommerlegende allerdings tut es mir von Herzen leid.

Die süßesten Früchte

... fressen nur die großen Tiere ...

„... nur weil die Bäume hoch sind und diese Tiere groß sind", wusste ein vermutlich aus dem italienischen Volksliedgut stammender Schlager schon in den 1950er Jahren. Dabei bezog er sich sicher mehr auf politisch-ökonomische als auf ernährungsphysiologische Tatsachen.

Hier fällt mir dieser Schlager oft ein, aber eher im Angesicht von Obst, das weder große noch kleine Tiere oder gar Menschen anlockt.

Selbst zweieinhalb Jahrzehnte nach dem Fall der Berliner Mauer ist es mir als ehemalige DDR-Bürgerin und Kind beziehungsweise Enkelkind der Kriegsgeneration immer noch schwer verständlich, wieviele Früchte, um die wir uns früher beinahe geprügelt hätten, jetzt in den Gärten und an den Bäumen verderben. Das in einem Land, dem es im Moment nicht gut geht und in dem viele Menschen hungern. Andererseits: Von Zitrusfrüchten kann man sich nicht wirklich dauerhaft ernähren oder gar sattessen! Und so schäme ich mich nicht, immer wieder zu „stibitzen". An einem Morgen kann man sich während einer Runde mit dem Hund wenigstens mit Vitaminen versorgen!

Dabei stelle ich so meine Studien an. Denn auch Bäume scheinen, wie alle Lebewesen, verschiedene Charaktere zu besitzen. Zum Beispiel Aprikosen: Während sie völlig identisch aussehen, produziert ein Baum beinahe trockene, nach nichts schmeckende Früchte, während der nächste mit saftigen, süßen und duftenden Exemplaren betört.

Auch die Feigen machen große Unterschiede: Hat die reife grüne Feige eines Baumes ein köstlich süßes und aromatisches Fruchtfleisch, können die Früchte des anderen Baumes durchgehend trocken und fad', dann wieder matschig und geschmacklos sein. Und die blaue Feige tut es ihr gleich.

Als Friedrichshagenerin sollte ich dem Maulbeerbaum zugetan sein, und das bin ich auch, jedoch weniger seinen eher saftlosen und geschmacklich nichtssagenden Früchten – egal ob es die weißen oder die blauen Maulbeeren sind. Es sei denn ... ja, es sei denn, es geht um jenes imposante Exemplar, das an meinem allmorgendlichen Weg durch das Dorf steht. Diesem Baum nähert man sich am besten mit Ehrfurcht und schwarzer Kleidung – oder noch besser, im abwaschbaren Neoprenanzug. Sein Geschenk ist zugleich seine Waffe – der Boden unter dem Baum verrät es durch schwarze Färbung: Er hinterlässt, ähnlich wie der an anderer Stelle erwähnte weibliche Gingkobaum, auf Kleidung und Haut bleibende Erinnerungen an sich. Beim bloßen Berühren seiner vollreifen Früchte verspritzen diese eine Spur aus blutrotem Saft und verraten so jedem den Dieb, der am Baum genascht hat. Dafür wird man entschädigt mit prall-saftigen, schwarzblauen Früchten von himmlischer Süße!

Wir leben ja nun im von Heinz Erhardt so getauften „Land der Pomeronen und Zitranzen". Und wo wir schon beim Worteverdrehen sind: Ich entwickle mich hier langsam zum „Sinologen". – Jaaa! Ich weiß! Ein *Sinologe* ist nicht das, was ich meine. Er beziehungsweise sie erforscht das Wesen der Chinesen, während ich eher an Fruchtig-süß-saftiges denke. Aaaber, meine Damen und Herren, da gibt's Unterschiede!

Man soll es nicht glauben, wie viele Verschiedenheiten innerhalb der einzelnen Sorten anzutreffen sind. Bei Orangen gibt es große und kleine, Bitter-, Blut- und Navelorangen, süße und saure, strohige und saftige, außen köstlich riechende aber innen furchtbar schmeckende sowie deren Gegenteil, dünn- und dickhäutige, tieforange, rote und gelbliche.

Selbst im Geruch der Blüten unterscheiden sie sich stark: Manche duften bescheiden-fein vor sich hin, andere riechen beinahe penetrant nach billigem Supermarkt-Weichspüler.

Und selbst die Zitrone kommt in Varianten: dünn- und extrem dickschalig, fleischig und saftig oder total trocken, viel- und wenigkernig. Ähnliches gilt für Mandarinen oder Pampelmusen. Es gibt eine Zitronensorte mit Früchten so groß wie Kinderköpfe. Und manche Zitronen- und Orangenbäume sind dazu noch verdammt hartstachelig. Das tut weh, wenn man nicht aufpasst!

Eines aber ist ihnen allen gemeinsam: Sie können zur gleichen Zeit reife Früchte tragen, blühen und grüne Fruchtansätze in unterschiedlichen Entwicklungsstadien haben. Sie prangen von der Vorweihnachtszeit an bis in das Frühjahr lockend in den Bäumen, und kaum einer erntet und verbraucht sie. Vielleicht ist es ja in der Stadt anders, aber hier auf dem Land herrscht Überfluss. Man sollte sich nicht in den Kopf setzen alles, was man sieht, essen und/oder verarbeiten zu wollen. Die dazu erforderliche Kapazität an Zeit, Flaschen, Gläsern und säureresistenten Mageninnenwänden gibt es nicht! So erklärt sich auch die Tatsache, dass der Grieche nichts aufhebt, was einmal vom Baum fiel. Es ist ja noch genügend drauf.

Übrigens stammen die *Apfelsinen* ja, wie der Name sagt, eigentlich aus China (*Apfel* aus *Sina* / China) und stellen eine ursprüngliche Kreuzung zwischen Mandarine und Pampelmuse dar. Also war das mit der „Sinologie" gar nicht so falsch gedacht.

Auch wir haben zwei Orangen- und einen Mandarinenbaum in unserem Garten, gehen aber zur Ernte in den des Nachbarn: Dort schmecken sie besser! Der Nachbar lebt in Athen und besitzt etwa zwei Dutzend Zitrusbäume, die er, auch wenn er hier ist, nie erntet. Die Früchte fallen Jahr für Jahr überreif vom Baum und verfaulen. Daher habe ich mir von ihm die Erlaubnis zum Fremdpflücken eingeholt. Jedes Mal, wenn ich in der Plantage stehe, überkommt mich ein Entzücken wie als Kind im

Bonbonladen. Jeder – wirklich jeder – Baum hat unterschiedliche Früchte, und ich kann mir die größten, süßesten, saftigsten aussuchen.

Dabei lächele ich noch immer in mich hinein, wenn ich an mein erstes Jahr denke. Da entdeckte ich am Straßenrand einen offensichtlich „herrenlosen" Baum mit herrlich roten, duftenden Orangen. Ich lief nach Hause und holte einen Korb, in den ich einsackte, was ich pflücken konnte. Nur um zuhause festzustellen, dass es ein Bitterorangenbaum mit ungenießbaren Früchten war ...

Sollten Sie mal durch Argostóli gehen und sich wundern, warum die Straßenbäume vor'm Obst- und Gemüseladen, in denen unter anderem auch Orangen verkauft werden, voll sind mit den schönsten Früchten, für die sich aber niemand zu interessieren scheint ... Jetzt wissen Sie, warum!

Übrigens ...

... *Argostóli*

Zu dieser Stadt muss noch etwas gesagt werden. Man kann diesen Ort nicht ein paarmal erwähnen und dann einfach links liegenlassen ...

Von der Hauptstadt der Insel Kefaloniá heißt es, sie habe keinen Charme, denn sie wurde ja bei dem großen Erdbeben 1953 beinahe völlig zerstört. Demzufolge ist die ehemalige Architektur verschwunden und die heute sichtbare Bebauung weniger als sechzig Jahre alt.

Ich finde dennoch nicht, dass die Stadt keinen Charme hat. Denn das Glück der Metropole liegt ebenfalls im Erdbeben, das eine Baugesetzgebung hervorbrachte, welche die Errichtung großer Wohn-, Büro- oder Hotelblöcke wirkungsvoll verhindert hat.

Immer wieder bietet sich ein Vergleich zur Schwesterstadt Lixoúri auf der benachbarten Palikí-Halbinsel an: Beiden Städten widerfuhr in der Geschichte trotz so unterschiedlicher Geologie ein ähnliches seismologisches Schicksal. Beide Städte, wie wir sie heute erleben, scheinen irgendwie vom Reißbrett her gebaut zu sein. Die Straßen verlaufen ausgesprochen geometrisch. Dennoch kann in meinen Augen die eigentlich strahlende Stadt Lixoúri der etwas angeschmuddelt wirkenden Hauptstadt Argostóli *nicht* den Rang ablaufen, auch wenn man in Letzterer wegen tausender Stolperfallen stets mit dem Blick auf den Boden gerichtet laufen muss. Vielleicht hat es mit einer Art Authentizität zu tun. Immer wieder kommt mir der Gedanke: Lixoúri scheint etwas *sein zu wollen*, Argostóli *ist*.

Die in der Historie besonders durch ihre Meeresmühlen bekannt gewordene Hafenstadt kuschelt sich an eine zwischen

Hügeln geschützt liegende Bucht, die in die *Koútavos* genannte Flachwasserlagune ausläuft. Die Hügel prägen auch das Stadtbild, denn ausgehend von der Uferpromenade, der *paralía*, die sich durch die gesamte Stadt zieht, gehen die Straßen relativ steil nach oben. Beziehungsweise, wenn man es andersherum sieht, fallen sie steil zum Meer hin ab; eine Betrachtungsweise, die sich besonders bei den gewohnt heftigen winterlichen Regengüssen aufdrängt, wenn sich besagte Straßen in Wildwasserstrecken verwandeln und kein Fußgängerzeh trocken bleibt.

Wer offenen Auges umhergeht, dem bleibt die doch erstaunliche bauliche Vielfalt nicht verborgen. Immer wieder öffnen sich zwischen Häuserzeilen Einblicke in kleine Stadtgärten, in schattige Treppenhäuser oder auf wild berankte Hinterhöfe. Manchmal kommt man, versteckt in Seitenstraßen, an regelrechten Residenzen mit großen Portalen und riesenhaften Vorgarten-Palmen vorbei. Daneben wieder kann ein kleines elendes Hüttchen stehen oder auch hier und da einer jener bis heute zum Teil noch bewohnten Holzbungalows, die seinerzeit nach dem großen Beben aus Schweden geliefert wurden, um den obdachlos gewordenen Menschen wieder etwas über den Kopf zu geben. Sie erinnern ein wenig an das berühme Prinzip eines bekannten skandinavischen Möbelhauses: schnörkellos und funktionell, müssen sie augenscheinlich schnell und unkompliziert zu errichten gewesen sein.

Früh im Jahr, nicht erst zur normalen Zeit im Juni, stellen sich am Kai nahe der alten Markthallen die Meeresschildkröten ein und konkurrieren mit Möwen und Kormoranen um die Abfälle, die die Fischer aus ihren Booten ins Wasser werfen. Später im Jahr werden sie dann *die* Touristenattraktion sein. Ein Fischer hat einem als Dauergast bekannten Tier mit auffällig blauen Farbspuren auf dem Panzer den Namen *Rebecca* gegeben. Der für Griechenland eher untypische Name kommt vielleicht von der Lektüre des gleichnamigen Romans von Daphne du Maurier –

wer weiß? Um sie zu finden, folge man nur der Traube von Menschen, die sich verzückt versammelt und vor Begeisterung beinahe ins Wasser zu fallen droht.

Dabei ist auch der auf den Trawlern feilgebotene Fang ein Augenschmaus: bunte Fische, rot, grün und grellgelb, in exotischen Farbkombinationen und Formen – und mit unbekannten Namen. Im Wasser schwimmen die schneeweißen Skelettknochen der ansonsten unansehnlichen Tintenfische.

Leider sind die Zeiten wohl vorbei, als in Argostóli – wie auch in Athen – Lieferboten zum Stadtbild gehörten, die einhändig ihr Motorrad steuerten und in der anderen Hand Kaffees und Wassergläser balancierten und auslieferten. Dazu verwendeten sie kleine runde, mit drei Streben zusammengehaltene und an einem oberen Ring transportierbare, Tabletts. Für diese geniale Erfindung konnte ich leider keine original griechische Bezeichnung ermitteln. Sie werden einfach *dískos* – Scheibe – genannt. Nun wurden diese phantastischen Alltagsgegenstände durch moderne, gepolsterte Thermotaschen ersetzt, und Kaffee und Wasser kommen schon lange in Plastik verpackt. (Immerhin tut ein *dískos* in unserem Haushalt noch seinen unverzichtbaren Dienst, wenn es gilt, Kaffee und Kuchen einhändig und bequem die Treppe hinunter in den Garten zu transportieren.)

In den großen Geschäftsstraßen sitzen die Männer vor den Ouzerien und lassen zum Rhythmus ihrer klackenden Komboloi die Zeit, die Tagesneuigkeiten und die Passanten an sich vorbeieilen. Später werden sie sich vielleicht in der nächsten Garküche oder Pitteria ein billiges Mittagessen kaufen und dann gegen zwei Uhr langsam nach Hause gehen, um einen wohlverdienten Mittagsschlaf zu halten und für den langen Abend, die lange Nacht, frisch zu sein.

Am Nachmittag wirkt die Stadt wie ausgestorben. In der Sommersaison irren einzig Touristen durch die brütende Hitze und suchen nach einer offenen Taverne. Alle, die das Glück haben, nicht tourismusabhängig arbeiten zu müssen, halten hinter geschlossenen Fensterläden ihre Siesta.

Das zweite große Erwachen des Tages kommt zwischen fünf und sechs Uhr am jungen Abend, wenn sich die auch am Morgen schon brechend voll gewesenen Bars und Kaffeehäuser wieder füllen und sozusagen die zweite Schicht beginnt. Denn die meisten am Mittag niedergelegten Arbeiten werden in der kühleren Vorabendzeit wieder aufgenommen.

Gegessen wird erst spät, wenn die Dunkelheit die Bucht umfangen hat und die Stadt im Schein ihrer vielen Lichter erstrahlt. Die Straßenlampen der Bergdörfer blinken grüßend zurück ...

Es gibt ein Bild von einer Künstlerin, die hier auf der Insel gelebt hat. Das Aquarell, nur in den kühlen Farben blau, schwarz und weiß gemalt, zeigt einen Blick vom gegenüberliegenden Ufer der Lagune hinüber zum nächtlich erleuchteten Argostóli. Jahrelang hing es als mein Sehnsuchtsbild in unserer irischen Küche, und heute hat es einen Platz in meiner Küche in Griechenland. Noch immer, wenn ich auf dieses Bild schaue, spüre ich den Charme dieser Stadt, die ja nun zu meinem „täglich Brot" geworden ist.

Das Gemälde weckt bei mir das Verlangen, im warmen Wind der Sommernacht die *paralía* entlang zu promenieren und all die verheißungsvollen Töne und Gerüche, den Rhythmus der Stadt und die trotz Krise und Erdbeben ungebrochen scheinende Lebensfreude ihrer Bewohner in mich einzusaugen.

Das ist für mich: Argostóli!

Hospitales

Die hippokratische Wirklichkeit

Bei Ärzten und in griechischen Krankenhäusern gelte ich als Patient mittlerweile als schwierig, und das hat seinen Grund. Das hiesige Gesundheitswesen ist ein sehr gewöhnungsbedürftiges. In erster Linie lernt man mal wieder an der Basis des Lebens, warum überhaupt ein Patient *Patient* heißt: weil er *patient* (engl.: *geduldig*) ist beziehungsweise zu sein hat – und das nicht zu knapp.

Seit die Krise das Land fest im Griff hat und Griechenland sich immer wieder nach der Decke beziehungsweise dem Schirm europäischer Hilfsfonds strecken muss, gelten jede Woche neue Verordnungen, Regeln und Abrechnungsmodi. Aber auch schon ohne Krise war und ist es schwierig. Information, zum Beispiel, ist Glückssache. Das gilt sowohl in Theorie als auch in der Praxis.

Sitzt man irgendwo wartend vor einem Behandlungsraum, wird man schon vom ärztlichen Personal irgendwie wahrgenommen. Angesprochen hingegen wird man selten, selbst wenn klar ist, dass der Patient falsch sitzt beziehungsweise der entsprechende Arzt heute gar nicht im Hause ist. Man fragt sich manchmal, was denn das Personal sich denkt, wenn es einen dort sitzen sieht: dass es draußen zu warm oder zu kalt ist und man sich hier drinnen nur abkühlen oder aufwärmen möchte? Dass man auf den Bus wartet, oder gar den nächsten Flug zum Mond?

Weil den Griechen beinahe jede Organisationsfähigkeit abgeht, nützt einem auch beispielsweise die Nummer, die man im Krankenhaus an der Rezeption erhält, oft gar nichts. Wenn man darauf wartet, der Reihe nach schon irgendwann dran zu sein, dann wird man höchstens letztendlich als Skelett abtransportiert. Vielleicht gerade deshalb wird der Allgemeinmediziner im

Griechischen manchmal – schon irgendwie vorsorglich – *pathológos* genannt.

Es scheint allgemeine Regel zu sein, in den vollen Warteraum oder den Klinikflur zu stürmen, schnurstracks auf die Tür zuzugehen, hinter welcher der Arzt seine Sprechstunde abhält, und – manchmal mit, meist aber ohne Anklopfen – einfach hineinzugehen. Und das wird praktiziert, egal ob da gerade im Zimmer ein nackter Patient auf der Untersuchungsliege liegt. Selbst der Arzt scheint darüber nur mäßig erstaunt.

Um irgendwie selber auch mal dranzukommen, muss man also das Spiel beherrschen und mehr oder weniger im Rahmen seiner guten Kinderstube mitspielen: also Vordrängeln beziehungsweise dorthin zurückdrängeln, wo man nummern- und rechtmäßig vorher schon war; am besten wissend und kämpferisch mit den Augen funkeln und, wenn´s nötig ist, laut schreien. Das wird dann akzeptiert.

Anders beim niedergelassenen Kassenarzt. Meist verständigen sich die dort Wartenden untereinander, wer wann dran ist; später kommende Drängler stört das trotzdem nicht. Es gilt, wie im Straßenverkehr, das Prinzip: „Nur erstmal drin sein – denn: Wo ich bin, kann kein anderer sein!".

Dafür hat man dann im Behandlungszimmer ein Deja-vú, besonders, wenn man der erste Patient ist. Denn da man ja gleich gemeinsam mit dem eintreffenden Arzt in dessen Raum gestürmt ist, um niemandem die Chance des Vordrängelns einzuräumen, sitzt man dann erstmal eine geraume Zeit lang da und kann die Vorbereitungen des Doktors verfolgen. Die besteht im Auspacken und Anschließen seines Laptops, im Auspacken seiner Unterlagen, Schreibgeräte und Stempel und im Aufschlagen eines riesigen dicken Buches, das an das in der Kindheit so gefürchtete Buch des Weihnachtsmannes erinnert, in dem angeblich alles gute beziehungsweise schlechte Betragen der Kinder aufgezeichnet wurde. Denn der Arzt ist zwar kein

Weihnachtsmann, hat aber vielleicht gerade deshalb auch nicht wie jener irgendwelche Helfer, wie zum Beispiel Schreibkraft oder Praxisschwester.

Der Laptop täuscht ebenfalls. Zwar werden seit kurzem Überweisungen sowie Verschreibungen computergestützt erstellt und ausgedruckt; das nimmt dem Arzt jedoch nicht die andere übliche Handschreibearbeit ab. Er muss einen Eintrag in das Kassenbuch des Patienten machen, einen A-4-Vordruck für die Krankenkasse ausfüllen, den man übrigens selber zur Verfügung stellen muss, um dann das ganze noch in seinem großen Santa-Claus-Buch niederzuschreiben. Und vernetzt ist hier schon gar nichts!

Mir ist bis heute nicht klar, wie man hochstudierte, international diplomierte Fachärzte dazu verdammen kann, achtzig Prozent der Sprechzeit für Schreibarbeiten vergeuden zu müssen. Einziger Lichtblick: Der Arzt hat trotzdem Zeit, es gibt keine Maximalvorgaben, keine Richtwerte – jedenfalls denke ich das. Sollte es sie geben, werden sie nicht angewendet. Man kann mit dem Doktor alles bereden, was man auf dem Herzen hat, und meist bekommt man von ihm im Gegenzug noch das eine oder andere Anekdötchen aus dem Privatleben erzählt.

Allerdings und schlechterdings: Im Krankenhaus sein zu müssen stellt für den Patienten und seine gesamte Familie einen eigenen Kosmos dar. Abgesehen davon, dass auf unserer Insel die ärztliche Versorgung – wie auch die Erste Hilfe – fachlich gesehen überaus professionell und gründlich ist, stellt sich das sonstige Leben auf der Station als Grundversorgung niedrigsten Niveaus dar. Das Essen zum Beispiel kann von Menge und Qualität einen Menschen eher umbringen, als ihn wieder aufzurichten. Im Grunde rechnet man in Griechenland ja eh' damit, dass die ganze Familie oder Teile davon so oft und lange wie möglich, Tag und Nacht, bei dem Patienten wacht und ihn mit Kopfkissen, Decken, Essen, Trinken, allem anderen Nötigen und Unterhaltung versorgt. Dementsprechend gleicht die Station eher einem Jahrmarkt. Das Gute ist: Man trifft hier immer einen Bekannten; man sitzt, schwatzt, döst, geht, kommt wieder ... Das Schlechte: Wenn jemand sich wirklich von seiner Erkrankung erholen will und Ruhe braucht, hat er unter den beschriebenen Bedingungen denkbar schlechte Chancen dazu.

Aber eigentlich hat das Ganze auch einen irgendwie sympathischen Kern: Ärzte kommen zumeist nicht als eine unnahbare Wolke von Göttern in Weiß daher, sie sind in der Regel für jeden ansprechbar, freundlich und verständnisvoll. Die Idee, einen Kranken oder Alten *nicht* in die Pflege von irgendwelchem Personal abzuschieben, sondern – soweit medizinisch möglich – die Familie so mit einzubeziehen, wie sie es selbstverständlich auch zuhause täte, lässt Werte erkennen, wie sie in den sogenannten „zivilisierten" Ländern Mitteleuropas schon fast vergessen sind.

Da hier niemand jemandem etwas Schlimmes will und fast immer die Sonne scheint, lernt man nach einer Weile, das Spiel zu akzeptieren und mitzuspielen, und es gar nicht mehr so absurd zu finden. Immer wissend, dass die Inseln nicht nur geographisch ein ganzes Stück weit weg sind von Athen und den anderen griechischen Großstädten — und dass wir die Krise in medizinischer und medikamentöser Versorgung, wie sie in anderen Landesteilen im zweiten Jahrzehnt des einundzwanzigsten Jahrhunderts vorherrschen, ja (noch) gar nicht erlebt haben.

Da bleibt uns noch einiger Raum ...

Aus-gewogen

Über das richtige Maß

Nur selten im Leben bin ich wirklich an den Rand des sprichwörtlichen Nervenzusammenbruchs gekommen.

So bin ich normalerweise höchstens ein wenig irritiert, wenn ein Pfund plötzlich nicht mehr ein halbes Kilo, also fünfhundert Gramm, haben soll, wie ich es zu Beginn meiner Zeit in Irland erlebt hatte. Bis ich herausfand, dass ich plötzlich – Europa hin oder her – im imperialen Gewichtssystem lebte. Zwar war auch Irland offiziell angehalten, in Metern und Zentimetern, in Kilo und Fünfhundert-Gramm-Pfunden zu messen, tat es aber vielerorts noch nicht. So bewegte ich mich also für Jahre in einer sich der Gewöhnung entziehenden Grauzone aus *Meilen*, *Inches* und *Feet*.

An die Grenze zum nervösen Kollaps – und ich meine das durchaus ernst – kam ich, als ich mich bei fünfunddreißig, gefühlten vierzig, Grad Celsius und im Status eines akuten Hexenschusses mit meinem irischen Mann und einer deutschen Freundin in einem griechischen Baumarkt wiederfand. Der Verkäufer fragte auf Griechisch, was wir wollten, John antwortete mir in Englisch zum Übersetzen an meine teilweise griechischkundige deutsche Begleiterin. Die wiederum redete in Deutsch auf mich ein. Das war ja noch nicht so schlimm.

Als es aber an Abmessungen von Holzlatten ging und mein Mann immer etwas von „sechs mal vier" faselte und von soundsoviel Feet und Inches, und der Verkäufer immer wieder wissen wollte, wieviel das denn nun in Metern und Zentimetern sei, da verließ mich auf einmal nach etwa dreißig Minuten einer solchen Diskussion der gesamte Lebensmut. Ich ließ die drei in babylonischen Sprachen und Maßangaben auf mich einredenden

Menschen ganz einfach stehen. Ich war so fertig wie noch nie in meinem Leben – leer, um es genau zu sagen.

Ich ging aus dem Laden und wollte nur noch nach Hause. Dabei war mir egal, wo dieses Zuhause lag: hier auf der Insel, oder auf der anderen, sehr entfernten grünen Insel, oder auch dazwischen; vielleicht irgendwo am Südostrand von Berlin – ich wäre zu jedem dieser Ziele zu Fuß gelaufen. Auch auf eine der Fidschi-Inseln, zum Beispiel.

Seitdem reagiere ich auf die sogenannten Imperialmaße ausgesprochen allergisch. Aber auch diese bewegten Zeiten des Hausausbaus gingen vorüber, und mittlerweile habe ich noch andere Methoden des Warenerwerbs kennengelernt.

So, als ich einmal Schiffstau kaufen wollte. Im Supermarkt einer kleinen Hafenstadt der Insel hatten sie welches, in unterschiedlichen Stärken auf großen Rollen. Ich rechnete mir aus, dass ich für meinen Zweck etwa zehn Meter brauchen würde. Also fragte ich den Verkäufer, was denn der Meter kostete. „Das Kilo kostet zehn Euro – wieviel Kilo brauchen Sie denn?" Nun, mit dieser Frage hatte ich nicht gerechnet. Zwar wusste ich, wieviel Kilo Gehacktes ich für zehn Buletten brauchte, aber wieviel Kilo Strippe waren dann zehn Meter?

Zum Glück wusste sich der Verkäufer zu helfen. Er maß einfach zehn zwischen seine ausgestreckten Arme passende Längen ab – eine Distanz, die, wie wir spätestens seit Leonardo da Vinci wissen, wesentlich mehr als ein Meter ist –, wog das entstandene Seilstück auf seiner Gemüsewaage ab und verlangte neun Euro von mir.

Nun weiß ich also, dass eine ausgestreckte Doppelarmlänge des Mannes neunzig Cent kostet.

Wie sagte doch mal ein weiser Grieche zu mir? Europa kommt zwar aus Griechenland, im Moment ist es aber – nicht nur in dieser Hinsicht – ganz schön weit weg.

Träume und Alltag

Nachdenken über ein Phänomen

Schon Friedrich Hollaender wusste in einem seiner Liedtexte: *„Wünsche sind nur schön solang' sie unerfüllbar sind ..."*.

Das Lied „Wenn ich mir 'was wünschen dürfte" ist eine gute Lektion in Lebensweisheit, was Träume und Wunscherfüllung angeht. Wer es nachhören will: Ich empfehle die Interpretation von Erika Pluhar.

Träume und Sehnsüchte sind im Grunde nur Synonyme für Hoffnung, und die wiederum ist nach meiner Erfahrung die eigentliche Triebfeder unseres Lebens. Allerdings stellt sich deren Erfüllung – also die der Träume und Wünsche – in der Realität oft als problematisch dar.

Nicht umsonst sind viele vermeintlich „Reiche" selten wirklich glücklich. Wer sich jeden Wunsch unverzüglich per Scheckbuch erfüllen kann, dem bleibt – außer einem Urlaub auf dem Mars – am Ende nicht mehr viel Erstrebenswertes übrig. Selbst dem materiell weniger Bemittelten ist das Phänomen nicht ganz unbekannt. Sicher wird die Erfüllung eines Wunsches, für die man lange gespart hat, tiefer empfunden und länger anhalten. Doch spätestens nach etwas Zeit haben wir uns an den Besitz gewöhnt oder fragen uns gar beim Aussortieren alter Kleidungsstücke, was uns mal vor zwanzig Jahren an der teuren Lederjacke gereizt hat und wie oft wir sie wirklich getragen haben. Manchmal hängt uns hingegen etwas zufällig Gefundenes, Entdecktes, Geschenktes oder Vererbtes – etwas, das gar nicht „teuer" oder erstrebt war – ein Leben lang am Herzen. So wäre zum Beispiel mein im Katastrophenfall rettenswerter materieller „Besitz" vielleicht das Halsband meiner Hündin, Omas altes

Kaffeegeschirr und ein Porzellanschildchen mit der Aufschrift „Diels Butterbirne".

Ähnlich ergeht es uns auch im nichtmateriellen Bereich – das Land der Träume, die Insel im Meer, das „Paradies", die Sonne ... Wenn wir es täglich haben, ändert es seinen Wert.

Ich kann mich noch sehr deutlich an jenen feuchtnieseligen Herbstmorgen Anfang der neunziger Jahre erinnern, an dem ich zum ersten Mal begriff, wie relativ unsere subjektive Bewertung objektiver Dinge wirklich ist – und wie kurzlebig manchmal das sogenannte Glück. Ich hörte mich in unserem Köpenicker Büro, nach einem Blick aus dem Fenster, äußerst missgelaunt zu meiner Arbeitskollegin sagen: „So ein Mist! Ich muss heute zur Krankenkasse nach Charlottenburg!" Das Wort, an dem meine Gedanken hängenblieben, war *„muss"*.

Noch zwei Jahre vor diesem Ausspruch hätte ich, hätten meine Kollegin und mit uns Millionen von DDR-Bürgern, *alles* gegeben, um einmal nach Charlottenburg zu *dürfen*.

Doch sehr schnell war die Euphorie nach dem Fall der Berliner Mauer gewichen, das Neue Alltag geworden, und im Westen waren nun diese unliebsamen Dienststellen, die an grauen Arbeitstagen aufgesucht werden mussten. Man begriff schnell, dass der Kaffee auch in Charlottenburg nur mit Wasser gekocht wurde.

Jahre später, als mir die menschliche Eigenschaft der *schnellen Relativierung* schon vertraut war, wunderte es mich darum nicht mehr, als ich dachte: „So ein Mist, heute *muss* ich zur Botschaft nach Dublin!", selbst wenn es ein erstaunlich sommerlicher Tag war. Denn ich kam nicht aus dem eingemauerten Ostdeutschland in die weltoffene irische Metropole, sondern musste, um auf umständliche Weise in den Großstadtmoloch zu reisen, für beinahe einen ganzen Tag mein kleines Dorf im County Meath verlassen.

So erstaunte mich kurz vor dem Umzug nach Griechenland schon gar nicht mehr die Auskunft, die ich jemandem auf die Frage gab, was ich denn mache, wenn mein Reisepass mal wieder abläuft. Da antwortete ich nämlich mit einem gewissen unwohlen Gefühl im Bauch, dann *müsse* ich eben zur Botschaft nach Athen.

Eigentlich wird hier schon ein Muster deutlich. Angesichts von Reisefreiheit und der Möglichkeit, innerhalb der EU auch überallhin umziehen zu können, geht es hier wohl nicht um eine Form von Undankbarkeit. Vielmehr wird deutlich, dass Gewohnheit wählerisch macht. Indessen würde, wer sich sehnt, nahezu alles in Kauf nehmen, um auszubrechen. Dazu zählen sogar Reisen nach Charlottenburg im November, nach Athen im Hochsommer oder nach Dublin zu jeder Jahreszeit.

Kürzlich las ich in einer deutschen Wochenzeitung etwas über das mitteleuropäische Sehnen nach Sonne. Sinngemäß meinte der Artikel, dass der Erfüllung einer solchen Sehnsucht selten auch das erwartete Glück beigemengt sei; ja, dass wir ab einem bestimmten Punkt die Erfüllung gar nicht mehr wirklich wollen. Und er beschrieb Länder im Dauersonnenschein und die Gewöhnung, die zu Trauer und schlechter Laune führe: Das gebrochene Heilsversprechen, das zu einem sicheren Quell des Unglücks werde. So weit würde ich nicht gehen. Mir fiel zwar ein in einem griechischen Nachbardorf lebender Mann aus Wales ein, der im Sommer immerzu jammerte, wie sehr er sich nach einem grauen Regentag sehne. Die gibt es hier in Griechenland eben auch, nur muss man dazu erstmal durch ein gutes Stück Sommer, Sonne und Hitze hindurch – da kann man schon mal eigenartige Sehnsüchte bekommen ...

Meine Erfahrung ist, dass beim Einleben in ein fremdes Land ein Jahr gar nichts ist. Mein Gefühl für Routine und Gewöhnung – für *Angekommensein* – hat beide Male etwa vier Jahre gebraucht, bevor ich wirklich, hundertprozentig und mit allen Fasern meines Seins am neuen Ort vor Anker gehen konnte.

Wirklich wichtig aber ist zu begreifen, dass man hier eben *nicht* im ständigen Urlaub lebt. Man hat einen Alltag. Und an Alltagen fällt es einem manchmal gar nicht auf, wo man ist. Und das Gefühl, nach Athen zu *müssen*, ist dann absolut legitim.

Aber es gibt Tage, da ist es dann wieder da. Das ist, wenn wir uns Zeit nehmen und 'rausfahren. Dann wird uns bewusst, *wo* wir sind und *was* wir sind – nämlich wie es sich gehört: zwischen den Alltagen auf eine sehr erträgliche Weise glücklich!

Erdbeben

... aus gegebenem Anlass

Es ist immer etwas anderes, es den Touristen als eine prägende historische Katastrophe zu erklären, als es selber hautnah zu erleben. Das hat dann nämlich nichts mehr zu tun mit den normalerweise relativ regelmäßig auftretenden, völlig harmlosen kleinen Erdstößen hier auf Kefaloniá, die eher ent- als belastend empfunden werden.

Fast genau sechzig Jahre nach dem großen Beben von 1953 traf es die Insel wieder. Am 26. Januar 2014 erschütterte ein Erdstoß von 5.8 beziehungsweise 6.1 auf der Richter-Skala die westlich gelegene Palikí-Halbinsel und deren Gebietshauptstadt Lixoúri. Danach hörte es nicht auf. Immer wieder gab es Nachbeben, viele über 4.5 Richter. Acht Tage später kam am frühen Morgen das zweite große Beben um beziehungsweise über 6.0 – die amerikanischen Seismologen messen das immer ein wenig höher als die europäischen.

Auch danach bebte es weiter – mehrmals täglich, in unterschiedlichen Stärken spürbar, für Wochen.

Die großen Schäden an Gebäuden und Straßen waren auf Palikí und dort besonders in Lixoúri zu verzeichnen. Die meisten Häuser dort wurden beschädigt, viele unbewohnbar. Straßen waren unbefahrbar oder blockiert. Viele Menschen schliefen in den ersten Tagen und Wochen in ihren Autos oder auf zur Verfügung gestellten Fähr- und Kreuzfahrtschiffen; nach Tagen setzte geradezu ein Exodus von dutzenden Bussen nach Athen und zu anderen Städten auf dem Festland ein – zu Verwandten und Bekannten. Es kursierten Zahlen von vierzehntausend Kefaloniern, die die Insel zeitweilig verlassen haben sollen – das wäre mehr als ein Drittel. Die Schulen waren ja eh´ geschlossen.

Busse und Fähren verlangten für Tickets nur Minimalpreise, die lokale Fähre zwischen Lixoúri und Argostóli beförderte umsonst.

Auf der anderen Seite: Die Hauptstadt Argostóli, und mit ihr der Hauptteil der Insel, ist zum größten Teil mit dem Schrecken und einigen Rissen in Häuserwänden davongekommen. Ich habe gelernt, dass nicht so sehr die Richter-Stärke über die Zerstörungskraft eines Erdbebens entscheidet, sondern seine Beschleunigung. Das 2014-er Beben soll die größte je in Griechenland gemessene Beschleunigung gehabt haben. Und die hat sich an Palikí abgearbeitet. Allerdings war auch zu hören, dass viele der zerstörten oder beschädigten Bauten dort eben nicht nach den geltenden Baustandards errichtet gewesen oder aber baulich verändert worden waren.

Das sind die Fakten. Ganz anders ist das, was ein Erdbeben mit einem im Innersten macht. In gewisser Weise unterscheidet es sich ja in wesentlichen Punkten von allen anderen Formen von Naturkatastrophen. Seien es Stürme, Feuersbrünste oder Fluten: Sie kommen – jedenfalls in der Regel – mehr oder weniger mit Vorwarnung, und wenn sie gegangen sind, lassen sie das betroffene Gebiet in jedem Fall irgendwie gezeichnet und mehr oder weniger zerstört zurück.

Ein Erdbeben dagegen sieht man in der Regel nicht kommen; gelegentlich hört man es Sekunden vorher heranrollen wie einen Hochgeschwindigkeitszug – kaum Zeit zu irgendeiner Reaktion. Ist es da, kann es sich anfühlen, als laufe das Haus unter einem weg, als schwimme es oder als rücke es von seinem Standort einfach fort. Wenn es vorüber ist, sieht im allergünstigsten Fall die Umgebung genauso aus wie vorher, und wenn man sich in einem erdbebensicheren Haus befindet, dieses ebenfalls.

Was bleibt, ist eine tief sitzende Urangst und die absolute Gewissheit um die Überlegenheit der Natur. Man spürt mit allen Fasern, dass es nichts gibt, was man dieser Naturgewalt entgegensetzen könnte. Diese Urangst bestätigt sich noch einmal eindrucksvoll, wenn man dann im Fernsehen oder mit eigenen Augen jene Gegenden sieht, die nicht davongekommen sind, und Strukturen, die man für unverwüstlich gehalten hatte, auseinandergerissen oder zu Geröll reduziert vorfindet.

Es scheint wohl so zu sein, dass erlebte Traumata einer ganzen Nation oder einer größeren Bevölkerungsgruppe nicht nur in der Erinnerung und durch Berichte und Erzählungen, sondern auch sozusagen per Erbinformation konserviert und weitergegeben werden. Das ging mir und meiner Generation sicher mit der Nachkriegszeit so, die wir direkt nicht erlebten, die uns aber in unseren Eltern und Großeltern begegnete und deren Folgen – zum Beispiel der Umgang mit Lebensmitteln – vorgelebt wurden. In Irland scheint es die kollektive „Erinnerung" an die große Hungerkatastrophe in der Mitte des achtzehnten Jahrhunderts und das Trauma der Massenauswanderungen zu sein.

Und für Kefaloniá war und ist es zweifellos die Erdbebenfolge vom August vor einundsechzig Jahren, die fast die gesamte Insel zerstört und hunderte Menschenleben gefordert hatte. Im Jahr 2014 konnte man das ganz genau in den Reaktionen und Gesichtern derer sehen, die es im Sommer 1953 erlebt hatten ... und gleichzeitig nahm man es auch bei der jüngeren Generation wahr. Es ist etwas ganz und gar Unbeschreibliches.

Zunächst wurden die Beben und Zerstörungen dieses jungen Jahres in den ausländischen Medien kaum wahrgenommen. Nach dem zweiten Beben rückte die Insel dann in´s Visier auch deutscher und englischer Zeitungen. Weil es keine Todesopfer gab, mussten andere reißerische Schlagzeilen her. Ein deutsches Nachrichtenmagazin beschrieb die angebliche Möglichkeit eines Auseinanderbrechens der Insel und machte auch sonst mit allen möglichen Schreckensszenarien mobil. Natürlich wurden auch im Internet und anderen Medien nur die katastrophenwirksamen

Filmchen und Bilder gezeigt. Für die ohnehin geschundenen Inselbewohner und deren Hoffnung wenigstens auf eine gute Tourismussaison war das kein guter Dienst.

Das Beste, was ein solches Ereignis auslösen kann und hier auch ausgelöst hat, ist ein weiteres Zusammenrücken und eine Solidarität untereinander, die man andernorts im täglichen Leben kaum mehr erlebt. Es spielt keine Rolle, wer woher kommt; alle sitzen hier in einem Boot. Das ist etwas, das ja in Wirklichkeit für unseren gesamten Planeten zutrifft, aber manchmal braucht der Mensch eine Erinnerung an die Realität.

Es fühlte sich schon irgendwie eigenartig an, beim Einfahren in die Hauptstadt das zweckentfremdete Kreuzfahrtschiff im Hafen liegen zu sehen, das dort zu dieser Jahreszeit nicht hingehörte, und daneben die zwei „Kriegsschiffe", die als helfende und vor allem medizinische Notfallposten vor Anker lagen. Daneben gab es auch komische Dinge, zum Beispiel den irgendwie rührenden Versuch in einem Supermarkt, die Waren bei einem etwaigen weiteren Beben mit kunstvoll vor die Regale gespannten Bindfäden vor dem Herausfallen zu bewahren.

Man denkt jetzt im Nachgang öfter an den mehrfach gehörten Satz, letztendlich verdanke dieses Paradies seine Entstehung gerade jenen Katastrophen, die die Natur selber so gar nicht scheren ... Wenige Wochen vor den Beben übrigens schlug mit lautem Getöse ein Meteor ein – glücklicherweise in's Meer, zwischen Kefaloniá und Zákinthos. Unser Archipel liegt eigentlich nicht in einer meteoritengefährdeten Zone. Allerdings liegen die Ionischen Inseln in einer Erdbebenzone. Das lässt sich nicht wegdiskutieren. Aus der großen Zahl an Häusern, die diesmal *nicht* zerstört wurden, und dem Geist der Insulaner, die sich nicht unterkriegen lassen, sollte Zuversicht entstehen und gelernt werden.

Ob ich die Insel jetzt doch verlassen würde? – Dieser Gedanke hat mich nicht eine Millisekunde lang beschäftigt.

Am liebsten hier

Befindlichkeiten

Manches versteht man erst spät, und vieles kommt nur durch eigene Erfahrung in´s Bewusstsein.

Als ich noch ganz jung war, hielt ich die Klagen von Leuten wie Brecht oder Feuchtwanger, die seinerzeit glücklich genug gewesen waren, dem unheilvollen Zugriff in Deutschland rechtzeitig zu entfliehen, für kokett. Sie saßen in der Sonne Kaliforniens, hatten Häuser und ihre Frauen mit dabei, hatten zu essen und einen Platz zum Schlafen und zum Schreiben. Einzig ein Mr. McCarthy verdunkelte in den USA ihren Horizont. Ich konnte mir als noch feuchtes Menschenküken einfach nicht vorstellen, dass einem von Heimat – trotz vielleicht übelster Bedingungen – immer Heimweh bleibt. Ich entschuldige mich posthum bei Herrn Feuchtwanger und beim Bert Brecht und vielen Ungenannten. Heute weiß ich es besser.

Lange Zeit stand als einziges Buch, das mir nicht den Rücken zukehrte, eine Biermann-Bild-Biographie in meinem Regal in Irland, auf die es mir immer noch sehr ankommt; nicht der Person Wolf Biermann, sondern einer seiner Liedzeilen wegen, die wie keine andere mein damaliges Gefühl zusammenfasste: „Ich möchte so gerne wegsein, und wär´ doch am liebsten hier ..."

So ging es mir – und irgendwie geht es mir auch nach dem Gefühl des „Angekommenseins" in einem neuen Land immer wieder so: Nicht mehr zuhause dort, auch nicht ganz zuhause hier, entwurzelt und nie mehr ganz daheim, hier wie dort und an jedem Ort.

Man bekommt auch einen anderen Begriff von „Heimat". Wer weg will, muss loslassen können. Irgendetwas schmiedet sich um im Gefühl ... Ich musste erst weg sein, um Brecht und

Biermann zu begreifen. Zu lernen, dass mir die Heimat nicht so sehr Deutschland ist als vielmehr die Friedrichshagener Bölschestraße, der Gamengrund bei Strausberg, Tucholskys Rheinsberg und das ganze Märkische Land; Brandenburg mit seinen Seen, dem zauberischen Schlaubetal und ach, den tiefen Wäldern, von denen in meiner Kindheit schon der Dichter Paul Wiens sang vom „... *sommer – windig, aber weich, tief tief der wald, die äcker reich, ...*" ... und noch weiter ′raus, nach Stölln, wo Otto Lilienthal seine ersten Runden zog und mit dem Leben bezahlte, und dann die INTERFLUG-Maschine unter großem Wirbel auf dem Acker landete ...

Kindheits- und Lebensländer, und -erinnerungen; mehr Gefühl als Gegend: Berlin, Brandenburg, geliebtes Land trotz in jüngerer Zeit auch negativer Erscheinungen ... dazu auch Irland: Wicklow und der Westen ... und jetzt Kefaloniá ... – für mich ist jeder Sehnsuchtsort der Welt gleich weit von mir entfernt. Für diesen Platz in meiner Seele gibt es einen Namen; eine Art Überschrift, die mir dazu einfiel – und nicht nur mir, denn viel später las ich es auf einem ausgerechnet für Friedrichshagen werbenden Plakat, was beweist, dass verschiedene Menschen ähnliche oder manchmal sogar identische Wortbilder im Kopf und im Herzen tragen.

Die Überschrift lautet: Ein stiller Ort, wie lauter Grün ...

Dieser Ort ist jetzt, hier – wo immer ich bin ...

Geo-Metrie

Dem märkischen Sand einst entwunden,
der Irischen See schon entwöhnt, –
hab´ ich jetzt endlich gefunden,
wonach meine Seele sich sehnt?
Ach, ich werd´ es wohl niemals finden,
dazu ist das Weltall zu klein;
doch wird die ionische Landschaft
mir eine der Zutaten sein –
und daneben ein Punkt auch des Dreiecks,
in dem sich mein Leben bewegt:
Die Verbindungslinien dazwischen
sind nicht nur aus Marmor gelegt.
Sie führen durch märkische Landschaft
und sie gehen durch steigende Flut;
und ich kann nicht umhin zu vermuten,
dass das Ziel im Mittelpunkt ruht ... –
dass es immer schon dort gewesen,
war ich selbst auch mal da und mal hier,
und dass dieses der Sinn ist des Lebens:
endlich anzukommen bei mir.

Von Pilzen und Laternen

Gedanken über Sprache

Ich befinde mich ja nun schon seit Jahren in einem gewissen Schwebezustand, was Sprachen angeht. Dabei spreche ich nur zwei Sprachen gut. Ich hätte zum Beispiel gerne Zeit, mich richtig intensiv dem Studium der griechischen Sprache hinzugeben. Aber im Moment bin ich diesbezüglich von meinem Ziel noch weit entfernt.

Es ist also eher unwahrscheinlich, dass ich in absehbarer Zeit – wie mir das beim Englischen so nach zwei, drei Jahren Irland geschah – in der mich umgebenden Fremdsprache zu träumen beginne. Aber ein gewisses Maß an Gewöhnung lässt sich nicht vermeiden.

Dementsprechend sehen zum Beispiel meine Einkaufszettel aus. Ohne dass es mir bewusst ist, schreibe ich sie teilweise in Deutsch, teilweise in Englisch und sogar zu Teilen in Griechisch; mal lautschriftlich umschrieben, mal sogar in griechischen Lettern. Selbst beim Lesen fällt mir das oft nicht auf.

Manchmal, wenn ich etwas abwesend bin, frage ich mich nach dem Auflegen des Telefonhörers, in welcher Sprache ich dem Anrufer jetzt eigentlich erklärt hatte, dass er falsch verbunden war. Mehr als einmal habe ich einen Brief wieder geöffnet, weil ich nicht sicher war, ob ich die Geburtstagsgrüße an die alte Dame in Deutschland nicht vielleicht in Englisch geschrieben habe ...

Daneben hatte ich schon immer meine eigene Art, mit Sprache umzugehen, Stichwörter: Flügel, Schwanz und Schnauze. Hier handelt es sich weder um Tierisches noch um Vulgärsprache. Es geht um Bezeichnungen, die ich seit frühester Kindheit für bestimmte Dinge gefunden habe und auch noch heute benutze. Meinen Vater hingegen hat das stets auf die Palme gebracht. Denn es heißt: Tragflächen, Leitwerk und Cockpit.

Wobei ..., halt mal! Schon horche ich wieder auf; *Cock*-pit? Um was für einen *cock* handelt es sich hier? Um den von meinem Mann so oft zitierten *stop-cock*, auch *ball-cock* genannt, der in der Zisterne in Irland immer klemmte? Oder wie in *Cock*tail? Da lässt sich der *cock*, der engl. Hahn, eigentlich ja *Rooster* genannt, ja noch irgendwie vorstellen ... *cock-tail*, also „*Hahnenschwanz*", das erinnert an die durchaus ähnlich aussehenden Dekorationen in den teuren Gesöffen. Aber *Cock-pit*, also Hahnen-... plus (wir zählen mal auf): *pit* laut Langenscheidt, svw.: *Grube, Zeche, Parkett, (Orchester-)Graben, Box (beim Boxenstop), (Pocken-)Narbe* ... und im Englischen leider auch „*Abfallhaufen*" – Hmmm! Da gefällt mir doch am besten die Box, wie beim Boxenstop. Also: *Hahnen-Box*. Hinweis auf die Wirkung von Piloten auf das weibliche Geschlecht?

Sprache kann verräterisch sein. Und wir haben da noch nicht die in den vorstehenden Zeilen lungernden Tiefen des nicht Jugendfreien ausgelotet; – das gäbe ′was: *cock*tail, Hahnen*schwanz*, *Box* ... – das flöge auf den *Abfallhaufen*! Da bleibe ich doch lieber bei „Flügel, Schwanz und Schnauze". Da weiß man doch, was gemeint ist ...

Erstaunen löst bei Gesprächspartnern, wenn wir uns über das Thema „Deutsche Sprache – schwere Sprache" unterhalten, meine Bemerkung aus, viele Deutsche könnten ihre eigene Muttersprache ja gar nicht hundertprozentig perfekt sprechen und/oder schreiben. Auch ich, die ich die letzten werweißwievielen Rechtschreibreformen ignoriert habe und vieles auch beim besten Verstehenwollen nicht begreife, gehöre zu denen. Ich bekenne mich auch dazu: Ich finde Schiffahrt mit „fff" doof – da hat man das Gefühl, dem Wort entweicht die Luft. Und den Delphin, dem statt des eleganten ph das schnöde f transplantiert wurde, möchte ich nicht treffen.

Ich stehe übrigens auch mit der Unlogik des Englischen auf Kriegsfuß: Nie werde ich verstehen, warum Worchester „Wuster" und Leicester „Lester" ausgesprochen wird, aber zum Beispiel Rochester nicht „Roster". Oder Kansas und Arkansas: Während Kansas so gesprochen werden darf wie es geschrieben steht, heißt Arkansas „Arkensooow", mit Betonung auf dem ersten A. Und wussten Sie, dass die Bewohner von Manchester *Mancunians* genannt werden? Beim ersten Hören dieser Bezeichnung dachte ich allen Ernstes, es handele sich um eine Affenart.

Aber wieder zurück zum Deutschen. Es hat ja auch so seine Tücken. Lange in meinem Leben wollte ich immer Klemptner statt Klempner schreiben – es erschien einfach vom Gefühl her logisch!

Ganz verrückt wurde es neulich beim Korrekturlesen eines Manuskripts, in dem es um Laternen ging. Immer wieder ging ich zu dieser Stelle zurück. Irgendetwas stimmte da nicht, sagte mein Gefühl. Aber ich konnte nicht sehen, was es war. Es war dieses so bezaubernde Wort: „Lampignon". Vielleicht war ich auch nur übermüdet, aber drei Tage lang versuchte ich herauszufinden, was an diesem entzückenden Lampignon mich dennoch störte. Es ist, als wenn man immer wieder einen stupiden Druckfehler überliest. Dann fand ich es – endlich! – heraus, und zwar – ungelogen – mitten auf dem Gemüsemarkt.

Seitdem möchte ich mit allem Nachdruck klarstellen: Lampignons sind keine Champignons und dürfen deshalb nicht nur nicht gebraten, sondern auch nicht so geschrieben werden!

Dinglisch, Mode, AbküFi

Mehr Gedanken über Sprache

Ich behaupte: Wer aus sich selber heraus nicht interessant ist, der wird es auch durch sprachliche Faxen nicht.

Ich bin ja wahrlich nicht die Erste, die sich über die Anglifizierung der deutschen Sprache aufregt. Und dabei habe ich nichts gegen Lehnwörter. Aber als jemand, der sprachlich gleichermaßen im Englischen wie im Deutschen lebt, stößt mir die Affektiertheit des ohne Not praktizierten Gebrauchs englischer Vokabeln im deutschen Alltag, im Fernsehen und bei Einrichtungen des öffentlichen Lebens natürlich als besonders albern auf. Dabei will ich mich gar nicht über Eigenkreationen wie das „Handy" oder das „Mobbing", die es im Englischen nicht gibt, aufregen.

Aber wenn ein junges, stark geschminktes Menschenküken ganz „relaxt" ins Mikrofon plappert, auf die Pflege ihres „bodys" käme es ihr ganz besonders an, dann frage ich mich schon, ob ihr das Wort *Körper* wirklich nicht zur Verfügung gestanden haben mag.

In letzter Zeit allerdings hat sich mir ein noch viel größeres Ärgernis eröffnet, nämlich die Verhunzung der deutschen Sprache *durch* die deutsche Sprache selbst. Da werden zum Beispiel in Kochsendungen kaprizierte Verben wie „an-mischen", „ab-backen" oder „aus-dekorieren" verwendet, als wären Mischen, Backen und Dekorieren nicht genug.

Im Übrigen ärgere ich mich – nur der Gerechtigkeit halber sei dies hier erwähnt – ebenso im englischen Fernsehen über sprachliche Tollheiten, zum Beispiel wenn eine Moderatorin anhaltend und unverbesserlich stur ignoriert, dass die Einzahl der Phänomene nicht phenomen*a*, sondern phenomen*on* heißt.

Absolut ohne Not werden auch vorher nicht existente Worte beziehungsweise Wortverbindungen eingesetzt und kritiklos übernommen, sodass sie sich wie ein Lauffeuer verbreiten. So hört man jetzt allerorten, die Partei, die Regierung oder der Fußballverein „stelle sich neu auf", als hätten sie bislang am Boden gelegen. Auch konnte man speziell dieser Tage, da ich das hier schreibe, die Geburt und kritiklose Verbreitung eines Wortes erleben, das ich in diesem Zusammenhang vorher nicht kannte: Angesichts neuester Enthüllungen in Finanz und Politik wurde etwas „durchgestochen" (das heißt, eine Information wurde gegeben beziehungsweise weitergeleitet). Selbst Journalisten, die sonst eigentlich ernst genommen werden wollen, bedienen sich dieses Unsinns. Wo kommt der Bedarf für solche sinnlosen Neuschöpfungen her?

Ganz albern aber finde ich den bis zum Exzess getriebenen AbküFi. – Sie wissen nicht, was das ist? Na, der Abkürzungs-Fimmel. Das ist nicht die GmbH oder das gute alte PVC; das ist, wenn *Barca* gegen *Juve* spielt, wenn bei den Engländern und Amerikanern etwas „*fab*" ist; und das ist auch *lol, lg* und *c u*. Das ist Verlust an Sprache und Kommunikation.

Selbst ein Tagesschau-Sprecher sagte einmal in einer von ihm moderierten Talk-Show, man werde jetzt über das Thema 3HfA zu sprechen kommen. Hä? 3HfA?? Eine chemische Formel??? – Nein! So nenne die *Fan*gemeinde mittlerweile den vor mehr als vierzig Jahren gedrehten Kult-Märchenfilm „Drei Haselnüsse für Aschenbrödel".

Da fällt mir nur noch eins ein: „Dbd, dhkP – uakkU!"[1]

---

[1] „Doof bleibt doof, da helfen keine Pillen – und auch keine kalten Umschläge!"

Alles global!

Über die universelle Beliebigkeit

Am letzten Tag des Sommermonats Juli im Jahr 2007 wurden in einem irischen Supermarkt – erstmalig so früh – die ersten weihnachtlichen Süßwaren mit dem Aufdruck „Merry Christmas" gesichtet.

Für mich als eine, die in der DDR sozialisiert wurde – einem Land, in dem man sogar in der Hauptstadt nur selten Erdbeeren oder Südfrüchte bekam, fünfzehn Jahre auf ein Auto und siebzehn auf einen Telefonanschluss warten musste – rufen viele heute zu beobachtende Auswüchse unserer sogenannten modernen Gesellschaft Kopfschütteln hervor.

In Sachen Kommunikation zum Beispiel legen Statistiken aus Irland und Erfahrungen in Griechenland nahe, dass mittlerweile viele Leute zum Zweit-„Handy" tendieren. Das Mobiltelefonieren, welches es ermöglicht, immer und überall erreichbar zu sein – im Bus, beim Gottesdienst, beim Sex, auf dem Klo – führt zu seltsamen Erscheinungen. Schon jüngere irische Schulkinder meinen laut einer Umfrage, ohne Mobiltelefon „nicht mehr leben" zu können. Ich erinnere mich in diesem Zusammenhang einer Karikatur in der Zeitschrift „Eulenspiegel", auf der aus dem hochschwangeren Bauch einer Frau schon ein „Handy"-ton erschallt. In's letzte Ruhemöbel ist es ja schon eingezogen.

In meiner Kindheit kannte ich Leute, zumeist Handwerker, die mit einem Bleistift oder wahlweise einer Zigarette an's Ohr geklemmt herumliefen. Wenn damals einer in den offenen Raum hineinsprach, dann redete er zu einer anwesenden Person – und wenn keine andere Person anwesend war, dann war's ein Fall für die Psychiatrie. Heute will ich immer antworten, wenn jemand mich vermeintlich anspricht, nur um dann festzustellen, dass derjenige zu seinem „kleinen Mann" im Ohr redet. Die ersten „Cybermenschen", eine Kombinationen von Mensch und Maschine, sind schon unter uns. STAR-TREK-Erfinder Gene Roddenberry hielt menschliche Wesen, aus denen Maschinenteile und Apparaturen ragen, noch für Utopie, aber realistischerweise schon für denkbar. Es ist nur eine Frage der Zeit, wann – wie ebenfalls in STAR TREK – das „Handy", zusammen mit einem Universaltranslator, nahe dem Ohr unter die Haut implantiert wird. Dann werden wir auch keine Sprachen mehr lernen müssen. Wie bequem!

Es geht aber nicht nur um das Telefonieren, auch um das Briefeschreiben – beides Dinge, für die es eine Zeit gab, die Zeit brauchten und für die man sich die Zeit auch nahm. Es geht allgemein um Rhythmen, die wir verloren haben, auch in anderen Bereichen: Sommer war immer verbunden mit Erdbeeren, Kirschen, Söckchen und Eis am Stiel. Weihnachten hatte etwas mit Erwartung und Vorfreude zu tun und hatte einen Geruch nach Anis und Zimt. Und die und der stellten sich eben nicht schon bei Hochsommerwetter ein.

Heute hetzen wir von einem werbeträchtigen Ereignis zum nächsten: Valentins-, Mutter-, Vatertag, dann Ostern, Pfingsten, Urlaubszeit mit Sommerfesten; und schon segelt man in Richtung des ohne historischen Grund in mitteleuropäische Breiten eingeführten Halloween und danach natürlich – Höhepunkt! – nahtlos in den Weihnachtswahnsinn.

Setzte man jemanden in irgendeinem Supermarkt dieser Welt ab, sei es in Paris, Berlin, Neuseeland oder – theoretisch, gäbe es da einen – am Südpol, so hätte diese Person sicher Schwierigkeiten, aus dem Warenangebot auf das jeweilige Land zu schließen, in dem sie sich befände.

Ein bei einem bekannten Billigdiscounter gekaufter Damenschlüpfer kommt beispielsweise mit je einem Plasteschild, zwei Papp- und sieben Stoffschildern in allen europäischen Sprachen. Das ergab in einem jüngst erlebten Fall beim Einkauf von vier Herrenunterhosen, vier Damenslips, zwei Damenunterhemden und drei Büstenhaltern insgesamt 109 (in Worten: einhundertundneun) zu entfernende Schilder – und einen freien Sprachkursus inklusive!

Früher kaufte man beim Bäcker Brot und im Kaffeeladen Kaffee. Heute, in der globalisierten Welt, kauft man beim Bäcker nicht nur Brot und Kaffee, sondern auch Blusen. Oder Strümpfe im Kaffeeladen, wo es außer Blusen auch noch Küchenmaschinen und Bücher gibt. Oder beim Buchversand Kondome und Kopfschmerztabletten.

Geräte kochen nicht mehr nur Kaffee und Waagen wiegen nicht einfach nur, sondern sie zeigen im Bedarfsfall gleich das Datum, die Zeit und den Luftdruck an. Die zweimal jährlich notwendig gewordene Umstellung aller Uhren im Haushalt gerät zum Marathon.

Demnächst wird man mit der Pfeffermühle Fotos machen und in´s Internet gehen können. Beleuchtung hat sie ja bereits, falls mal der Strom ausfällt. Neulich hörte ich, es sei in naher Zukunft möglich, mit seinem „Handy" die Waschmaschine zuhause anzurufen und zu fragen, was sie denn gerade so mache ...

Bei allem Gemeckere, eine Einschränkung gäbe es: Ich möchte, dass man demnächst mit Brillen auch mobiltelefonieren kann. Warum? Dann kann ich meine Brille, wenn ich sie elfundneunzigmal am Tag verzweifelt suche, wenigstens zwecks Standortbestimmung anrufen.

Und sonst so ... ?

In den Bereichen Politik und Medien begegnet uns die Beliebigkeit ebenfalls an jeder Ecke. Früher, im alten Rom, war es ja noch notwendig, rhetorisches Können zu besitzen, um in die Politik zu gehen. Und ich erinnere mich noch an Zeiten, in denen man wenigstens in ganzen Sätzen und grammatikalisch richtig reden können musste, um bei Fernsehen oder Rundfunk Sprecher oder Moderator zu sein oder überhaupt eine Sendung zu bekommen.

Heute labert und lichtert es durch die Kanäle, dass einem auch schon ohne Essen schlecht wird. Dabei bleiben oftmals selbst gute Schuster nicht bei ihren Leisten; für den Rest gilt: Nichts richtig können und daher alles machen!

Gruftige Schriftsteller, sogenannte „Philosophen" oder einfach Leute mit mehr oder weniger bekannten Namen dürfen parlieren und moderieren, was das Zeug hält – man möchte sie „Vielosophen" nennen! Das tun sie ganz ähnlich den PolitikerInnen, denen kein Ressort fremd ist und die daher hintereinander in den verschiedensten Fachbereichen von Wirtschaft und Finanzen, über Ökologie bis hin zum sehr komplizierten Flugwesen – das, wie wir wissen, sich ständig entwickelt – mit fachlicher Unkenntnis herumministern.

In schöner Regelmäßigkeit treten eine Handvoll Vertreter der verschiedensten Gattungen, die – so vermute ich – von den Sendern auf dem jeweiligen Studiogelände in Gehegen gehalten werden, in Talk-Shows auf – und zwar zu jedem beliebigen Thema! Ich frage mich, was haben wir eigentlich früher ohne diese Erklär- und Laberhanseln gemacht? Wie konnte ich je erfolgreich durchs Leben gehen, ohne zum Beispiel durch eine Autorin, die sich – allerdings nicht aus Naturschutzgründen – bestimmter Feuchtbiotope angenommen hat, über die durchaus phantasievolle erotische Ersatzverwendung eines Staubsaugers aufgeklärt worden zu sein? Und wozu, bitte, brauchen beziehungsweise brauchten wir einen „Literatur-Papst"? Damit der mir sagen durfte, was ich denken soll, wenn ich etwas lese? „Das muss, das kann, das sollte man auf keinen Fall lesen!"

So wie Erwachsene mir als Kind erklärten „Das schmeckt!", wenn es Spinat gab? Ich habe diese Aussage nicht nur nicht gemocht, ich habe sie gehasst, denn sie nahm mich als

Individuum aus der Lebensgleichung. Sie nahm Geschmack, Vorlieben, Erfahrungen aus meiner kleinen Kinderhand und meinem kleinen Kinderhirn, das doch gerade dazu aufgerufen war, solche Persönlichkeitsmerkmale zu entwickeln.

Und wo wir gerade dabei sind: Was eigentlich treibt Filmemacher dazu, legendäre Stoffe ohne Not neu zu verfilmen und gegebenenfalls dann mit sogenannten *Pre-* und *Sequels* endgültig totzuschlagen? Warum muss auch das Beste nochmal neu erfunden und produziert und damit letztendlich der Inflation preisgegeben werden?

Diese Beliebigkeit in allem führt dazu, dass vieles, sei es im materiellen oder im zwischenmenschlichen Bereich, zur Wegwerfware wird. Das eigentlich Selbstverständliche – Qualität, Dauerhaftigkeit, Nachhaltigkeit, Tiefe – stellt plötzlich etwas „Exclusives" dar (geschrieben natürlich mit „c", das wie ein abgespreizter Teetassenfinger wirkt) und wird mit einem großen Preisschild ausgestattet. Nicht die Integration, sondern der Ausschluss wird als erstrebenswert dargestellt. So etwas führt im großen Maßstab zu Kriegen.

Heute will jeder so individuell, so exklusiv sein wie möglich. Dabei ist die Wirtschaft schon längst in den Händen einiger weniger Superkonzerne, die bestimmen wo es langgeht und deren Produkten wir nicht entkommen können. Scheinbar blind rennt die Mehrheit in der „westlichen" Welt dem „Mainstream" nach. In unserer modernen Gesellschaft riecht alles gleich, sieht alles gleich aus; überall in Europa und der sogenannten „ersten" Welt ist jeder und alles geregelt, immer und überall verfügbar und beliebig auch austauschbar. Welch ein Fort-schritt, fort von den Wurzeln.

Da scheinen Erdbeeren auf dem bunten Weihnachtsteller und Zimtsterne an einem kalten Sommerabend am Kamin gar nicht mehr unangenehm aufzufallen.

Lebens-Gefährten

Seelen auf vier Pfoten

Ein von mir einmal recht gerne benutztes Zitat war Konrad Lorenz' Aussage, seiner Erkenntnis nach wären wir selber das von uns gesuchte Bindeglied zwischen Affen und modernem Menschen. Zweifellos befinden wir uns als solches noch am Anfang unserer Entwicklung (man schaue nur die Nachrichten), und von unseren nächsten und nahen Verwandten wissen wir nur einen winzigen Bruchteil. Immer mehr Erkenntnisse kommen ans Licht.

Kürzlich las ich über eine Persönlichkeitsstudie bei Tieren. Niemand wird bestreiten, dass jedes Haustier, ob Hund, Pferd oder Katze, seinen ganz individuellen Charakter hat. Aber was, wenn man „niedriger" in die Hierarchie geht? Schon länger war mir aufgefallen, dass Stubenfliegen völlig unterschiedliche Verhaltensweisen zeigen. Manche sind doof und lassen sich leicht einfangen; andere sind gewitzt und entwischen immer wieder. Die Studie fand heraus, dass sogar kleine Fische derselben Art ganz unterschiedlich reagierten – unter den gleichen Bedingungen waren die einen ängstlich, die anderen angriffslustig.

Wo nach unten hört das auf? Haben auch Flöhe unterschiedliche, individuelle Wesenszüge? Dass bestimmte Tiere lernen, Wissen weitergeben und sogar Werkzeuge benutzen, sollte heute hinreichend bekannt sein. Wo aber bleibt dann unser Umdenken?

Immer noch benutzen wir Redewendungen wie „es sah aus wie im Saustall", „dumme Kuh" oder „sie benahmen sich wie die Tiere".

Kein Tier ist dumm, kein Tier würde sich so wie beschrieben benehmen – eben nur der Mensch. Wir sollten mit unserer

Sprache wesentlich vorsichtiger und mit Tieren viel respektvoller umgehen. Das sage ich als eine, die immer noch mit sich ringt und es sich selbst übelnimmt, es bislang nicht ganz zum Vegetarier geschafft zu haben.

Aber ausdrücklich in die Wurst gewünscht habe ich mir noch kein Tier! Dabei hätte ich nach menschlichem Ermessen sicher Grund dazu gehabt, denn ich bin schon tierisch gebissen worden: Unter anderen haben sich Schwan, Wildschwein und Schlange an mir versucht. Immer aber war es *mein* Fehler.

In der griechischen Tierwelt muss man noch einmal ein bisschen mehr aufpassen, denn es gibt einiges Toxisches. Schlangen wurden schon weiter vorne erwähnt, aber nicht alle davon sind giftig. Verschiedene Tausendfüßler mit orangeroten Giftstacheln sind nicht angenehm, wenn sie einen beißen, und stellen für kleinere Haustiere durchaus Lebensgefahr dar. Auch Skorpione kommen vor. Aber eine Panik vor überall lauernden „Tatzelwürmern" ist unbegründet, wenn man sich etwas vorsieht und in länger nicht getragene Schuhe hineinsieht, bevor man sie anzieht.

Was Hunde und Katzen betrifft, braucht der zartbesaitete Tierfreund in diesem Land starke Nerven. Man muss wegsehen und vergessen können, sonst leidet man. Dennoch geht es auch den verwildert lebenden Haustieren hier noch besser als in manch anderen Teilen des Landes, und im Gegensatz zu den äußerst schmächtig gebauten Kykladenkatzen trifft man hier neben mitteleuropäisch anmutenden Tieren durchaus auch regelrechte männliche „Wuchtbrummen", wo ein Kater schon mal mehrere Pfund auf die Waage bringen kann.

In meinem privaten Umfeld sind mir viele Persönlichkeiten auf vier Pfoten begegnet, auch solche, deren gemeinsame Geburt ich miterlebte und die doch trotz identischem Start in's Leben ganz unterschiedliche Charaktere entwickelten.

Canines

Es ist mir bis heute nicht einsichtig geworden, warum die Hundeartigen auch als *caniden* bezeichnet werden. Dann wäre ja – um meiner naiv gedachten Linie, der ich so gerne nachhänge, zu folgen – jedes Kaninchen ein kleiner Hund, oder Hunde größere Ausgaben des kleinen, schreckhaften Kaninchens ... Nö!

Das beste Beispiel ist die Hündin Biene, genannt Bienchen, die als schwächstes in einem Wurf Welpen zur Welt kam. Von Anfang an war sie körperlich nicht sehr stabil, machte das aber mit einer heute so genannten „XXL"-Persönlichkeit wett. Sie bestimmte, was sie wollte, wie und wo sie zu leben gedachte, und bald hatte sie die ganze Familie fest im Griff. Dabei waren ihre Manieren von Anfang an perfekt. Man hätte sie zu einem Dinner bei der Queen von England an die Tafel lassen können. Sie liebte Lachs und Portwein. Jede gerade geöffnete Flasche Alkohol – sei es Sekt, Wein oder Bier gewesen – musste erst von ihr verkostet werden, ehe die Menschen davon trinken durften. Brause hingegen ließ sie kalt – sie wusste schon im Voraus, was die ungeöffnete Flasche enthielt.

Ganz anders war ihre Mutter Cora. Sie wurde von einem Freund – nicht ahnend, dass sie mit Biene und neun weiteren Welpen trächtig war – aus dem Tierheim adoptiert. Sobald die für alle Beteiligten unvorhergesehene Welpenaufzucht erledigt war, entschied Cora, nicht bei ihrem neuen Besitzer, sondern bei mir leben zu wollen, was dazu führte, dass sie immer öfter auf eigene Faust den nicht unerheblichen Weg durch das gesamte waldige Erpetal nach Friedrichshagen nahm. Mehrmals bekam ich Anrufe vom Leiter des Wochenmarktes, „meine" Hündin (in deren Begleitung man mich dort kannte) wäre am Brathähnchenstand „hängengeblieben" und ich solle sie doch mal abholen.

Als ich eines Morgens am Bahnhof Friedrichshagen durch die Vordertür in die Straßenbahn einstieg, um zur Arbeit zu fahren, traute ich meinen Augen nicht: Zur hinteren Tür des Wagens stieg – ganz alleine – Cora ein, nur begleitet von erstaunten Kommentaren anderer Fahrgäste. Als sie mich entdeckte, lief sie schwanzwedelnd auf mich zu. Was sollte ich machen? Die Bahn war bereits angefahren. Da ich keine Leine hatte, lieh mir ein Mitreisender einen kurzen Strick, und ich nahm sie erstmal mit ins Büro. Fortan behielt ich sie bei mir, und oft durfte sie – meinem tierliebenden Boss sei Dank – mit zur Arbeit, wo sie sich unter dem Schreibtisch unsichtbar machte.

Feliden

Auch warum diese so genannt werden, weiß ich nicht, aber „Feli" nannte ich meinen ersten, furchtlosen Kater Felix, der mich über viele Jahre begleitet und mir – wie noch zu berichten sein wird – einige Überraschungen bereitet hat. Warum sie *feliden* heißen ... wer weiß das schon ... vielleicht die Katzen selber?

Nicht unerwähnt bleiben darf hier der furchtlose Kater Pitti aus dem Erpetal, der aus einer draufgängerischen kätzischen Familie stammte. In einer felinen Verfilmung der „Drei Musketiere" hätte er ohne jeden Zweifel gleich alle vorkommenden Haudegen *Athos, Porthos, Aramis* und den – im Titel nie mitgezählten, aber umso wichtigeren – Helden *d'Artagnan* verkörpern können, denn er ging nie einem Gefecht aus dem Weg. Das hätte ihn beinahe einmal das Leben gekostet, als er es auf einen Kampf mit einer miesen Riesen-Ratte (wahrscheilich auf den Namen *Rochefort* hörend) ankommen und sich dabei in die Hinterpfote beißen ließ, was einen schweren Abszess nach sich führte. Daraus lernen und zukünftig kleinere Nager jagen? Nicht Pitti!

Manchmal sind es auch andere generationenübergreifende Eigenheiten, die auffallen. Ich denke da an Minkis Töchter. Minki war die erste kätzische Mitbewohnerin in unserem griechischen Anwesen, und sie entkam lange Zeit allen menschlichen Bemühungen, möglichst viele freilebende Katzen der Umgebung kastrieren zu lassen. Es kam, wie es kommen musste: Eines Tages brachte Minki stolz ihre vier halbwüchsigen Töchter zur Begutachtung. Nicht nur hatten alle das typische Fellmuster mit dem „Mittelscheitel" und dem ringelgemusterten Schwanz. Sie alle – auch Minkis Bruder und überhaupt die ganze bucklige Verwandtschaft – geruhten als einzige von allen anderen Mit-Katzen nicht direkt aus dem Napf, sondern vornehm „mit der Pfote" zu speisen. Mittlerweile schauen sich sogar andere, nicht verwandte, Artgenossen diese Angel-Technik ab.

Während bei anderen Katzenmüttern das Interesse an ihren halbstarken Sprösslingen langsam abnahm und sie diese nach einiger Zeit sogar wegjagten, waren und sind Minkis Töchter mit der Mutter noch nach Jahren ein Herz und eine Seele, lecken einander häufig und schlafen oft noch aneinandergekuschelt. Mittlerweile ist die Matriarchalin Minki nun doch kastriert, aber – weil immer mal eine der Töchter der Kastration entwischt – mehrfache „Oma", und die Töchter haben wieder das gleiche innige Verhältnis zu ihren Babys, selbst wenn sie schon groß sind.

Wanderkatze Sheila mit dem edlen Pelz, auch genannt „die kleine Großfürstin", zeigte sich hingegen streitsüchtig mit ihren Artgenossen, liebte aber Hunde über alles und schmuste dauernd mit ihnen herum. Diese Eigenart ist mir bei allen in der Umgebung lebenden Katzen mit langem, braun-meliertem Fell aufgefallen. Der Titel „Wanderkatze" wurde ihr verliehen, weil sie – seit meine Hündin krank war – stets mit ihr und mir gemeinsam unsere immer kleiner werdenden Hunderunden durch's Dorf drehte. Selbst die Nachbarn waren darüber belustigt.

Ich wollte nie eine Katze von der Straße auflesen, denn hier in Griechenland ist das fatal: Im Handumdrehen hat man ein

Tierasyl. Aber das kleine, offenbar verlassene Katzenbaby am Ende der Straße schrie sich drei Tage lang so in mein Herz, dass ich am Ende mein Prinzip brach. Immerhin hatte ich im Garten noch ein etwa gleichaltriges, von der Mutter kaum beachtetes Katerchen. Wenn es gut ging, konnte die Kleine gemeinsam mit ihm aufwachsen. Es ging gut. Felicity erkannte sofort ihre Chance und mochte den kleinen, scheuen Felix II. auf Anhieb. Die beiden spielten und wuchsen miteinander auf, als wären sie zusammen geboren worden. Lizzy wurde zur Vollzeit-Residentin und Chefin meiner wilden Katzentruppe, genannt „The Sunshine Gang", weil sie täglich ab Sonnenaufgang mit kätzischem Morgenkonzert auf der hinteren Treppe auf mein Erscheinen mit Futter warten.

Felix II. hingegen, aller Sicherheit und aller guten Versorgung zum Trotz, entschloss sich aus unerfindlichen Gründen zu einem Leben als Abenteurer: Er zog aus und in die Nähe einer Mülltonne – ein Leben, das viele griechische Katzen mangels eines Zuhauses fristen müssen. Er aber tat es freiwillig! So wurde mein Ziehkater zur Teilzeitkatze, denn ab und an kam er vorbei, zeigte seine in Straßenkämpfen erworbenen Schrammen und Narben und ließ sich mit Thunfisch oder Sardinen verwöhnen. Es bedurfte einer Gewehrkugel und seines beinahen Todes, ihn wieder zur Vernunft und wesentlich näher ans Haus zurück zu bringen. Aber irgendwann war er gänzlich verschwunden, und ich mag mir das Schlimmste nicht vorstellen.

Übrigens: Lizzy war die einzige Katze, die im Sommer regelmäßig die Ohren mit einer Lichtschutzfaktor-Sonnencreme eingecremt bekam, weil sie sich die Haut dort so leicht verbrannte. Mein Mann, der dies mit Kopfschütteln verfolgte, meinte, ich solle das hier erwähnen, damit der geneigte Leser sich ein Bild von der geistigen Verfassung der Autorin machen könne. Dabei sollte es für ihn als Iren eigentlich klar sein, dass Rothaarige eben viel schneller verbrennen.

Die anderen ...

... welche mit uns lebten beziehungsweise wir mit ihnen, können gar nicht alle erwähnt werden. Die Friedrichshagener Ökowiese bot ein Heim für fast alle möglichen Haustiere und war beinahe so etwas wie eine Arche Noah. Stellvertretend für sie seien genannt: das Wildschwein Paschalis, welches als Frischling zu uns kam und blieb; Schwan Lohengrin, der nach jahrelanger wasserloser Gefangenschaft seine letzten Jahre auf unserem Teich verbringen durfte, sowie die Esel Manolo und Rocco, Truthahn Egbert und eine namenlose griechische Landschildkröte, die seit 1945 bei meinem damaligen Ökowiesen-Partner lebte und die er angeblich von einem russischen Soldaten geschenkt bekommen hatte.

Neben all meinen oben beschriebenen, vielleicht etwas schrullig erscheinenden, Sichtweisen gibt es ganz sicher das wesentlich größere Thema, nämlich die Art, wie wir als Menschheit mit unseren Mitgeschöpfen umgehen. Dazu gehört ganz bestimmt auch mein schon erwähnter Kampf um ein konsequent vegetarisches Leben, den ich bisher an der Seite von ausgesprochenen Fleischfressern (mein Mann, unser Hund, meine Katzen) für mich nicht ganz gewonnen habe. Aber meine Mitstreiterin Barbara Rütting sagte einmal zu mir, ich solle nicht mit mir hadern, sondern lieber froh sein über jedes Mal, wenn es mir ehrlichen Herzens gelingt, ein bisschen weniger zur Qual von Tieren beizutragen. Und das gelingt mir angesichts der Möglichkeiten der mediterranen Küche jetzt schon ganz gut.

Barbara Rütting zitiert übrigens in einem ihrer Kochbücher Leo Tolstoi, der gesagt haben soll: „Solange es Schlachthöfe gibt, wird es Schlachtfelder geben." Dieser Satz stellt die Unteilbarkeit einer Lebensethik in den Vordergrund.

Wer beim Blick in die Augen eines Tieres nichts empfindet, wer meint, ein Tierleben sei weniger „wert" als ein menschliches und ein Tier sei nur ein instinktiv gesteuertes Wesen ohne Gefühl, der schaue sich unsere von niederen Instinkten gesteuerte Menschenwelt mit ihren Kriegen, ihrer Gier und ihrer Gewalt – kurz: mit all der ausgelebten Angst – an. Und dann sollte er, ganz persönlich für sich, auf die Suche gehen nach dem abhanden gekommenen Stück Seele. Wenn jeder das täte, dann bräuchten wir die Welt nicht mehr zu verändern, dann täte sie das mit allen und für alle auf ihr lebenden Geschöpfe von ganz alleine ...

Nicht gesucht – und doch gefunden

Über Zu-Fälle

Es ist schon eigenartig, wie Leben ablaufen kann und welche Fälle, besser: Zufälle, es bereithält. Dabei ähnelt das Leben mit seinen Kausalitäten manchmal eher einer Bergwanderung. Wenn man auf einem Gipfel steht, führt jeder Schritt von ihm weg wieder zu Tal. Es kommt aber auf die Richtung an. Setzt man den Fuß nur ein Grad in eine etwas andere Richtung als der, aus der man aufstieg, kommt man nach vielen tausend Metern Abstieg unter Umständen in einem völlig anderen Tal an.

Ich war als jüngerer Mensch öfter in Gebirgen und kann ein Lied davon singen. Ein kleiner Abstiegsfehler war einmal der Grund für ein heilloses Verirren in ein unbekanntes Tal der Niederen Tatra, einen stunden- und kilometerlangen Umweg nach Hause, geschwollene Füße, mehrere Heulkrämpfe und eine totale Erschöpfung. Einziger Trost war der Gedanke, dass es sich nur um einen relativ niedrigen Gipfel in einem kleinen europäischen Gebirge und nicht etwa um Nord- oder Südpol gehandelt hatte.

Im Leben entscheidet ebenfalls oft eine klitzekleine Kleinigkeit über einen völlig anderen als geplanten Verlauf. Man nennt das Zufall, auch Fügung. Aber ich denke, es gibt keine Zufälle. Diese Ereignisse sind einfach zu systematisch, um in landläufiger Bedeutung des Wortes als zu-fällig, also irgendwie willkürlich, durchzugehen. Dafür habe ich unzählige Beispiele, von denen ich einige hier einfließen lassen will.

Eine erste Ahnung von der Verwobenheit der Ereignisse bekam ich, als ich in Berlin als Stadtführerin arbeitete. Wir hatten ständig wechselnde Busfahrer. Eines Tages saß da einer, mit dem ich noch nie vorher gearbeitet hatte. Wie immer in dieser Situation fragte ich nach seinem Namen. Er nannte ihn mir, was bei mir die Bemerkung auslöste, das sei ja zufälligerweise auch der Mädchenname meiner Oma gewesen. „Jaaa," lachte er, „aber sicher mit *ess-zeh-ha* und nicht so ungewöhnlich geschrieben wie mein Nachname, nämlich mit *tee-ess-zeh-ha!*" „Doch!" erwiderte ich. „Genau so: mit *T-S-C-H* in der Mitte!" Es stellte sich heraus, der junge Mann war ein Großcousin von mir, da meine Kirschkern-Uroma und seine Urgroßmutter Geschwister gewesen waren.

Meine Großmutter – also die Tochter der Steinobst-Ahne – die ich, seit ich fern der Heimat lebe, auffallend häufig zitiere, sprach mir in meiner Jugend gelegentlich von Töpfen und Deckeln und einer Gesetzmäßigkeit, wonach ein jeder einen solchen irgendwann findet. Also jeder Topf einen Deckel, aber eben nicht *irgend*einen. Einen der passt und nur dann klappert, wenn der Druck im Innern des Topfes zu groß wird. Oder wenn 'was anbrennt. Ich musste einundvierzig Jahre alt werden, um diese Gesetzmäßigkeit an mir wirken zu sehen. Dabei hatte ich mich auf dem Markt der Gefühle umgesehen – erfolglos, jedenfalls über längere Zeit betrachtet.

Dann kam der Erste Mai 1993. Ich traf auf der Köpenicker Schlossinsel einen Bekannten, der mich ganz nebenbei fragte, was ich denn eigentlich für den Sommerurlaub geplant habe – er und seine Frau würden nach einem Ort nahe Dublin fahren, zum Sprachkurs. Übrigens: Es seien noch Plätze frei. Ich dachte nach und fand, ein wenig Aufpolieren könnte meinem Englisch nicht schaden. So buchte ich ebenfalls einen Platz in der Reisegruppe.

Wäre ich damals nur zwei Minuten früher oder später eingetroffen, dann wäre es am Rande der Maifeierlichkeiten nicht zu dieser Konversation gekommen, an deren Ende – ich will das zwischenzeitlich Geschehene hier nicht auswalzen – viele Jahre später meine erste Auswanderung zu John und nach Irland lag.

Dort wohnten wir zunächst elf Monate lang im benachbarten Bettystown, bis wir ins „eigene" Mietshaus nach Johns Heimatort

Laytown zurückzogen. Schon vor der Auswanderung hatte ich alle meine Aktivitäten im Berliner Arbeitskreis Igelschutz eingestellt und auch keine Adresse für Irland hinterlassen, da ich sie selber noch nicht wusste. So konnte niemand aus diesem Kreis unsere erste oder gar dann die neue Wohnadresse kennen. Trotzdem kam eines Tages eine Post ohne Absender, wohl aber korrekt an mich adressiert, zu unserem neuen Haus.

Es war ein Heft vom Arbeitskreis Igelschutz; übrigens das einzige, welches ich je in Irland erhielt – bis heute weiß ich nicht, wer es schickte. In dem Heft war ein Artikel über zwei deutsche Frauen auf der griechischen Insel Kefaloniá, die dort gerade ein Eulen- und Igelmuseum eröffnet hatten. Nun, meine Igel-Aktivitäten waren beendet, aber unsere neue Laytowner Vermieterin war eine närrische Sammlerin von allem, was mit Eulen zu tun hatte. So schrieb ich an die beiden Frauen, um einen Kontakt für unsere Hausbesitzerin herzustellen. Wenn mir damals einer gesagt hätte, dass genau zehn Jahre später mein Mann und ich in genau dieses nun nicht mehr genutzte Museumshaus einziehen würden, hätte ich ihn für verrückt erklärt.

Ich muss aber nochmal zurück zur ersten Auswanderung und das Folgende erzählen. Ich glaube an Seelenverwandtschaft, nicht nur mit Menschen, sondern auch mit Tieren. Da war es schwer, mich für den Umzug nach Irland, zu dessen Zeitpunkt es noch nicht die heute gültigen EU-Regeln für die Mitnahme von Haustieren gab, von meiner Katze Sissi und meinem Kater Felix trennen zu müssen. Gott sei Dank fand ich liebe Hände und Häuser. Und so kamen die beiden zu mir völlig Unbekannten, mit denen ich fortan lediglich telefonischen Kontakt hatte, um den Abschied nicht noch schmerzlicher zu machen.

Katzen sind Individualisten; beide suchten sich ihre neuen Menschen selber aus, und was scherte sie dann mein Trennungsschmerz? So wollte ich es – zumindest für die Lebensdauer der beiden Stubentiger – belassen. Leider machte mir Sissi als erste einen Strich durch die Rechnung, indem sie kurz nach dem Einzug ins neue Zuhause am Krebs, der offenbar schon lange unerkannt in ihr gewesen war, starb. Es tat mir für die neue Besitzerin unendlich leid, und da nun kein Grund mehr war, sie nicht persönlich zu besuchen, tat ich das und hielt auch sonst Brief- und Telefonkontakt. Sie ist heute meine beste Freundin, und beide sind wir fest davon überzeugt, die kleine zarte Sissi war nur auf dieser Welt, um uns zusammenzubringen. Als ihr Werk getan war, ist sie auf leisen Pfoten gegangen ...

Anders verhielt es sich mit dem robusten Felix. Der hatte noch ein langes lustiges Leben an der Seite eines Jungen und inmitten einer offenbar sehr netten Familie. Er durfte seine erste und einzige Maus fangen, verliebte sich – obwohl kastriert – in eine Katzendame und zog sogar mit seinen Leuten um in die Schweiz. Aber einmal kam auch seine Stunde, und die Familie informierte mich tief betrübt per E-mail über Felix´ Ende. Das war auch hier Grund zu einem längeren Telefonat.

Beiläufig fragte ich die Familienmutter, wo sie denn eigentlich arbeite beziehungsweise was sie getan hatte, als sie noch in Berlin lebte. Sie antwortete, sie sei von Beruf Krankenschwester und im Herzzentrum tätig gewesen. Ich horchte auf, denn mein Vater war nach mehreren Infarkten und einigen Herzschrittmacher-Operationen beinahe ein Dauergast beim dortigen leitenden Professor H. gewesen. Leider kam es nicht mehr zur geplanten Transplantation, denn er hatte das neueste High-Tech-Herzschrittmacher-Modell nicht überlebt.

Das war eine Ironie, die ich erst sehr viel später irgendwie auch komisch finden konnte, denn mein Vater war als Pilot in Hinblick auf die Unfehlbarkeit von Technik stets in einer beinahe katholischen Weise gläubig gewesen. Immer hatte er auf meine Erkundigungen zu Versagensquoten im sich ständig entwickelnden Flugwesen den schönen Satz parat, dass Technik eigentlich nie versage, sondern vielmehr im Versagensfall immer der dahinterstehende Mensch. Und dann, nachdem es ihm anfänglich mit dem Schrittmacher blendend ging, hatte das frisch eingebaute Gerät plötzlich eine tödliche Fehlfunktion ...

Die Frau am Telefon riss mich aus meinen Gedanken und fragte vorsichtig nach den Namen meines Vaters. Es stellte sich heraus, dass sie ihn persönlich nach seinen Operationen betreut hatte. Zu der Zeit, als wir dieses Telefonat führten, las ich gerade den Roman „Kormoran" von Hermann Kant. Da geht es um einen Herzpatienten mit defektem Herzklappentransplantat, der sich in den fachkundigen Händen eines befreundeten Herz-Professors H. befindet und am Buchende – durch Versagen seines Herzens oder möglicherweise seiner künstlichen Herzklappe – stirbt. Der Witz an der Sache ist, dass der Autor den offensichtlich am lebenden Vorbild modellierten Professor in seinem Buch *Felix Hassel* nennt. Felix! – Ein Schelm, wer Arges dabei denkt ...

Zur Erinnerung: Immer noch sind neue Freundschaft und schweizer Katertod, wie Auswanderung Nummer eins und der dramatische Umzug im Jahre 2010 vom westlichsten ins östlichste Land Europas, ein Nachwirken des kleinen belanglosen Plauschs am Rande der Feierlichkeiten zum Ersten Mai eines fernen Jahres im vorigen Jahrhundert ... Ein Glied in einer Kette von Kausalitäten, die natürlich schon irgendwo und irgendwann früher ihren Anfang genommen haben mag, mit dem Fall der Mauer, vielleicht sogar mit deren Bau – und ganz sicher mit meiner Geburt. Aber an „Zufall" mag ich eben nicht glauben.

Soweit es mich betrifft, ist die Welt kein Dorf, sondern ein dichtgewobenes Netz, an dessen Milliarden Knotenpunkten jeweils ein Individuum sitzt. Und somit kann nichts, aber auch gar nichts, was an einem Punkt dieses Netzwerkes geschieht, an den anderen in seiner Wirkung als Zufall bezeichnet werden. Ich bin tausendfacher Zeuge dieses Vorgangs, und daher verbürge ich mich dafür mit meinem Leben!

Sioux

1997 oder 1998 (Irland) – 17.01.2014 (Kefaloniá)

Als ich in der Zeit vor Weihnachten des Jahres 2000 unser irisches Lokalblatt „Drogheda Independent" aufschlug, fand ich dort eine ganze Anzeigenseite des örtlichen Tierheimes. Die unterschiedlichsten Hunde – auch einige Welpen – und Katzen suchten ein Zuhause und waren mit niedlichen Fotos und einigen Angaben abgebildet. Alle schauten sie in die Kamera, oder wenigstens konnte man ihr Gesicht und ihre Augen sehen. Nur eine wandte sich ab; am Schwanz konnte man sehen, sie wollte offensichtlich vor der Kamera fliehen. Nur eine ebenfalls im Foto sichtbare menschliche Hand hielt sie davon ab, konnte aber auch nicht verhindern, dass man das Gesicht nicht wirklich ausmachen konnte. Die Bildunterschrift lautete: „*SIOUX – 3 Jahre alte Hündin, kastriert, Collie, ist ein Langzeitbewohner und würde sich über ein eigenes Zuhause freuen*". Ich musste nicht zweimal hingucken, ich wusste sofort: Die gehört zu mir!

Als wir uns das erste Mal begegneten, fiel mir zweierlei auf: Sie hatte Probleme, aber man konnte daran arbeiten; sie hatte eine gute Seele und wir waren füreinander bestimmt. Am siebten Dezember 2000 bezogen wir unser neu angemietetes Haus in Laytown, und einen Tag später zog Sioux bei uns ein.

Es war ein Glücksfall. Sie wurde zu meiner Seelenhündin und wich niemals von meiner Seite, war immer bei mir und wusste sich zu benehmen. Sie ging nicht gerne in den Pub; da hatte sie mehr gesundes Gespür als so mancher Mensch. Jeder kannte uns nur als Paar. Lief ich mal alleine durch die Straßen des Ortes, dann wurde ich gleich gefragt, was denn mit Sioux sei ...

Wir hatten ein gutes Miteinander in Laytown. Noch in relativ hohem Alter bekam ihr Leben sogar europäische Dimensionen, denn 2010 begleitete sie mich auf großer Umzugsfahrt von Irland nach Griechenland. Das war eine Tour von 123 Stunden über zirka dreitausendvierhundert Kilometer.

Bei unserer Ausfahrt sah sie Donnerwolken über Dublin, Wind in Wales und Nebel in Newcastle; sie lief durch Londoner Vorort-Parks, sah Dover und Calais, rastete nahe Reims in Frankreich, unterquerte die Alpen, bellte im italienischen Brindisi, bewährte sich als geduldiger und sauberer Schiffshund während einer zwanzigstündigen Überfahrt und hatte danach eine endlos scheinende Pinkelpause in Pátras.

Sie war die beste Gefährtin, die man sich wünschen konnte. Auch in den verbleibenden reichlich drei Jahren in Griechenland kannte man uns nur zusammen. Auch hier kam, war ich einmal solo unterwegs, immer die Nachfrage, wo denn mein Hund sei ...

Ihre anfänglichen Verhaltensprobleme hatte sie schon während der ersten Jahre in Laytown abgelegt. Zeit ihres Lebens aber war ihr das Autofahren etwas suspekt, und fotografieren lassen wollte sie sich nie gerne. Dennoch genoss sie die Strände von Kefaloniá und den Ausblick aus dem Autofenster von der Panoramastraße auf die Bucht von Argostóli.

Wer sagt eigentlich, ein alter Hund lerne keine neuen Tricks? Sioux war bis in´s hohe Alter sehr lernfähig. In ihrem letzten Lebensabschnitt in Spartiá kümmerte sich eine meiner Katzen rührend um sie, wenn es ihr nicht gut ging; und Sioux, die ehemalige Katzenhasserin, konnte nach einigem Erstaunen akzeptieren, dass Sheila fortan zum abendlichen Spazierganz mitkam und ihr ununterbrochen Zuneigung signalisierte, indem sie sich anschmiegte und den seidigen Schwanz um ihre Beine gleiten ließ.

Und mindestens einmal in ihrem Leben sah Sioux einen Geist.

Man sagt, Hunde leben in Griechenland nicht lange. Meine irische Hündin bewies das Gegenteil. Gegen Ende, etwa fünfzehnjährig, hatte sie innerhalb von acht Monaten mehrere

Anfälle von Vestibular-Syndrom, eine Art Schlaganfall im Ohr. Aber auch die zwangen sie nicht in die Knie. Noch nach der zweiten Attacke stand sie relativ schnell wieder sicher auf ihren Pfoten und erlebte nochmal eine fast normale Zeit von etwa vier Monaten. Selbst nach dem dritten Anfall, als sie schon sehr abgebaut hatte und kaum noch laufen konnte, ließ sie sich nicht unterkriegen.

An Tag sechs ihrer schweren Krankheit wollte sie – trotz Wackelgang, schiefem Kopf und wenig Kraft – partout 'raus auf die Straße. Der Garten reichte ihr nicht. Als sie mich ihr Halfter nehmen sah, bellte sie freudig. Ich wollte mit ihr nur ein paar Schritte gehen, aber sie ging – langsam – immer weiter. An der nächsten Ecke wollte ich ernsthaft umkehren, sie jedoch stemmte sich mit aller Wucht dagegen und bestand auf „ihrer" Tour, wie sie es kannte. Also: Schrittchen, Tippelchen, Pause, weiter ... – bis wir einmal 'rum waren. Unterwegs wurden sogar wieder Lieblingsfeindinnen an- beziehungsweise ausgebellt. Da nach vielen Regentagen endlich die Sonne schien, genoss Sioux den Gang sichtlich. Alles wurde aus- und abgeschnuffelt.

Das machte sie für uns zu einer kleinen Heldin. Wie ihr Name suggeriert: Ein(e) Indianer(in) kennt keinen Schmerz! Und *sie* bestimmte, was sie noch tun wollte. Für mich hat Sioux damit alle von Außenstehenden gestellten negativen Prognosen über ihr Leben und ihren Tod besiegt. Sie lebte so lange, wie *sie* wollte!

Mich – die ich immer in Eile bin – lehrte sie damit endlich, ganz praktisch und radikal, den Wert der Langsamkeit, die Schönheit des Augenblicks und ein tiefes Vertrauen in den Lauf der Dinge, auch wenn wir deren Sinn nicht immer durchschauen. Mir gab das trotz aller Abschiedstraurigkeit ein enormes Gefühl der Befreiung und der inneren Ruhe – eine Zuwaage an Glück. Dieses Glück dauerte ein ganzes Jahr, und in gewisser Weise war es das schönste und intensivste von allen mit ihr verbrachten Jahren!

Als sie dann mit mehr als sechzehn Jahren wirklich ging, fiel mir auf, dass ich – sicher nicht ganz unbewusst – für dieses gerade begonnene Jahr einen Kalender mit einem von Laurel Burch gestalteten Einband gewählt hatte. Es zeigt eine Frau mit Tränen im Gesicht. Unbemerkt aber war mir das kleine, an der Seite eingeprägte, Zitat von Laurel Burch geblieben, das ich erst jetzt entdeckte:

„Wenn die Augen keine Tränen hätten, hätte die Seele keinen Regenbogen."

Ich bin fest überzeugt: Hinter´m Regenbogen, hinter´m Horizont, geht´s weiter ...Wir werden uns wiedersehen!

Danke für alles! Wir lieben Dich, Sioux!

Punkt. Doppelpunkt:

Das letzte Hemd hat viele Taschen

Es ist unumgänglich, im wahrsten Sinne des Wortes. Es ist nicht zu umgehen. Man – jeder und alles – muss da durch. Unvermeidbar ist deshalb auch die Erwähnung des letzten Kapitels unseres Lebens als letztes Kapitel hier.

Ich hatte immer schon das Gefühl, dass ein gutes Leben im Idealfall auch ein gutes Sterben und einen guten Tod nach sich ziehen sollte. Aber was wissen wir überhaupt? Wie können wir uns auf etwas vorbereiten, von dem wir gar nicht ahnen, wie und was es ist?

Der Tod ist ein Horizont, bis zu dem wir blicken können; wenige dürfen auch einmal kurz darüber hinaus schauen und können danach noch berichten. Einmal, so scheint es, kannten wir, was dahinter beziehungsweise von der Geburt aus gesehen auch davor liegt, aber wir haben es vergessen. Erst wenn wir die Trennlinie dauerhaft überschreiten, werden wir es wieder in all seiner Fülle erinnern.

Wenn man vom Ufer des Lebens aus sehr bewusst auf diesen Horizont schaut, verschieben sich die Dinge.

Es heißt, das letzte Hemd habe keine Taschen – und meint dabei vermeintlich weltlichen Besitz. Als gäbe es das überhaupt! Ist das nicht ein eigenartiger Gedanke ... Besitz? Wo sollte der denn herkommen! Wie kann man etwas be-sitzen? Das schien mir schon immer eine Illusion. Etwa so, wie das Aufteilen des Mondes in Parzellen und deren Verkauf ... So, wie das Aufteilen der Erde ... Wer war der Erste, der etwas für sich beanspruchte, und was gab ihm eigentlich das Recht?

Wie kann es sein, dass jemandem Grund und Boden, Häuser und Gegenstände „gehören"? Alles, wirklich alles – Menschen,

Tiere, Pflanzen; Gold, Geld, Edelsteine – ist aus elementaren Teilchen, Sternenstaub, Urknallmaterie. Und die gehört allen und keinem. Angebliche Werte entstehen nur im Kontext und schöpfen sich allein aus Glauben oder Absprachen. Der Wert des Besitzes, der Wert eines Titels: Es ist alles eine große *Illusion.*

So wie es ist, besitzen wir nicht einmal unsere eigenen sterblichen Hüllen. Im Gegenteil, wir verlieren die Materie, aus der wir gemacht sind, mehrmals – und bereits im noch lebendigen Zustand. Nichts an mir ist stofflich noch identisch mit dem Körper, mit dem ich geboren wurde. Keine einzige Zelle ist noch dieselbe. Das einzig Unveränderliche ist das Nichtstoffliche: wenn man so will, die Seele. Sie ist noch genauso jung – oder alt – wie zu der Zeit, als dieses Leben startete. Und doch hat auch sie sich verändert. Sie lernt, unaufhörlich. Oder besser: Sie erinnert sich. Und davon geht, nach meiner Meinung und Erfahrung, nichts verloren.

Ich bin überzeugt: Nichts geschieht aus Zufall. Unser hiesiges Leben ist nur ein schwaches Abbild von dem, was wirklich der Sinn unseres Seins ist. Manchmal – oftmals – ist es schwer, für Millionen unerträglich. Aber jede Seele durchläuft alle Phasen der Entwicklung und viele denkbare Schicksale.

Wir wissen es nicht, es ist uns entfallen. Und so suchen wir nach dem Sinn, nach Gott, Himmel und Hölle. Nur: „Gott" hat sicher nichts mit diesem Weltkonstrukt zu tun; unseren Himmel und – mehr noch – unsere Hölle haben wir uns selbst geschaffen; nicht irgendwo, sondern hier.

Nur manchmal zerreißt der Schleier, für einen ganz kurzen Moment. Dann schauen wir hinter den Horizont – wir wissen plötzlich etwas, was wir vorher nicht wussten, oder wir schauen in das Gesicht eines Fremden, der uns seltsam verwandt und vertraut vorkommt. Wir haben viele Leben und sind umgeben von unserer Seelenfamilie. Wer achtsam ist, kann sie erkennen.

Das ist meine Überzeugung und meine Erfahrung.

Ich betrachte den Tod als das letzte, größte Abenteuer unseres Lebens und die ultimative Übung in Vertrauen. Es ist ein Tatbestand, der uns alle gleichmacht. Vielleicht erfahren wir dann, was wir hier so brennend suchen, indem wir im Leben beharrlich in die falschen Richtungen schauen und das Eigentliche nicht erkennen. Derweil sucht und sammelt unsere Seele unaufhörlich kleinste Splitterchen eines großen Mosaiks. Je mehr sie findet, umso erkennbarer wird ein Muster. Wie im Märchen „Sterntaler" spannt die Seele ihr Gewand auf, um immer mehr zu sammeln und zu erfahren.

Dafür braucht's ganz, ganz viele Taschen ...

Und am Ende des Lebens, neugierig machend, steht für mich:

Ein Doppelpunkt!

Doch noch ein Schlusswort ...

... denn das Ende ist erst der Anfang

In der Schule lernten wir, ein vernünftiger Aufsatz bestehe aus Einleitung, Hauptteil und Schluss. Auch ein gelungener Liebesakt folgt diesem Schema.

Da ich dieses Buch als Akt der Liebe sehe, mache ich hier doch noch eine ordentliche Schlussbemerkung.

Diese besteht im Wesentlichen in der Erkenntnis, dass hier zwar das Buch an seinem Ende ist, aber das Leben natürlich weitergeht. Und verbunden mit dem Wunsch, dass das vor mir Liegende auch genauso bunt und spannend sein wird wie das bereits Erlebte, kann ich nur hoffen, dass ich in ein paar Jahren nochmals die Gelegenheit zu einer ähnlichen Reflexion haben werde. Denn wenn ich auch von einigem berichtet habe, vieles blieb unerwähnt. Und ein Teil dessen ist auch noch nicht „abgeschlossen", sodass ich erst einmal sehen möchte, wohin es mich führt. Noch bin ich von vielen Träumen getrieben.

Zu der Zeit, als ich dieses Buch schrieb, kam ein beinahe als kleine Parallele auf mein bisheriges Leben denkbarer Film in die Kinos: Mein alter Schulgefährte Leander Haußmann machte nach vielen erfolgreichen Vorreitern den Low-Budget-Streifen „Hai-Alarm am Müggelsee". Er spielt, wie der Name sagt, am und um mein vor-vor-letztes Heimatgewässer herum im geliebten Friedrichshagen.

Ich habe einige nicht so gute Kritiken gelesen und hatte erst kürzlich das Vergnügen, mir das Werk endlich selber anzusehen. Von der Sache her will ich sagen: Es hat eine Menge guter und witziger Ideen, die ich mir ein wenig anders umgesetzt gewünscht hätte. Aber ungeachtet möglicher berechtigter oder auch nicht berechtigter Kritikpunkte: Der Film zeigt neben Friedrichshagen und dem Müggelsee *gezielt nicht* den seenahen Irish Pub, dafür umso öfter die gleich daneben liegende griechische Taverne – und zitiert hellenische Lebens- und Grußgewohnheiten. Er fasst damit die geographischen Eckpunkte meines bisher gelebten Lebens – auch von meinem Gefühl her stimmig – zusammen.

Die der Filmidee zugrundeliegende Legende lebt von der Vermutung, die auch mich schon oft beschlichen hat: dass in Berlins größtem See vielleicht ein Hai, in jedem Fall aber bestimmt etwas Geheimnisvolles, lebt.

An solch abstruse Möglichkeiten im Leben möchte ich immer glauben dürfen.

Wo soll ich enden? Am besten hier und jetzt!

Es ist Herbst. Die Mispelbäume im Garten blühen schon für das nächste Jahr und stehen aufrecht im warmen Wind. Und sie haben noch Knospen ...

Danke!

Das hier muss nicht gelesen werden

Ich bin keine Freundin von Danksagungen, weder bei der Oscar-Verleihung noch in Büchern. Ich lese sie fast nie.
Deshalb können Sie, liebe Leserinnen und Leser, hier auch aufhören. Denn danach kommt wirklich nichts mehr.
Danksagungen finde ich so aufregend wie die Grüße eines mir unbekannten Menschen im Fernsehen an die Tante in Buxtehude.
Jetzt werden Sie fragen, warum ich hier dennoch eine Danksagungs-Ecke habe. Nun, die ist in erster Linie wieder für mich und in zweiter Linie natürlich für die Dankbesagten. Es ist somit eine sehr intime Angelegenheit zwischen mir und all den Seelen, ohne die mir das Schreiben nie gelungen wäre – unabhängig, ob diese Seelen mir in einem zwei- oder vierbeinigen Körper begegnet sind. Da kommen allerdings ganz viele Beine zusammen.
Ich danke allen, die an meinem Dasein und damit am Dasein dieses Buches Anteil haben. Ich danke für bedingungslose Liebe und kritische Freundschaft, für seelische und manchmal sehr konkrete materielle Hilfe – speziell für in diverse Länder geschleppte oder verschickte Römertöpfe, Schlafmatratzen, Über-Lebensmittel (siehe entsprechenden Abschnitt) und Seelenwärmer verschiedenster Arten. Und für Ideen, für Anregungen und endlose Gespräche.
Ein kleines ausgewähltes Grüppchen muss ich nun doch nennen – und danken für kritisches Korrekturlesen: Ohne ihre Hilfe wäre dieses Werk niemals über´s falsch strukturierte und mit Tausenden Fehlern behaftete Manuskript hinausgekommen.

Antja erwarb sich mit ihrer Gründlichkeit und ihren Adleraugen meine Bewunderung. Die sowohl persönlich als auch zum überwiegenden Teil telefonisch zwischen uns und damit zwischen Berlin und Griechenland geführten Konferenzen zum Korrigieren und Editieren des vorliegenden Textes dauerten insgesamt etwa achtzehn Stunden – Lese- und Umschreibezeit nicht eingerechnet.

Sigurd hingegen las eher mit Röntgenaugen und verhalf dem ungeordneten Chaos zu seinem Skelett und mithin zu einer ordnenden Struktur.

Und Dagmars liebevoller Blick auf's Ganze hat meinen Mut, die Sache bis zum glücklichen Ende zu betreiben, in ebenfalls stundenlangen Telefonaten am Leben erhalten.

Alle anderen Tanten in Buxtehude: Ihr wisst, wer Ihr seid. Ich danke Euch allen! Ich liebe Euch!